SAVOIRS FONDAMENTAUX

Le tout-en-un pour réussir son année

5e

Conçu par des enseignants

Avec la collaboration de :

Aurélie Cronier (Mathématiques)

Mathilde Schuhmacher (Français)

Julien Ruffinatto (Histoire-géographie EMC)

Laurie Tassy (SVT)

Olivier Prézeau (Physique-chimie)

Cyril Richard (Technologie)

Raquel Rigal (Anglais)

rue des écoles

Éditions rue des écoles – 7/9 rue Saint Germain L'Auxerrois, 75001 Paris
EAN : 9782820818454
Achevé d'imprimer en Turquie par IMAK Offset, en avril 2025
Dépôt légal : mai 2025
Mise en page : YACK-CONCEPTION

Mathématiques

NOMBRES DÉCIMAUX

1. Calculer avec des nombres décimaux

- Pour **additionner ou soustraire** des nombres décimaux, il faut :
  - aligner verticalement les virgules ;
  - disposer les chiffres de même rang les uns sous les autres ;
  - effectuer le calcul rang par rang de la droite vers la gauche sans oublier les retenues ;
  - vérifier la cohérence du résultat avec un ordre de grandeur.
- Pour **multiplier** deux nombres décimaux, il faut :
  - effectuer le calcul de la droite vers la gauche sans tenir compte des virgules, comme pour une multiplication avec des nombres entiers. À titre d'exemple, 2,55 x 3,6 donnerait 255 x 36 = 9 180 ;
  - placer la virgule dans le résultat pour qu'il y ait le même nombre de chiffres après la virgule que la somme de ceux des deux facteurs du produit calculé. Ainsi, dans 2,55 x 3,6 on compte trois nombres après la virgule, 5, 5 et 6. Dans le résultat 9 180, il faut donc placer la virgule après le 9. On obtient donc 2,55 x 3,6 = 9,180 ;
  - vérifier la cohérence du résultat avec un ordre de grandeur.

Le sais-tu ?

Vocabulaire des nombres décimaux

Le résultat d'une addition s'appelle une **somme** et le résultat d'une soustraction s'appelle une **différence**. Les nombres que l'on additionne ou que l'on soustrait s'appellent les **termes**.

Exemple : On dit que 99,05 est la somme de 58,95 et 40,1 car 58,95 + 40,1 = 99,05.

Le résultat d'une multiplication s'appelle un **produit**. Les nombres que l'on multiplie s'appellent les **facteurs**.

Le résultat d'une division s'appelle un **quotient**. Le nombre que l'on divise s'appelle le **dividende** et le nombre par lequel il est divisé s'appelle le **diviseur**.

Exemple : On dit que 5,89 est le produit de 58,9 par 0,1 car 58,9 × 0,1 = 5,89.

2. Ordre de grandeur

- Un **ordre de grandeur** d'un nombre est un nombre proche de celui-ci et facile à utiliser en calcul mental. Il n'est pas unique, on peut en donner plusieurs selon la précision recherchée.
- Pour déterminer un ordre de grandeur d'une **somme** ou d'une **différence**, il faut additionner ou soustraire un ordre de grandeur de chaque terme.

  Exemple : *Cherchons un ordre de grandeur de la différence 147,56 – 28,3. Un ordre de grandeur de 147,56 est 150 et un ordre de grandeur de 28,3 est 30. Ainsi, un ordre de grandeur de la différence 147,56 – 28,3 est 150 – 30, c'est-à-dire 120. On note alors : 147,56 – 28,3 ≈ 120.*
- Pour déterminer un ordre de grandeur d'un **produit**, il faut multiplier un ordre de grandeur de chaque facteur.
- Pour déterminer un ordre de grandeur d'un **quotient**, il faut diviser un ordre de grandeur du dividende par un ordre de grandeur du diviseur.

  Exemples : *Cherchons un ordre de grandeur du produit 147,56 × 28,3 et du quotient 147,56 ÷ 28,3. Un ordre de grandeur du produit est 150 × 30, c'est-à-dire 4 500 et un ordre de grandeur du quotient est 150 ÷ 30, c'est-à-dire 5.*

  On note alors : 147,56 × 28,3 ≈ 4 500 et 147,56 ÷ 28,3 ≈ 5.

As-tu retenu ?

1 Complète les phrases suivantes avec les mots de vocabulaire qui conviennent.

A. 18 – 4 est une ...., dans ce cas 4 est un ....

B. 12 × 6 est un ...., dans ce cas 12 est un ....

C. 35 + 11 est une ...., dans ce cas 35 et 11 sont des ....

D. 42 ÷ 6 est un ...., dans ce cas 42 est le et 6 est le ....

Entraînement

2 Donne un ordre de grandeur du résultat de chacun des calculs suivants.

A = 357 + 82,6 ≈ ....

B = 10,2 – 7,54 ≈ ....

C = 32,094 + 7,1 ≈ ....

D = 4,3 × 2,89 ≈ ....

E = 9,44 ÷ 4 ≈ ....

F = 10,7 × 8,5 ≈ ....

FRACTIONS

1. Fractions égales

- Propriété : Lorsqu'on **multiplie**, ou **divise**, le numérateur et le dénominateur d'une fraction par un même nombre non nul, on obtient une fraction qui est égale à la fraction précédente. (Rappel : le numérateur est au-dessus de la barre de fraction, le dénominateur en dessous.)
- On considère trois nombres relatifs a, b et k avec b et k qui sont non nuls. On a donc : $\frac{a}{b} = \frac{a \times k}{b \times k}$ et $\frac{a}{b} = \frac{a \div k}{b \div k}$.

  Exemple : *On découpe l'unité en quatre fois plus de parts, donc il va falloir sélectionner quatre fois plus de parts pour obtenir une fraction égale à $\frac{2}{5}$ donc $\frac{2}{5} = \frac{2 \times 4}{5 \times 4} = \frac{8}{20}$.*

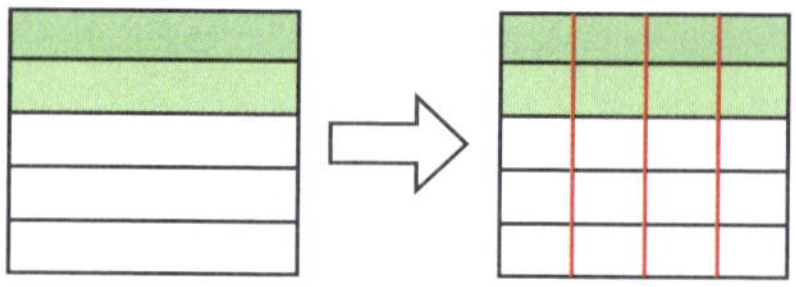

2. Fraction et écriture décimale

- Pour donner l'écriture décimale d'une fraction, il faut se ramener à une fraction décimale. Lorsque cela n'est pas possible, on effectue la division décimale du numérateur par le dénominateur. On s'arrête lorsque le reste obtenu est 0 ou lorsque, après avoir descendu tous les chiffres de la partie entière, le dernier reste obtenu a été obtenu auparavant, ce qui indiquera que la division est infinie et que cette fraction n'est pas un nombre décimal.

  Exemples : $\frac{13}{5} = \frac{26}{10} = 2{,}6$; $\frac{27}{12} = 27 \div 12 = 2{,}25$; $\frac{2}{9} = 2 \div 9 \approx 0{,}22$.
- Pour donner l'écriture fractionnaire d'un nombre décimal, il faut :
  - regarder le dernier chiffre du nombre (celui le plus à droite) ;
  - identifier le rôle de ce chiffre dans le nombre (chiffre des dixièmes, centièmes, etc.) ;
  - identifier ensuite le nombre de dixièmes, le nombre de centièmes, etc., du nombre que l'on cherche à écrire sous forme de fraction ;
  - conclure en se ramenant à une fraction décimale.

  Exemple : *Si on supprime le zéro inutile du nombre 2,150, on obtient 2,15. Le dernier chiffre du nombre est alors 5. Ce chiffre est le chiffre des centièmes du nombre 2,150.*

  On observe qu'il y a 215 centièmes dans 2,15. On a donc $2{,}15 = \frac{215}{100}$.

Le sais-tu ?

Notion de fraction

Lorsqu'on partage une unité en parts égales, chaque part représente une fraction de l'unité.

Exemple : La fraction $\frac{2}{5}$ signifie qu'une unité est découpée en cinq parts de mêmes dimensions et qu'on a sélectionné deux de ces cinq parts, les parts colorées en gris.

Une fraction peut aussi être interprétée comme le quotient du numérateur par le dénominateur.

Exemples :

$\frac{12}{5} = 12 \div 5 = 2{,}4$, alors $\frac{12}{5}$ est une écriture fractionnaire du nombre décimal 2,4 et $\frac{24}{10}$ est une autre écriture fractionnaire de ce nombre.

$\frac{2}{3} = 2 \div 3$, la division décimale de 2 par 3 ne se termine jamais. Le nombre $\frac{2}{3}$ n'est donc pas un nombre décimal. Sa valeur exacte ne peut s'exprimer que sous forme de fraction, mais on peut en donner une valeur décimale approchée : $\frac{2}{3} \approx 0{,}667$. On retient que : $\frac{1}{10} = 0{,}1$, $\frac{1}{100} = 0{,}01$, $\frac{1}{1000} = 0{,}001$, $\frac{1}{2} = 0{,}5$, $\frac{1}{4} = 0{,}25$ et $\frac{1}{5} = 0{,}2$.

3. Comparer des fractions

- Comparer deux nombres, c'est indiquer lequel est le plus grand des deux, ou s'ils sont égaux.
- Propriétés : Si le numérateur et le dénominateur d'une fraction sont égaux, alors cette fraction est égale à 1. Si le numérateur d'une fraction a une valeur inférieure à celle du dénominateur de cette fraction, alors la fraction est inférieure à 1. Si le numérateur d'une fraction a une valeur supérieure à celle du dénominateur de cette fraction, alors la fraction est supérieure à 1.

  Exemple : *$\frac{148}{150} < 1$, car le numérateur 148 est inférieur au dénominateur 150.*
- Propriété : Pour comparer deux fractions, on peut les écrire avec un même dénominateur et ensuite comparer leurs numérateurs. Lorsque deux fractions sont écrites avec le même dénominateur, alors la fraction la plus petite sera celle avec le plus petit numérateur.

  Exemple : *On souhaite comparer les fractions $\frac{2}{3}$ et $\frac{13}{18}$. On a $\frac{2}{3} = \frac{2 \times 6}{3 \times 6} = \frac{12}{18}$.*

  Comme $12 < 13$ alors $\frac{12}{18} < \frac{13}{18}$ et on en déduit que $\frac{2}{3} < \frac{13}{18}$.

4. Simplifier des fractions

- Simplifier une fraction consiste à écrire une fraction qui lui est égale (en divisant) avec un numérateur et un dénominateur plus petits. Une fraction est irréductible lorsque son numérateur et son dénominateur sont les plus petits possibles après l'avoir simplifiée au maximum.

  Exemple : *La fraction $\frac{6}{4}$ peut se simplifier car son numérateur et son dénominateur sont divisibles par 2. En simplifiant par 2, on obtient la fraction $\frac{3}{2}$ qui est irréductible.*

- On cherche un diviseur commun (autre que 1) au numérateur et au dénominateur. On divise ensuite le numérateur et le dénominateur par le diviseur qu'ils ont en commun et on recommence jusqu'à ce qu'on obtienne une fraction irréductible.

  Exemple : $\frac{48}{18} = \frac{48 \div 2}{18 \div 2} = \frac{24}{9} = \frac{24 \div 3}{9 \div 3} = \frac{8}{3}$, *donc $\frac{8}{3}$ est la fraction simplifiée au maximum.*

5. Additionner ou soustraire des fractions

- Pour additionner, ou soustraire, deux fractions qui ont le même dénominateur, on garde le dénominateur commun et on additionne, ou soustrait, les numérateurs.

  Exemples : $\frac{15}{3} + \frac{7}{3} = \frac{15+7}{3} = \frac{22}{3}$ *et* $\frac{17}{12} - \frac{6}{12} = \frac{17-6}{12} = \frac{11}{12}$.

- Pour additionner, ou soustraire, deux fractions qui n'ont pas le même dénominateur, on écrit ces fractions avec un même dénominateur. Pour cela, on multiplie le numérateur et le dénominateur de chaque fraction par le dénominateur de l'autre fraction. On additionne ou soustrait ensuite les numérateurs.

  Exemple : $\frac{8}{3} - \frac{5}{7} = \frac{8 \times 7}{3 \times 7} - \frac{5 \times 3}{7 \times 3} = \frac{56}{21} - \frac{15}{21} = \frac{56-15}{21} = \frac{41}{21}$.

Entraînement

1 Complète chaque inégalité avec le signe « < » ou le signe « > ».

A. $\frac{7}{3}$ ☐ $\frac{7}{8}$

B. $\frac{5}{16}$ ☐ $\frac{9}{16}$

C. $\frac{54}{18}$ ☐ $\frac{45}{18}$

D. $\frac{8}{11}$ ☐ $\frac{8}{15}$

E. $\frac{4}{71}$ ☐ $\frac{4}{17}$

F. $\frac{21}{12}$ ☐ $\frac{29}{12}$

2 Parmi les affirmations suivantes, lesquelles sont correctes ?

- ☐ A. La fraction $\frac{9}{12}$ est égale à $\frac{3}{4}$.
- ☐ B. La fraction simplifiée au maximum égale à $\frac{12}{24}$ est $\frac{3}{6}$.
- ☐ C. La fraction simplifiée de $\frac{60}{48}$ est $\frac{5}{4}$.
- ☐ D. La fraction simplifiée de $\frac{650}{75}$ est $\frac{13}{3}$.

NOMBRES RELATIFS

1. Repérage sur une droite graduée

- Propriété : Sur une droite graduée, chaque point est repéré par un unique nombre que l'on appelle **abscisse** de ce point. La **distance à zéro** d'un nombre *a* est la longueur du segment [OA], où A est le point d'abscisse a et O est l'origine de la droite graduée.

  Exemple :

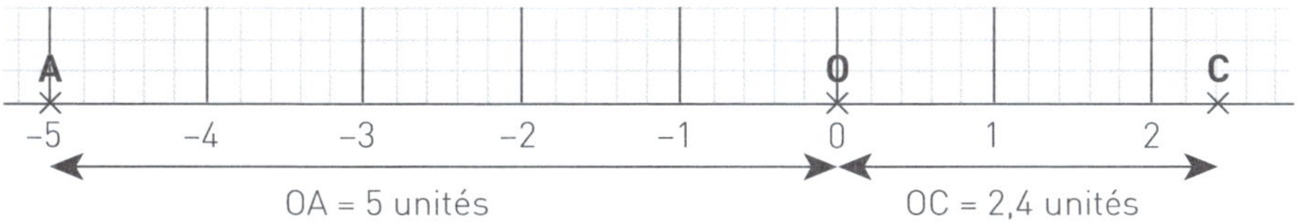

  Le point O est l'origine de la droite graduée. Le point A a pour abscisse le nombre -5. On le note A(-5). Le point C a pour abscisse le nombre 2,4. On le note C(2,4).

- Deux nombres relatifs sont **opposés** lorsqu'ils ont des signes contraires mais la même distance à zéro. L'opposé d'un nombre relatif *a* se note $-a$.

- Propriété : On considère un nombre relatif *a* quelconque. On a : $-(-a) = a$.

  Exemple : *Les nombres –5 et 5 sont opposés. Leur distance à zéro est égale à 5.*

Définitions

Un nombre **positif** est un nombre supérieur ou égal à zéro. Il s'écrit avec le signe « + » ou sans signe.

Exemple : Le nombre 12,78 est un nombre positif. Il peut également s'écrire +12,78.

Un nombre **négatif** est un nombre inférieur ou égal à zéro. Il s'écrit avec le signe « – ».

Exemples : Les nombres -54,8 ; 0 ; -14 et -37 sont tous des nombres négatifs.

Un nombre **relatif** est un nombre positif ou négatif.

Mathématiques

2. Repérage dans le plan

- Un **repère orthogonal** du plan est constitué de deux droites graduées (appelées axes), perpendiculaires et de même origine O. Dans un repère, chaque point est repéré par deux nombres relatifs appelés les **coordonnées** de ce point. Le premier nombre est **l'abscisse**, et il se lit sur l'axe horizontal. Le deuxième nombre est **l'ordonnée**, il se lit sur l'axe vertical.

Exemple :

On a : A(3 ; 1), B(−2 ; −1), C(0 ; 1,5), D(4 ; 0), E(−3 ; 2) et F(2 ; −1,6).

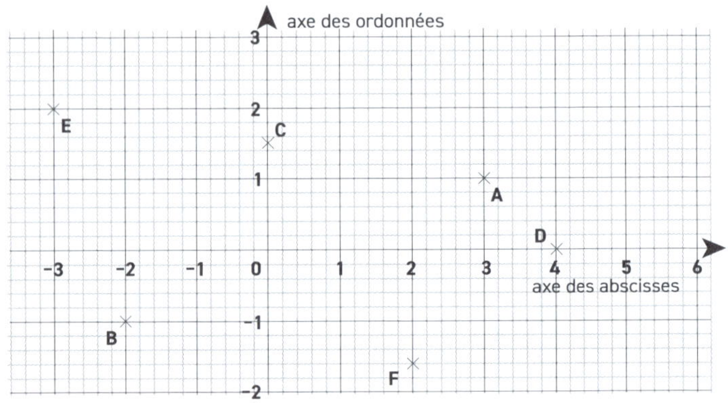

3. Comparer deux nombres relatifs

- Si deux nombres relatifs sont positifs, le plus grand est celui qui a la plus grande distance à zéro. Si deux nombres relatifs ont des signes contraires, le plus grand est le nombre positif. Si deux nombres relatifs sont négatifs, le plus grand est celui qui a la plus petite distance à zéro.

4. Additionner ou soustraire des nombres relatifs

- Pour additionner deux nombres relatifs de même signe, on **garde** ce signe et on **ajoute** les distances à zéro des deux nombres.
- Pour additionner deux nombres relatifs de signes contraires, on prend **le signe** de celui qui a la plus **grande distance à zéro** ; on **soustrait** la plus petite des distances à zéro des deux nombres à la plus grande.

  Exemples : $A = (-12) + (-5) = -(12+5) = -17$ et $B = (-7) + (+19) = +(19 - 7) = +12$.

- Deux nombres relatifs sont des nombres opposés lorsqu'ils ont des signes contraires et qu'ils ont la même distance à zéro. La somme de deux nombres relatifs opposés est nulle.
- Pour **soustraire** deux nombres relatifs, on ajoute **l'opposé** du nombre soustrait.

  Exemples : $C = (+7) - (+13) = (+7) + (-13) = -6$ et $D = (-7) - (-22) = (-7) + (+22) = +15$.

5. Enchaîner des additions et des soustractions

- Méthode 1 : On effectue les calculs prioritaires en respectant la règle des priorités opératoires.
- Lorsqu'il ne reste plus que des additions ou des soustractions sans parenthèses, on les effectue de la gauche vers la droite.

Exemple : $A = 2 - 3 + 6 - (\mathbf{12 + 5})$

$A = (\mathbf{2 - 3}) + 6 - 17$

$A = \mathbf{-1 + 6} - 17$

$A = 5 - 17$

$A = -12$

- Méthode 2 : On effectue les calculs prioritaires en respectant la règle des priorités opératoires. On transforme les soustractions en additions pour pouvoir modifier l'ordre des termes afin d'effectuer des regroupements.
- Différents types de regroupements sont possibles : des termes opposés ensemble car leur somme est nulle ; d'une part les termes positifs et d'autre part les termes négatifs.

Exemple : $B = 2 - 3 + 6 - (\mathbf{12 + 5})$
$B = 2 + (\mathbf{-3}) + 6 + (\mathbf{-17})$
$B = 8 + (-20)$
$B = -12$

Entraînement

1 Effectue les calculs sur une feuille de brouillon puis écris le résultat.

$A = (-1) + 7 + 8 + (-4) + 6 + (-4) =$ .... ;

$B = 6 - 7{,}1 + 8 + 7{,}1 - 12{,}4 =$ .... ;

$C = (-7) - 5{,}4 + 8{,}3 - (-9{,}4) =$ .... ;

$D = -5 + 2{,}7 + 9{,}4 - 2{,}7 + 7 - 15{,}4 =$ ....

2 Effectue les calculs suivants après avoir remplacé chaque lettre par sa valeur : $a = 1$, $b = -2$, $c = 7$, $d = -9$ et $e = -3$.

$A = b + a - c - d =$ ....

$B = c - e - d =$ ....

$C = a - b + c - e =$ ....

$D = b - a - d + e =$ ....

DIVISION EUCLIDIENNE ET DÉCIMALE

1. Division euclidienne et méthodes de calcul

- Effectuer la **division euclidienne** d'un nombre entier (le **dividende**) par un autre nombre entier (le **diviseur**) **différent de 0**, c'est trouver deux nombres entiers, le **quotient** et le **reste**, tels que : **dividende = diviseur × quotient + reste** avec **reste < diviseur**.

  Exemple : *La division euclidienne de 185 par 7 est : $185 = 7 \times 26 + 3$. 185 est le dividende, 7 le diviseur, 26 le quotient et 3 le reste.*

- Pour réaliser la **division euclidienne** entre **deux nombres entiers** :
  - il faut que le diviseur soit toujours différent de zéro et il faut réaliser le calcul de gauche à droite ;
  - la division se termine lorsque tous les chiffres du dividende ont été « descendus » et le reste doit toujours être strictement inférieur au diviseur ;

  Exemple : *Si le dividende est 267 et le diviseur est 5, alors le quotient est 53 et le reste est 2, qui est bien strictement inférieur à 5. On a bien $5 \times 53 + 2 = 267$ avec $2 < 5$.*

- Pour réaliser la **division décimale** entre deux nombres :
  - il faut que le diviseur soit toujours différent de zéro et il faut réaliser le calcul de gauche à droite ;
  - il faut placer la virgule au quotient lorsqu'on abaisse le chiffre des dixièmes ;
  - la division décimale se termine lorsque le reste est le nombre 0. Pour cela, il faut parfois rajouter des zéros à la partie décimale du dividende et parfois certaines divisions sont infinies.

2. Divisibilité

- On considère deux nombres entiers supérieurs à zéro a et b avec b non nul. Lorsque la division euclidienne de a par b donne un reste égal à zéro, on dit que b est un **diviseur** de a. On dit aussi que b divise a ou que a est un **multiple** de b.
- Propriété : On considère a et b deux nombres entiers positifs avec b non nul. Si b est un diviseur de a, alors il existe un nombre entier positif k tel que $a = k \times b$.

- Cas particuliers :
  - Le nombre 1 est un diviseur de tous les nombres entiers.
  - Le nombre 0 ne divise aucun nombre.
  - Tout nombre entier non nul est un diviseur de 0.
  - Tout nombre entier non nul est un diviseur de lui-même.

  Exemple : *Le nombre 560 est un multiple de 10 car il peut s'écrire 560 = 56 × 10 + 0. On dit aussi que 10 est un diviseur de 560 ou que 560 est divisible par 10.*

Le sais-tu ?

Critères de divisibilité

Un nombre entier est divisible par 2 lorsque son chiffre des unités est 0, 2, 4, 6 ou 8. Il est divisible par 5 lorsque son chiffre des unités est 0 ou 5. Il est divisible par 10 lorsque son chiffre des unités est 0. Il est divisible par 3 lorsque la somme de ses chiffres est divisible par 3.

Il est divisible par 9 lorsque la somme de ses chiffres est divisible par 9. Il est divisible par 4 lorsque le nombre formé par ses deux derniers chiffres est divisible par 4.

Exemples : 240 est divisible par 2, 3, 4, 5 et 10 d'après les critères de divisibilité.

1 845 est divisible par 3, 5 et 9 d'après les critères de divisibilité.

Entraînement

1 Complète les phrases suivantes en utilisant uniquement les nombres suivants : 1, 6, 30, 65, 90, 122, 144, 239 et 2 508.

Les nombres divisibles par 2 sont : ...., ..., ..., ..., ..., et ....

Les nombres divisibles par 3 sont : ...., ..., ..., ... et ....

Les nombres divisibles par 4 sont : .... et ....

Les nombres divisibles par 5 sont : ...., ... et ....

Les nombres divisibles par 9 sont : .... et ....

Les nombres divisibles par 10 sont : .... et ....

2 Entre 0 et 150 inclus, combien de nombres sont à la fois divisibles par 3 et par 5 ?

- ❒ A. 8
- ❒ B. 9
- ❒ C. 10
- ❒ D. 11

NOMBRES PREMIERS

1. Définition

- Un **nombre premier** est un nombre entier positif (supérieur ou égal à 2) qui admet exactement **deux diviseurs** : 1 et lui-même.

  Exemples : *Les nombres premiers inférieurs à 30 sont : 2, 3, 5, 7, 11, 13, 17, 19, 23 et 29.*

- 1 n'est pas un nombre premier car il ne possède qu'un seul diviseur : lui-même.
- Le nombre 2 est le seul nombre premier qui est pair.

2. Décomposition de nombres premiers

- Propriété : Tout nombre entier supérieur ou égal à 2 se décompose de manière unique (à l'ordre des facteurs près) en un produit de facteurs premiers.
- Pour réaliser cette décomposition, on utilise la **divisibilité** et/ou les critères de divisibilité jusqu'à n'avoir que des facteurs premiers séparés par des multiplications.

  Exemple : *210 est divisible par 10 (critère de divisibilité) donc : $210 = 10 \times 21$.*

  Comme 10 et 21 ne sont pas des nombres premiers, il faut ensuite les décomposer en produit de facteurs premiers.

  On peut écrire 10 comme le produit de 2 et 5, qui sont deux nombres premiers : $10 = 2 \times 5$.

  On peut écrire 21 comme le produit de 3 et 7, qui sont deux nombres premiers : $21 = 3 \times 7$.

  Ainsi, la décomposition (dans l'ordre) en facteurs premiers de 210 est : $210 = 2 \times 3 \times 5 \times 7$.

Le sais-tu ?

Petite histoire des nombres premiers

La première allusion concrète aux nombres premiers est faite par Aristote.

Il associe à un objet deux types d'attribut : ses constituants (la ligne est composée de points) qui sont nécessaires à son existence et ses « propriétés caractéristiques » (la ligne peut être un rond ou être rectiligne).

Cependant, c'est véritablement avec Euclide que les bases de l'arithmétique et ainsi des mathématiques vont être posées. L'idée du nombre dans l'Antiquité était essentiellement de nature géométrique. Ainsi, un nombre *A* est divisible (on disait « mesuré » à cette époque) par un nombre *B* si l'on peut faire tenir *A* un certain nombre entier de fois dans *B*. Ce faisant, Euclide décrit la notion de divisibilité et définit pour la première fois la notion de nombres premiers.

As-tu retenu ?

1 Parmi les listes suivantes, quelle est celle qui n'est composée que de diviseurs ou de multiples du nombre 6 ?

- ❒ A. 6, 2, 60, 8 et 36
- ❒ B. 2, 4, 120, 6 et 72
- ❒ C. 6, 1, 84, 3 et 120
- ❒ D. 1, 3, 54, 18 et 106

2 Combien de diviseurs possède le nombre 20 ?

- ❒ A. 7
- ❒ B. 6
- ❒ C. 5
- ❒ D. 4

3 Parmi les nombres suivants, le(s)quel(s) est (sont) un (des) nombre(s) premier(s) ?

- ❒ A. 73
- ❒ B. 83
- ❒ C. 93
- ❒ D. 103

4 Parmi ces propositions, quelle est la décomposition en produit de facteurs premiers du nombre 100 ?

- ❒ A. 4×25
- ❒ B. 5×20
- ❒ C. $4 \times 5 \times 5$
- ❒ D. $2 \times 2 \times 5 \times 5$

5 Compléter la décomposition en produit de facteurs premiers du nombre 110 en écrivant les nombres dans l'ordre croissant.

$110 = \square \times \square \times \square$.

CALCUL LITTÉRAL

1. Enchaîner des opérations, priorités opératoires

- Une **expression algébrique** est une suite d'opérations, ou un enchaînement d'opérations. On la note avec une lettre majuscule et on effectue généralement les calculs les uns en dessous des autres en alignant les signes « = ».

  Exemple : *$A = 2 \times (3 - 1) - 2,3 + 5 \times 6 \div 2$ est une expression algébrique.*

- Il existe des règles de priorités opératoires. Dans un calcul comportant plusieurs opérations différentes, on doit commencer par effectuer tous les calculs entre parenthèses, puis les multiplications et les divisions (en les effectuant de gauche à droite) et terminer par les additions et les soustractions (de gauche à droite).

  Exemple : *Calculons l'expression A en soulignant, à chaque étape, le calcul prioritaire.*

  $A = 2 \times \mathbf{(3 - 1)} - 2,3 + 5 \times 6 \div 2$

  $A = \mathbf{2 \times 2} - 2,3 + \mathbf{5 \times 6} \div 2$

  $A = 4 - 2,3 + \mathbf{30 \div 2}$

  $A = 4 - 2,3 + 15$

  $A = 16,7$

2. Expressions littérales

- Une **expression littérale** est une expression dans laquelle un ou plusieurs nombres **inconnus** ou dont la valeur peut varier sont désignés par des **lettres**.

  Exemple : *Le périmètre d'un rectangle de longueur L et de largeur l s'écrit $2 \times L + 2 \times l$.*

  On souhaite acheter n livres et chaque livre coûte 7,50 euros, le prix à payer est $n \times 7,50$.

- **Simplifier** une expression littérale, c'est remplacer cette expression littérale par une autre expression littérale équivalente qui comporte moins de symboles.

- **Règles de simplification :** Le signe « × » d'une multiplication peut être supprimé devant une lettre ou devant une parenthèse. On considère a un nombre relatif. Le produit $a \times a$ se simplifie en a^2. Le produit $a \times a \times a$ se simplifie en a^3.

  Exemples : *$4 \times x$ se simplifie en $4x$; $a \times b$ se simplifie en ab ou en ba ; $5 \times (1 + x)$ se simplifie en $5(1 + x)$ et $b \times 2$ se simplifie en $2b$ car $b \times 2 = 2 \times b = 2b$.*

3. Substitution

- Effectuer une **substitution** dans une expression littérale, c'est remplacer la variable par un nombre. On calcule alors la valeur de l'expression pour une valeur donnée de la variable.

  Exemple : *Calculons la valeur de l'expression* $B = 15x - 6y + 3$ *lorsque* $x = 4$ *et* $y = 5$.

  Pour $x = 4$ *et* $y = 5$, *on a :* $B = 15 \times 4 - 6 \times 5 + 3$ *soit* $B = 60 - 30 + 3$ *donc* $B = 33$.

Le sais-tu ?

Petite histoire du calcul littéral

Le calcul littéral, qui est le nom donné au calcul avec des lettres, est aussi appelé calcul algébrique. Ce terme vient du mot *algèbre*, terme développé par le mathématicien Viète qui fut le premier à avoir attribué une lettre à des quantités inconnues dans des calculs.

L'algèbre est donc une branche des mathématiques, comme la géométrie, ou encore la musique à l'époque de Pythagore, qui permet de manipuler au mieux des nombres connus ou inconnus, dans ce cas les nombres inconnus sont remplacés par une lettre.

4. Tester une égalité

- Une **égalité** est constituée de deux membres séparés par le signe « = ».
- Dans une égalité, l'expression située à gauche du signe « = » est appelée « le **membre de gauche** » et celle située à droite est appelée « le **membre de droite** ».
- Propriété : Une égalité dans laquelle interviennent des expressions littérales peut être vraie pour certaines valeurs des variables et peut être fausse pour d'autres valeurs des variables.

5. Développer et réduire*

- **Développer** une expression, c'est transformer un produit en une somme ou une différence.
- On considère a, b et k des nombres relatifs. On a : $\boldsymbol{k(a + b) = k \times a + k \times b}$ et $\boldsymbol{k(a - b) = k \times a - k \times b}$. La multiplication est distributive par rapport à l'addition (et à la soustraction).

  Exemple : $5(4 - 2x) = 5 \times 4 - 5 \times 2x = 20 - 10x$.

* Cette partie sera approfondie en classe de quatrième.

Mathématiques

- **Réduire** une expression, c'est l'écrire plus simplement en diminuant le nombre de termes.

Exemples : *Si l'expression comporte des parenthèses, on commence par développer, ou prendre en compte, le signe devant la parenthèse, puis on regroupe les termes, en calculant ensemble les termes de même famille.*

$A = 5(3x - 2) + 2x - 9$

$A = 5 \times 3x - 5 \times 2 + 2x - 9$

$A = 15x - 10 + 2x - 9$

$A = \underbrace{15x + 2x}_{\text{famille des } x} \quad \underbrace{-10 - 9}_{\text{famille des nombres seuls sans } x}$

$A = 17x - 19$

Si l'expression ne comporte pas de parenthèses, on regroupe ensemble les termes de même famille sans avoir de calculs à faire auparavant.

$B = 15x^2 + 3x - 4x^2 + 7 - x - 10$

$B = \underbrace{15x^2 - 4x^2}_{\text{famille des } x^2} + \underbrace{3x - x}_{\text{famille des } x} \quad \underbrace{+7 - 10}_{\text{famille des nombres seuls sans } x}$

$B = 11x^2 + 2x - 3$

Entraînement

1 Parmi les propositions suivantes, lesquelles sont vraies ?

- ❒ A. $2 \times t - 3 = 3 \times t - 10$ lorsque $t = 7$.
- ❒ B. $2 \times t - 3 = 3 \times t - 10$ lorsque $t = 10$.
- ❒ C. $4 \times p \times p + 2 \times p + 5 = 0$ lorsque $p = 3$.
- ❒ D. $3 \times x + y = 5 \times y + 1$ lorsque $x = 3$ et $y = 2$.

2 Pour chacune des propositions suivantes, trouve une valeur de x pour laquelle l'égalité proposée est vraie.

$4 \times x \times 6 = 8 \times 4 \times 6$ est vraie lorsque $x =$ ....

$13 + 46 = x + x + 13$ est vraie lorsque $x =$ ....

$77 = x - 13$ est vraie lorsque $x =$ ....

$4x = 280$ est vraie lorsque $x =$ ....

STATISTIQUES

1. Vocabulaire

- Lorsqu'on effectue une enquête, ou une étude, on réalise un **relevé statistique**.
  - On appelle **population statistique** l'ensemble des individus sur lesquels porte l'étude.
  - Les sujets de l'étude sont appelés des **caractères**.
  - Le caractère étudié peut alors être **qualitatif** (la couleur des yeux, les sports appréciés, etc.) ou **quantitatif** (l'âge, le nombre de frères et sœurs, etc.).
  - L'ensemble des données collectées s'appelle une **série statistique**.

2. Effectifs et fréquence

- Dans une **série** de données, l'**effectif** d'une donnée est le nombre de fois où elle apparaît.
- L'**effectif total** est le nombre total de valeurs de la série statistique.
- Dans une série de données, la **fréquence** d'une donnée est égale au quotient de l'effectif de la donnée par l'effectif total de la série, soit :

  $\text{fréquence} = \dfrac{\text{effectif de la donnée}}{\text{effectif total}}$.
- Remarque : Une fréquence peut être donnée sous la forme d'une fraction, d'un nombre décimal ou d'un pourcentage.

  Exemple : *Dans le club de volley, l'effectif des poussins de 11 ans est 15, celui des poussins de 10 ans est de 7 et l'effectif des poussins de 9 ans est de 3. L'effectif total de ce groupe est de 25.*

  La fréquence des joueurs ayant 11 ans est : $f(\text{« joueur de 11 ans »}) = \dfrac{15}{25} = \dfrac{3}{5} = 0{,}6 = 60\ \%$.
- Propriétés : Les fréquences sont proportionnelles aux effectifs auxquels elles sont associées. Ce sont des nombres compris entre 0 et 1 dont la somme vaut 1.

  Exemple : *Dans le club de volley, on étudie le même groupe de poussins.*

  La somme des fréquences est : $f(\text{« joueur de l'équipe »}) = \dfrac{15}{25} + \dfrac{7}{25} + \dfrac{3}{25} = \dfrac{25}{25} = 1$.

3. Regroupement en classes

- Remarques : Lorsque les valeurs numériques d'une série sont trop nombreuses, on peut les regrouper en **classes** pour faciliter la lecture des informations. Le plus souvent, les classes sont de même **amplitude**.

  Exemple : *Dans une classe de 5e, on relève la taille de chaque élève. Les valeurs étant trop nombreuses, on décide de les regrouper par classes d'amplitude 5 cm. On regroupe donc, par exemple, tous les élèves ayant une taille comprise entre 1,40 m et 1,45 m.*

4. Tableaux, diagrammes en barres ou en bâtons

- On peut utiliser des tableaux ou des diagrammes en barres (ou en bâtons) pour présenter plus clairement et organiser les données recueillies. Cela permet également de comparer visuellement des résultats.

  Exemple : *On a lancé 12 fois un dé et on a obtenu les résultats représentés ci-dessous.*

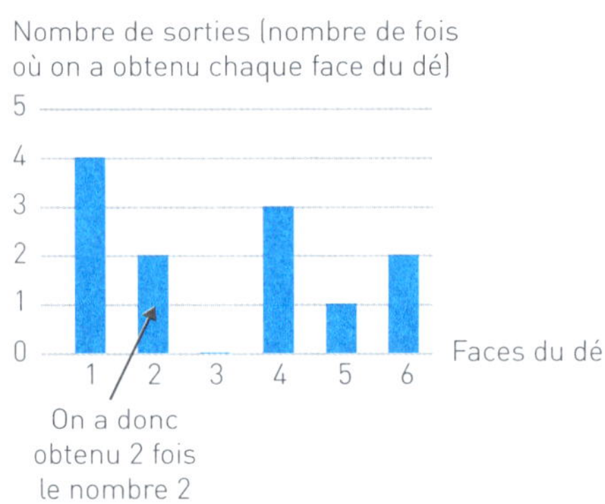

5. Diagramme circulaire ou semi-circulaire

- Propriété : Pour construire un diagramme circulaire, il faut faire correspondre à chaque effectif, ou à chaque fréquence, un angle de mesure proportionnel sur le diagramme.
- Méthode : Pour construire un diagramme circulaire ou semi-circulaire, il faut :
  - construire un tableau de proportionnalité reliant les effectifs (ou les fréquences) avec les mesures d'angles. Il ne faut pas oublier de remplir la dernière colonne avec l'effectif total et la mesure de l'angle total du diagramme, soit 360° ;
  - calculer les mesures d'angles pour chaque effectif en utilisant le produit en croix ;
  - construire un cercle et tracer, avec le rapporteur, les angles représentant les effectifs (ou les fréquences) de la série avec les mesures obtenues lors des calculs précédents.

Exemple :

LV2 choisie	Allemand	Anglais	Espagnol	Italien	Total
Effectifs	125	75	275	25	500
Angles (en °)	90	54	198	18	360

Le diagramme obtenu est alors :

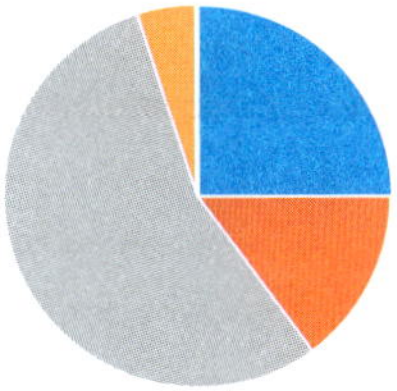

5. Histogramme

➔ Remarque : Lorsque les valeurs numériques d'une série sont regroupées en classes, alors on utilise un histogramme pour représenter cette série. Dans ce cas, les rectangles représentés se touchent aux valeurs extrêmes des classes.

Entraînement

1 Voici les tailles (en cm) et les poids (en kg) d'enfants âgés de 6 ans.

Taille	125	118	121	122	121	121	124
Poids	32	25	27	29	28	27	31

Calcule la taille moyenne et le poids moyen des enfants.

La taille moyenne est de : .... cm. (Arrondir le résultat à l'unité.)

Le poids moyen est de : .... kg. (Arrondir le résultat à l'unité.)

2 Voici les résultats d'une classe au dernier contrôle de mathématiques.

Note	8	10	12	13	15	17	20
Nombre d'élèves ayant obtenu cette note	2	3	5	7	3	5	5

Calcule la moyenne de la classe.

La moyenne de ce contrôle de mathématiques est : ....

Mathématiques

PROBABILITÉS

1. Définitions et propriétés

- Une **expérience aléatoire** est une expérience que l'on peut reproduire dans les mêmes conditions et dont on connaît tous les résultats possibles, sans pouvoir dire avec certitude lequel se produira. Ces résultats possibles sont appelés des **issues**. Dans chaque situation, si toutes les issues ont la même « chance » de se réaliser : on dit que c'est une situation d'équiprobabilité.
- Propriétés : La probabilité d'une issue est un nombre compris entre 0 et 1. La somme de toutes les probabilités des issues d'une expérience aléatoire est égale à 1.

2. Événements

- Un **événement** est constitué de zéro, une ou plusieurs issues.
- Si A est un événement, alors la **probabilité** de l'événement A est notée $\mathbf{p(A)}$ et correspond à la somme de toutes les probabilités qui le réalisent.
- Propriété : Dans le cas où il y a équiprobabilité, la probabilité d'un événement A est donnée par la formule : $p(A) = \dfrac{\text{nombre d'issues qui réalisent } A}{\text{nombre total d'issues}}$.
- Ainsi, la **probabilité** d'un événement est la somme de toutes les probabilités qui réalisent cet événement.

  Exemple : *Avec un jeu de 32 cartes, si on appelle A l'événement « Obtenir une figure », il y a 3 cartes qui le réalisent : le valet, la dame et le roi, pour chaque famille du jeu de cartes (trèfle, pique, carreau et cœur).*

  On a « 4 chances sur 32 » d'obtenir chacune des figures alors $p(A) = \frac{4}{32} + \frac{4}{32} + \frac{4}{32} = \frac{12}{32} = \frac{3}{8}$.
- **L'événement contraire** d'un événement A, noté $\overline{A}$, est l'événement qui se réalise lorsque l'événement A ne se réalise pas.
- Propriété : La somme des probabilités d'un événement et de son contraire est égale à 1.

  Exemple : *Avec le dé, les deux événements A « Obtenir un nombre impair » et B « Obtenir un nombre pair » sont deux événements contraires. Dans cette situation, on a :* $p(A) = \frac{3}{6}$ *et* $p(B) = \frac{3}{6}$ *et si on additionne les deux probabilités, on obtient bien 1 :* $p(A) + p(B) = \frac{3}{6} + \frac{3}{6} = \frac{6}{6} =$.

Le sais-tu ?

Exemple

Lancer un dé cubique, numéroté de 1 à 6, et observer la face obtenue. Les issues possibles sont : obtenir le nombre 1, le nombre 2, le nombre 3, le nombre 4, le nombre 5 et le nombre 6. L'issue « Obtenir le nombre 2 » a « 1 chance sur 6 » de se réaliser. Si on additionne les probabilités d'obtenir chaque face du dé, au total cela donne « 6 chances sur 6 » et : $\frac{1}{6}+\frac{1}{6}+\frac{1}{6}+\frac{1}{6}+\frac{1}{6}+\frac{1}{6}=\frac{6}{6}=1$

Petite histoire des probabilités

C'est en cherchant à résoudre des problèmes posés par les jeux de hasard que les mathématiciens ont donné naissance aux probabilités. Les archéologues ont montré que ces jeux ont été pratiqués dans de nombreuses sociétés antiques. Pourtant, on ne trouve nulle part trace de leur étude. Le problème initial le plus connu est celui de la répartition équitable des enjeux d'une partie inachevée, à un moment où l'un des joueurs a pris un avantage, mais qui n'est pas décisif.

Entraînement

1 On tire au hasard une carte dans un jeu de 32 cartes. Complète chacune des phrases ci-dessous.

Cette expérience possède .... issues.

On a .... chance(s) sur .... de tirer un As.

On a .... chance(s) sur .... de tirer une carte de la famille Carreau.

On a .... chance(s) sur .... de tirer une carte de couleur noire (Trèfle ou Pique).

On a .... chance(s) sur .... de tirer une dame rouge (Cœur ou Carreau).

2 Un sac contient huit jetons identiques numérotés de 1 à 8. On tire au hasard un jeton et on note son numéro. Complète chacune des probabilités ci-dessous.

Cette expérience possède .... issues.
Toutes ces issues sont ....

La probabilité de tirer un jeton qui est un multiple de 2 est ....

La probabilité de tirer un jeton qui soit supérieur ou égal à 4 est ....

La probabilité de tirer un jeton qui soit un nombre pair supérieur ou égal à 4 est ....

PROPORTIONNALITÉ

1. Grandeurs proportionnelles

- On dit que deux grandeurs sont **proportionnelles** si les valeurs de l'une s'obtiennent en multipliant les valeurs de l'autre par un même nombre différent de zéro. De même, on dit d'un tableau que c'est un **tableau de proportionnalité** s'il est composé de deux lignes et que les nombres d'une ligne s'obtiennent en multipliant ceux de l'autre ligne par un même nombre. Ce coefficient multiplicateur s'appelle **coefficient de proportionnalité**.

  Exemple 1 : *Tableau de proportionnalité*

  À une station essence, le sans-plomb 95 est vendu à 1,62 euro le litre. La quantité d'essence et le prix payé sont deux grandeurs proportionnelles. On obtient donc le tableau de proportionnalité suivant :

Quantité d'essence (en L)	1	17	22	41
Prix payé (en euros)	1,62	27,54	35,64	66,42

  Exemple 2 : *Tableau qui ne représente pas une situation de proportionnalité*

  Si on loue un vélo pendant 2 heures, on paie 20 euros. Si on le loue pendant 4 heures, on paie 36 euros. On a alors le tableau :

Durée de location (en heures)	2	4
Prix payé (en euros)	20	36

  Ce tableau ne représente pas une situation de proportionnalité car $20 = 2 \times 10$ et $36 = 4 \times 9$. Le coefficient multiplicateur n'est pas le même pour les deux durées de location.

2. Méthode

- Pour calculer le coefficient de proportionnalité, il faut trouver le coefficient multiplicateur de la situation en divisant le nombre d'arrivée par le nombre de départ associé.

  Exemple : *En reprenant le premier exemple : pour trouver le coefficient de proportionnalité, on peut calculer : $1,62 \div 1 = 1,62$ ou $27,54 \div 17 = 1,62$ ou $35,64 \div 22 = 1,62$ ou encore $66,42 \div 41 = 1,62$. Donc, le coefficient de proportionnalité est bien 1,62.*

- Si lors de ces calculs on n'obtient pas le même résultat pour chaque colonne, cela implique que le tableau ne représente pas une situation de proportionnalité.

Le sais-tu ?

Grandeurs-produits et grandeurs-quotients

Une grandeur-produit est obtenue lorsque l'on multiplie deux grandeurs de base. Une grandeur-quotient est obtenue lorsqu'on divise deux grandeurs de base.

Exemples :

Grandeurs-produits		*Grandeurs-quotients*	
Aires	*km × km = km²*	*Débit*	*L/min = L.min⁻¹ (Litre par minute)*
Volume	*m × m × m = m³*	*Densité de population*	*hab/km² (habitants par km²)*

Méthode : Pour convertir une grandeur-produit ou une grandeur-quotient, il faut faire attention et convertir chaque unité de base qui compose la grandeur afin d'obtenir la conversion finale.

Exemple : *Pour convertir 18 km/h en m/s, il faut convertir 18 km en mètres, puis 1 heure en 3 600 secondes. Ensuite seulement, on obtient la conversion finale :* $18\ km/h = \frac{18\ km}{1\ h} = \frac{18\,000\ m}{3\,600\ s} = 5\ m/s$.

3. Quatrième proportionnelle

- Dans un tableau de proportionnalité, lorsqu'on connaît trois nombres sur quatre cases successives, on peut alors toujours calculer le nombre manquant, et on appelle ce nombre manquant une **quatrième proportionnelle**.
- Propriété : Pour calculer cette quatrième proportionnelle, il y a trois méthodes possibles : le passage à l'unité, les propriétés de linéarité du tableau et l'utilisation du coefficient de proportionnalité.

4. Méthodes de calcul

- Méthode 1 : Pour **calculer une quatrième proportionnelle avec un passage à l'unité**, on commence par trouver la valeur pour une unité de la première grandeur, puis on utilise cette valeur pour trouver les suivantes grâce à des multiplications.

  Exemple : *Si en 4 heures, nous parcourons 10 km, quelle distance, en km, parcourt-on en 6 heures en conservant la même allure constante ?*

Temps (en heures)	4	1	6
Distance parcourue (en km)	10	2,5	15

On trouve la valeur pour 1 heure en calculant : 10 ÷ 4 = 2,5. On utilise ensuite cette valeur pour trouver le nombre de km parcourus en 6 heures en calculant : 6 × 2,5 = 15.

- Méthode 2 : Pour **calculer une quatrième proportionnelle avec la linéarité**, on peut multiplier ou diviser une colonne par un nombre non nul, puis ajouter ou soustraire des colonnes entre elles.

Exemple : *En reprenant l'exemple précédent, on a :*

Temps (en heures)	4	1	6	10
Distance parcourue (en km)	10	2,5	15	25

Comme on a trouvé le nombre de km parcourus pendant 4 heures et pendant 6 heures, on peut trouver la distance parcourue, en km, en 10 heures en additionnant les deux colonnes. Ainsi, en 10 heures, on a parcouru 25 km. On pourrait également utiliser la colonne unité et effectuer une multiplication par 10.

- Méthode 3 : Pour **calculer une quatrième proportionnelle avec le coefficient de proportionnalité**, on multiplie ou on divise (en fonction du « sens » de l'opération) le nombre connu par le coefficient de proportionnalité pour obtenir le nombre cherché.

5. Proportions

- Une **proportion** est un rapport entre le nombre d'éléments d'un ensemble *A* et le nombre d'éléments d'un ensemble *B* qui est extrait de l'ensemble *A*.

6. Pourcentages

- Un **pourcentage** est une proportion de dénominateur 100.
- Propriétés : Un pourcentage de *t* % traduit une situation de proportionnalité de coefficient $\frac{t}{100}$. Appliquer *t* % à un nombre *n* revient donc à calculer : $n \times \frac{t}{100}$.

Exemple 1 : *Avec le coefficient multiplicateur*

Dans un collège, 264 élèves sur 550 sont demi-pensionnaires, alors on calcule : $\frac{264}{550} = 0{,}48 = 48\ \%$.

Exemple 2 : *Avec un tableau de proportionnalité*

Dans une classe de 30 élèves, on sait que 20 % des élèves pratiquent un instrument de musique en dehors du collège. On présente ces informations dans un tableau de proportionnalité :

Nombre d'élèves	30	x
Pourcentage d'élèves (en %)	100	20

Pour passer de 100 % à 20 %, il faut diviser le nombre d'élèves par 5. On calcule 30 ÷ 5 = 6. Ainsi, 6 des 30 élèves de la classe pratiquent un instrument de musique en dehors du collège.

7. Échelle

- **L'échelle** d'un plan est le coefficient de proportionnalité entre les distances sur le plan et les distances réelles, exprimé avec la même unité : $e = \frac{\text{distance sur le plan}}{\text{distance réelle}}$.

Exemple : *Sur un plan de maison, à l'échelle 1/200, la pièce de vie est représentée par un rectangle de 5 cm de long sur 3 cm de large.*

Dimensions sur le plan (en cm)	5	3	1
Dimensions réelles (en cm)	L	l	200

Alors les dimensions réelles de la pièce sont : L = 5 × 200 = 1 000 cm = 10 m et l = 3 × 200 = 600 cm = 6 m.

Entraînement

1 Calcule les montants en euros ou les taux en pourcentage et complète.

A. Un client achète un article dont le prix affiché est de 253,50 euros. Le vendeur lui accorde une remise de 12 %. Le montant de la remise est de : .... euros.

B. Un article coûtait 62,50 euros et son prix baisse de 12 euros. Le pourcentage de baisse de cet article est de .... %.

2 Calcule les montants en euros ou les taux en pourcentage et complète.

Lors d'une élection de délégué, Zoé est élue avec 26 voix sur 32 votants.

Le pourcentage de voix qu'elle a reçue lors de cette élection est : .... %.

Un employé voit son salaire passer de 1 300 euros à 1 365 euros.Son salaire a donc augmenté de .... %.

Une télévision vendue à 890 euros voit son prix baisser de 20 %. Le montant de la réduction est de .... euros et donc son nouveau prix sera de .... euros.

3 Parmi les phrases suivantes, lesquelles sont correctes ?

- ❒ A. Un ordinateur coûtait 100 euros. Son prix augmente et il coûte maintenant 139 euros. Il a donc subi une hausse de 1,39 %.
- ❒ B. Un ordinateur coûtait 100 euros. Son prix augmente et il coûte maintenant 139 euros. Il a donc subi une hausse de 39 %.
- ❒ C. Une revue est composée de 24 pages sauf à la fin de l'année où elle est composée exceptionnellement de 54 pages. Son nombre de pages est augmenté de plus de 50 %.

DURÉES ET HORAIRES

1. Calculer des durées

- La **durée** d'un événement est la différence entre deux instants : l'horaire de fin de cet événement et son horaire de départ.
- Rappels : 1 min = 60 s ; 1 h = 60 min = 60 × 60 s = 3 600 s ; 1 J = 24 h.
- Attention : Pour calculer une durée ou un horaire, il n'est pas judicieux de poser l'opération en colonne, car cette technique est adaptée à la base 10 des calculs classiques (dix dixièmes = une unité), mais pas à la base 60 utilisée avec les horaires (60 secondes = 1 minute).

2. Convertir des durées

- Méthode : Pour convertir les jours et heures en minutes, on utilise les définitions précédentes puis on ajoute les minutes converties aux minutes données dans l'énoncé.

  Exemples : *On souhaite convertir 4 heures puis 2 jours 3 heures et 38 minutes en minutes.*

  × 60 ÷ 60

Minutes	60		
Heures	1	4	3

  Alors 4 h = 4 × 60 min = 240 min et 2 J 3 h 38 min = 2 × 24 h + 3 × 60 min + 38 min = 48 h + 180 min + 38 min = 48 × 60 min + 218 min = 2 880 min + 218 min = 3 098 min.

- Méthode : Pour convertir les minutes en heures, on utilise le fait que 1 h = 60 min, et ainsi on effectue la division décimale du nombre de minutes par 60. Ensuite, on ajoute les heures converties aux heures données dans l'énoncé.

  Exemple : *On souhaite convertir 135 minutes en heures et 8 heures et 45 minutes en heures.*

  × 60 ÷ 60

Minutes	60	135	45
Heures	1		

  Alors 135 min = 135 ÷ 60 = 2,25 h et 8 h 45 min = 8 h + 45 ÷ 60 = 8 h + 0,75 h = 8,75 h.

- Méthode : Pour convertir des durées, on effectue la division euclidienne des minutes par 60. Le quotient Q obtenu est le nombre d'heures et le reste *r* correspond au nombre de minutes.

  Exemple : *On convertit 758 min en heures et minutes : 758 min = 60 ×12 (Q) + 38 (r). Ainsi, on en déduit que : 758 min = 12 h 38 min.*

Le sais-tu ?

Calculer des durées : exemples

a) Un train arrive à 11 h 25 après un trajet de 2 heures et 40 minutes. À quelle heure est-il parti ?

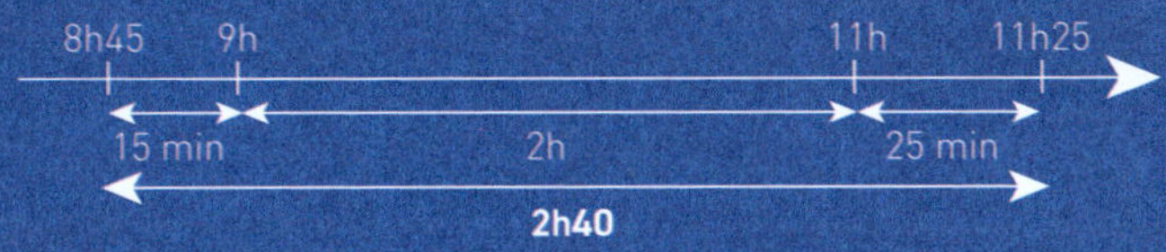

Ce train est donc parti à 8 h 45.

b) Une voiture part à 7 h 30 et arrive à 11 h 14. Combien de temps a duré son trajet ? De 7 h 30 à 8 heures : 30 minutes, puis de 8 heures à 11 heures : 3 heures, et enfin de 11 heures à 11 h 14 : 14 minutes. Ainsi, la durée du parcours est de 3 heures et 44 minutes.

Entraînement

1 Un après-midi, Patricia décide de préparer des cookies pour le goûter de ses enfants. Elle commence à cuisiner à 14 h 23. La préparation va lui prendre 25 minutes et la cuisson 12 minutes. Elle devra également attendre 45 minutes à la sortie du four pour que les cookies refroidissent. À quelle heure vont-ils pouvoir manger les cookies ?

- ❐ A. 15 heures
- ❐ B. 15 h 25
- ❐ C. 15 h 45
- ❐ D. 16 heures

2 Un train part de Paris à 9 h 55 et arrive à Marseille à 13 h 20. Quelle a été la durée du trajet de ce train ?

- ❐ A. 3 heures et 15 minutes
- ❐ B. 3 heures et 25 minutes
- ❐ C. 3 heures et 55 minutes
- ❐ D. 4 heures et 35 minutes

PÉRIMÈTRES

1. Périmètre d'un polygone

- Le **périmètre** d'une figure fermée est la longueur de son contour.
- Remarque : Toutes les longueurs intervenant pour calculer un périmètre doivent être exprimées dans une même unité de longueur.

  Exemple : *Pour trouver le périmètre du polygone, il suffit d'ajouter les longueurs de tous les côtés de ce polygone. On a : 3,2 + 3,8 + 4 + 4,6 + 7,6 = 23,2, donc le périmètre du polygone ABCDE est égal à 23,2 cm.*

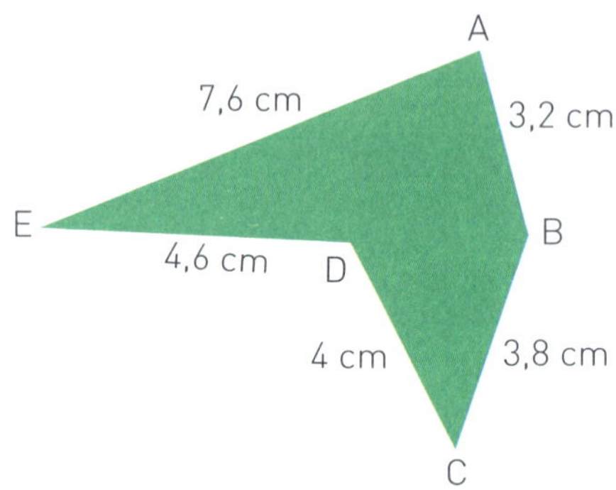

2. Longueur d'un cercle

- Propriété : La **longueur d'un cercle** est égale au double du produit du nombre pi (noté π) par le rayon de ce cercle.
- Ainsi, si on note L la longueur du cercle et r son rayon, alors on a : $L = 2 \times \pi \times r$.
- Remarque : Toutes les longueurs intervenant pour calculer la longueur d'un cercle doivent être exprimées dans une même unité de longueur.

  Exemple : *La longueur d'un cercle de rayon 7,5 cm est égale à : $L = 2 \times \pi \times r = 2 \times \pi \times 7{,}5 = 15 \times \pi \approx 47{,}1$ cm.*

  Sur la calculatrice, on obtient :

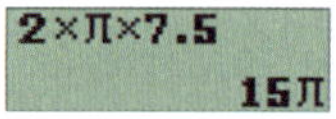

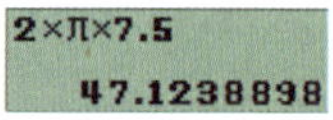

- Remarque : La longueur d'un cercle s'appelle aussi la **circonférence** d'un cercle.

3. Unités de longueur

- Remarque : On peut exprimer une longueur dans différentes unités. En particulier, on peut utiliser un tableau de conversion pour trouver l'unité la plus adaptée.

Unité	Kilomètre	Hectomètre	Décamètre	Mètre	Décimètre	Centimètre	Millimètre
Notation	km	hm	dam	m	dm	cm	mm

  Exemple : *On peut convertir la longueur du polygone et du cercle obtenus précédemment. Le périmètre du polygone est de 23,2 cm, donc, si on convertit, on obtient 232 mm. La longueur du cercle est de 47 cm, donc, si on convertit, on obtient 0,47 m.*

Le sais-tu ?

Cas particuliers

Périmètre d'un carré de côté c : $\mathcal{P} = 4 \times c$.

Périmètre d'un rectangle de longueur L et de largeur *l* : $\mathcal{P} = 2 \times L + 2 \times l = 2 \times (L + l)$.

Périmètre d'un triangle : $\mathcal{P}$ = somme des longueurs des trois côtés.

Périmètre d'un parallélogramme de longueur *L* et de largeur *l* : $\mathcal{P} = 2 \times L + 2 \times l = 2 \times (L + l)$.

$\mathcal{P} = 4 \times a$ 

$\mathcal{P} = 2 \times a + 2 \times b$
$\mathcal{P} = 2 \times (a + b)$ 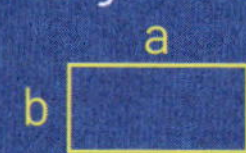

Entraînement

1 Complète les phrases suivantes.

Le périmètre d'un carré de côté 40 m est égal à .... m.

Le périmètre d'un rectangle de 3,2 dm de long sur 15 cm de large est égal à .... cm.

La mesure du côté d'un carré de 144 cm de périmètre est égale à .... cm.

La longueur d'un rectangle dont le périmètre est égal à 50 cm et de largeur 5 cm est égale à .... cm.

La largeur d'un rectangle dont le périmètre est égal à 7 m et de longueur 200 cm est égale à .... m.

2 Parmi les propositions suivantes, lesquelles sont correctes ?

- ❐ A. Le nombre π vaut exactement 3,14.
- ❐ B. Le périmètre s'exprime en m^2 lorsque le rayon est exprimé en m.
- ❐ C. Le périmètre d'un cercle de rayon 12,5 cm est : $(12,5 \times 2) \times \pi$.
- ❐ D. La longueur du quart d'un cercle de diamètre 8 dm est calculée avec : $(8 \times 2) \times \pi \div 4$.
- ❐ E. Le rayon d'un cercle de périmètre 314 cm est calculé avec : $(314 \div 3,14) \div 2 = 50$.

AIRES

1. Définitions

- La **surface** d'une figure fermée est la partie qui se trouve à l'intérieur de la figure.
- L'**aire** d'une figure fermée est la mesure de sa surface dans une unité d'aire donnée.

2. Aire d'un parallélogramme

- Propriété : L'aire d'un parallélogramme est donnée par la formule :

$$A = c \times h \text{ où } \begin{cases} A \text{ est l'aire du parallélogramme ;} \\ c \text{ est la longueur d'un des côtés du parallélogramme ;} \\ h \text{ est la hauteur du parallélogramme ;} \end{cases}$$

Exemples :

L'aire de ce parallélogramme est égale à :
$50 \times 30 = 1\,500$ cm^2.

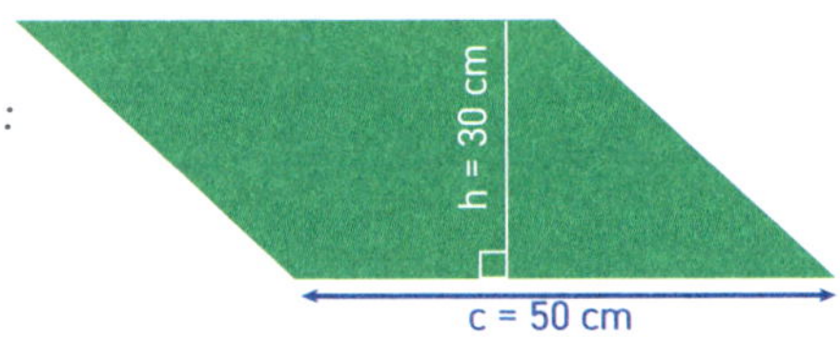

3. Unités d'aire

- Remarques : Chaque unité d'aire est 100 fois plus grande que celle du rang immédiatement inférieur.

Tableau de conversions :

km^2		hm^2		dam^2		m^2		dm^2		cm^2		mm^2	
			ha		a								

ha = hectare et a = are (unité d'aire qui correspond à 100 mètres carrés)

- On a donc : 1 km^2 = 100 hm^2 ; 1 dam^2 = 100 m^2 ; 1 m^2 = 100 dm^2 et 1 cm^2 = 100 mm^2.

Le sais-tu ?

Aires de figures usuelles : cas particuliers

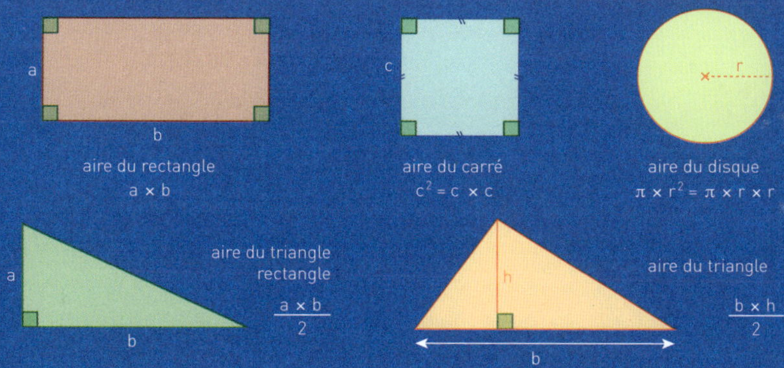

Entraînement

1 Les mesures de la figure ci-dessous sont :
AB = 6 cm, BC = 4 cm et BE = 3 cm.
Complète les calculs d'aire suivants.

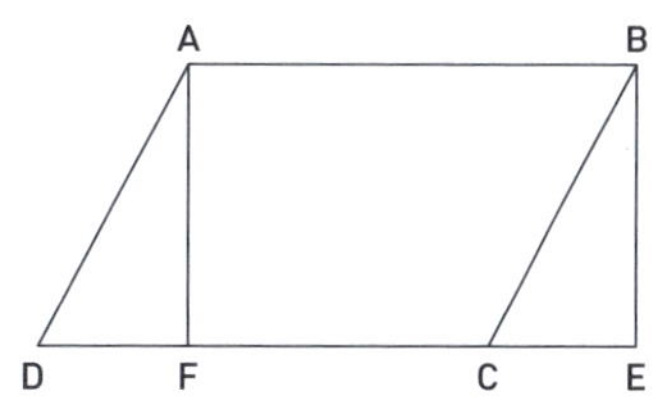

L'aire du rectangle ABEF est :

6 × .... = ... cm^2.

L'aire du parallélogramme ABCD est : 6 × .... = ... cm^2.

2 Complète les réponses suivantes en prenant 3,14 pour π.

Le rayon du disque est de 3 cm, alors son diamètre est de .... cm et son aire est de .... cm^2.

Le rayon du disque est de .... cm, alors son diamètre est de 8 cm et son aire est de .... cm^2.

Le rayon du disque est de .... cm, alors son diamètre est de .... cm et son aire est de 314 cm^2.

3 Complète les conversions suivantes.

23 m^2 = ... mm^2

15 hm^2 = ... cm^2

0,8 km^2 = ... dam^2

69 300 mm^2 = ... dam^2

4 874 dm^2 = ... hm^2

281 mm^2 = ... dm^2

Mathématiques

VOLUMES ET CONTENANCES

1. Volumes

- Un **solide** est un objet limité par des surfaces indéformables. Le **volume** d'un solide est la mesure de l'espace occupé par ce solide (la mesure de sa contenance intérieure) dans une unité de volume choisie.
- Propriétés :
  - Le volume d'un cube de côté c est donné par la formule : $V = c \times c \times c = c^3$;
  - Le volume d'un pavé droit de longueur L, de largeur l et de hauteur h est donné par la formule : $V = L \times l \times h$;
  - Le volume d'un prisme droit d'aire de base B et de hauteur h est donné par la formule : $V = B \times h$;
  - Le volume d'un cylindre d'aire de base B (un disque de rayon r) et de hauteur h est donné par la formule : $V = B \times h = \pi \times r^2 \times h$.
- Pour calculer le volume d'un solide qui possède une base dont l'aire est usuelle, il faut calculer l'aire de cette base puis l'utiliser pour calculer le volume du solide.

2. Calculer le volume d'un assemblage de solides

- Méthode : Pour calculer le volume d'un assemblage de solides, il faut reconnaître les solides utilisés pour former cet assemblage et utiliser les formules correspondantes en les adaptant aux données.

3. Unités de volume et de contenance

- Remarques : On peut exprimer un volume dans différentes unités, pour cela on peut utiliser un tableau de conversion. Chaque unité de volume est 1 000 fois plus grande que celle du rang immédiatement inférieur.
- Tableau de conversion des unités de volume et de contenance :

km^3			hm^3			dam^3			m^3			dm^3			cm^3			mm^3		
											kL	hL	daL	L	dL	cL	mL			

- On a donc : $1\ km^3 = 1\ 000\ hm^3$; $1\ hm^3 = 1\ 000\ dam^3$; $1\ dam^3 = 1\ 000\ m^3$; $1\ m^3 = 1\ 000\ dm^3$; $1\ dm^3 = 1\ 000\ cm^3$ et $1\ cm^3 = 1\ 000\ mm^3$.

Le sais-tu ?

Calculer le volume d'un assemblage de solides : exemple

Ce solide est composé d'un pavé droit de dimensions 20 cm × 40 cm × 50 cm surmonté d'un demi-cylindre de diamètre 40 cm et de hauteur 20 cm.

Ainsi, on a : $V_{pavé} = 20 \times 40 \times 50 = 40\,000\ cm^3$ et $V_{demi-cylindre} = \frac{1}{2} \times \pi \times \left(\frac{40}{2}\right)^2 \times 20 = 4\,000\,\pi$ et donc on obtient : $V = 40\,000 + 4\,000\pi \approx 52\,566{,}4\ cm^3$.

Entraînement

1 Calcule le volume de chacun des solides suivants.

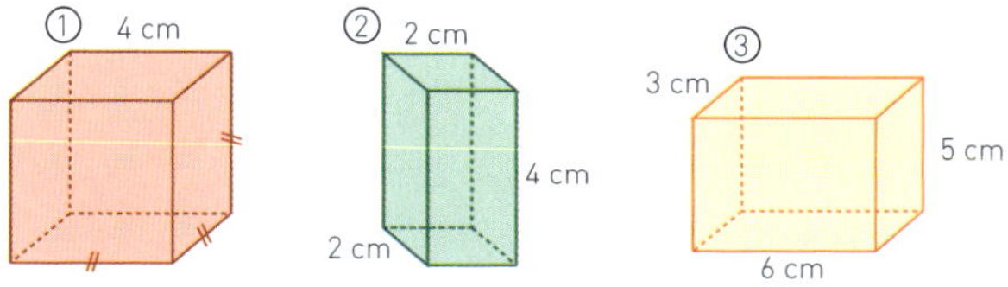

Le volume du solide 1 est : .... cm^3.

Le volume du solide 2 est : .... cm^3.

Le volume du solide 3 est : .... cm^3.

2 Complète la recherche suivante pour obtenir le volume du prisme.

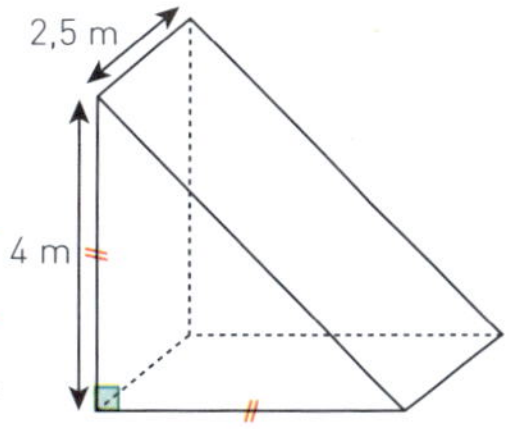

Les bases de ce prisme sont des ....

....

L'aire d'une base de ce prisme est de : .... m^2.

Le volume de ce prisme est donc : .... m^3.

3 Un cylindre a pour hauteur 6 cm et pour rayon de base 5 cm. Parmi les propositions suivantes, sélectionne celle(s) qui est (sont) correcte(s).

- ❒ A. L'aire de la base de ce cylindre est 62,8 cm^2.
- ❒ B. L'aire de la base de ce cylindre est 78,5 cm^2.
- ❒ C. Le volume de ce cylindre est 471 cm^3.
- ❒ D. Le volume de ce cylindre est 628 cm^3.

SOLIDES

1. Définitions des solides usuels

- Un **polyèdre** est un solide dont les **faces** sont des polygones. Les côtés de ces polygones sont appelés des **arêtes**, ils sont délimités par des points appelés **sommets**.

Solide	Définition	Représentation en perspective cavalière
Pavé droit	Solide dont toutes les faces sont des **rectangles**.	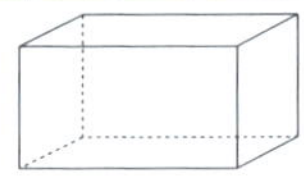
Prisme droit	Solide formé de deux **bases polygonales superposables** et parallèles. Elles sont reliées par des **faces latérales** toutes **rectangulaires**.	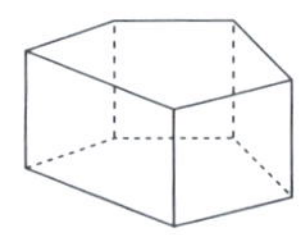
Cylindre de révolution	Solide obtenu en faisant tourner un rectangle autour de l'un de ses côtés. Il a deux **bases** qui sont des **disques superposables** et la **surface latérale** est un **rectangle** une fois déroulée.	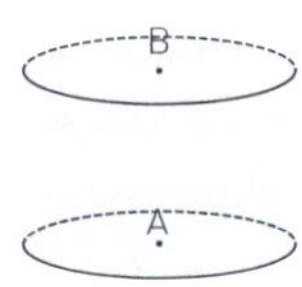
Pyramide	Solide possédant une base polygonale et des faces latérales triangulaires qui ont tous un sommet commun.	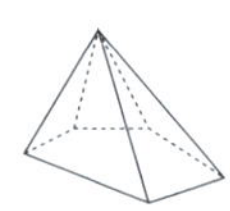
Cône de révolution	Solide obtenu par rotation d'un triangle rectangle autour de l'un des côtés de l'angle droit.	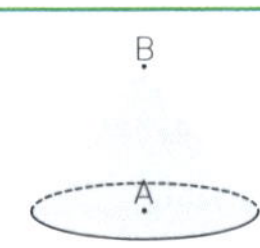

2. Perspective cavalière

Exemple :

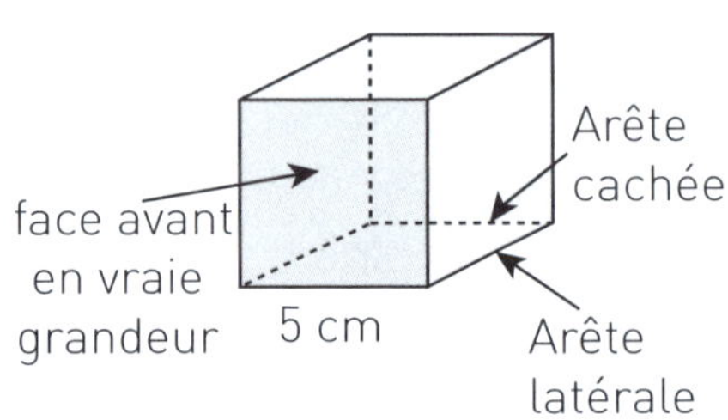

Le sais-tu ?

Patron de solide

Méthode : Pour construire un patron d'un cylindre de révolution, il faut savoir que la mesure de la hauteur du cylindre est la largeur du rectangle à tracer. Il faut utiliser la formule du périmètre d'un cercle $L = 2 \times \pi \times r$ pour calculer la longueur du rectangle à tracer.

Exemple :

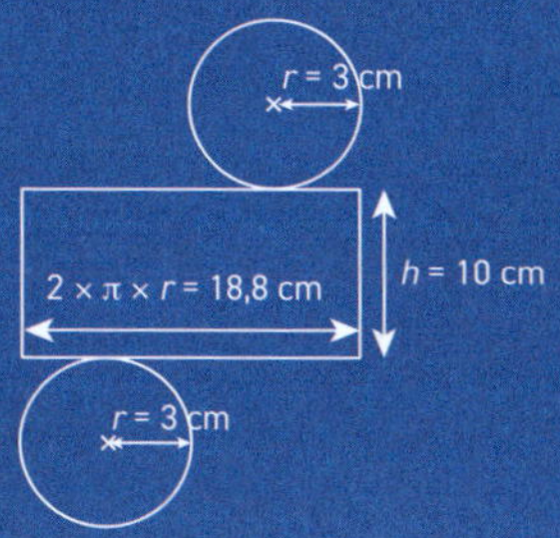

Entraînement

❶ Parmi les affirmations suivantes, sélectionne celle(s) qui est (sont) correcte(s).

- ❒ A. Les faces latérales d'un prisme droit sont des rectangles.
- ❒ B. Un prisme droit à bases triangulaires possède 6 arêtes.
- ❒ C. Un prisme droit à bases rectangulaires possède 4 faces.
- ❒ D. Un parallélépipède rectangle est un prisme droit.
- ❒ E. Un prisme droit à bases carrées possède 12 arêtes.

❷ Complète les phrases suivantes avec les termes adaptés.

Les bases d'un cylindre de révolution sont des .... de même ....

Les bases d'un cylindre de révolution sont des plans ....

Les bases d'un cylindre de révolution sont .... au segment qui relie les centres des deux bases.

❸ Parmi les affirmations suivantes, sélectionne celle(s) qui est (sont) correcte(s).

- ❒ A. Un cylindre de révolution possède une base rectangulaire.
- ❒ B. Un cylindre de révolution possède deux bases qui sont des disques.
- ❒ C. Dans un cylindre de révolution, les bases sont parallèles.
- ❒ D. Dans un cylindre de révolution, les bases peuvent avoir des rayons différents.

Mathématiques

SYMÉTRIE CENTRALE

1. Définitions et propriétés

- Deux figures sont **symétriques par rapport à une droite** (*d*) si elles se superposent lorsqu'on plie le long de cette droite (*d*). Cette droite est alors **l'axe de symétrie**.
- Deux figures sont **symétriques par rapport à un point O** lorsqu'elles se superposent par **demi-tour** autour de ce point O qui est le **centre de symétrie**.
- Propriétés : Si M' est l'image de M par rapport à O, alors O est le **milieu** de [MM']. La symétrie centrale conserve le parallélisme, les longueurs des segments et les mesures d'angles. Si une figure possède un centre de symétrie, alors elle est son propre symétrique par rapport à ce centre.

2. Construire le symétrique d'une figure par symétrie centrale

- Méthode :
  - Bien repérer le centre de symétrie O.
  - Construire la demi-droite partant du premier point de la figure (A) et passant par le centre O : [AO) puis reporter la longueur AO à partir du point O sur cette même demi-droite mais de l'autre côté du point O. On obtient alors A', l'image du point A.
  - Recommencer la même procédure pour chaque sommet de la figure initiale.
  - Relier enfin tous les points images obtenus dans l'ordre pour obtenir la figure F', image de la figure initiale F par rapport au point O.

3. Visualiser une symétrie dans une frise ou dans un pavage

- Méthode :
  - Bien observer le motif élémentaire (c'est-à-dire le motif de base qui va ensuite être répété dans la frise ou le pavage).
  - Puis chercher ce même motif dans la frise ou le pavage et trouver par quelle transformation il a pu être répété pour construire toute la frise ou tout le pavage.

Exemple :

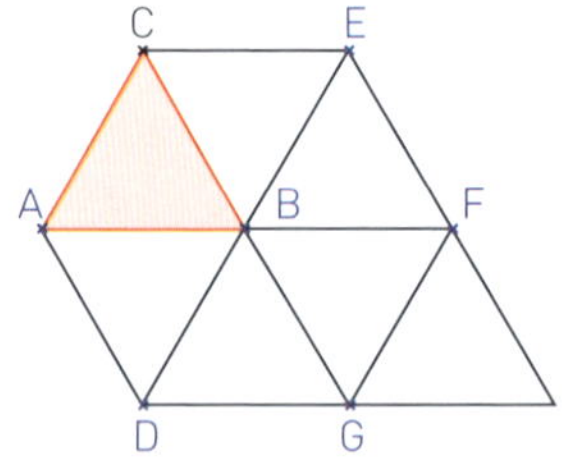

➔ Exemple : *A'B'C' est l'image de ABC par la symétrie de centre O.*

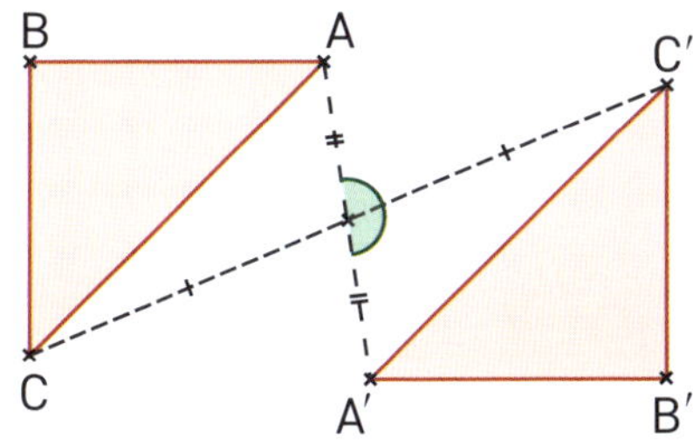

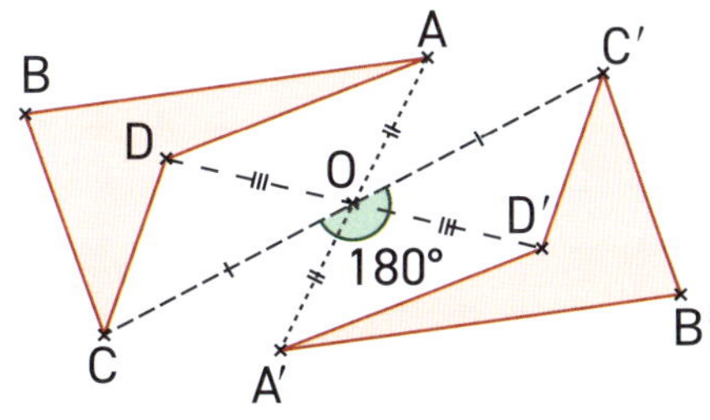

Entraînement

1 Parmi les affirmations suivantes, sélectionne celle(s) qui est (sont) correcte(s). On peut dire dans cette figure que :

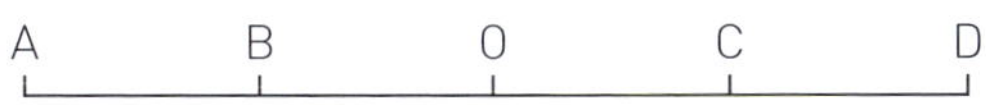

A. le point A est le symétrique du point C par la symétrie de centre O.

B. le point O est le symétrique du point O par la symétrie de centre O.

C. le point O est le milieu du segment [BC].

D. le point D est le symétrique du point O par la symétrie de centre C.

2 Parmi les affirmations suivantes, sélectionne celle(s) qui est (sont) correcte(s).

- ☐ A. Lors de la symétrie de centre O, le point A a pour image A', le point B a pour image B' et alors AB = A'B'.
- ☐ B. Lors de la symétrie de centre O, la droite (*d*) a pour symétrique (*d'*) et alors les droites (*d*) et (*d'*) sont perpendiculaires.
- ☐ C. Lors d'une symétrie centrale, le symétrique d'un cercle est un cercle de même rayon.

3 Construis l'image du polygone par la symétrie de centre O.

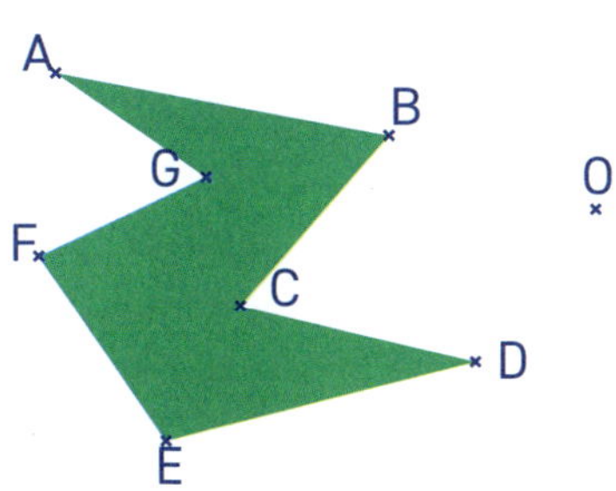

ANGLES

1. Angles adjacents, complémentaires et supplémentaires

- Deux angles sont **adjacents** lorsqu'ils ont le même sommet ; lorsqu'ils ont un côté commun et lorsqu'ils sont situés de part et d'autre du côté commun.
- Deux angles sont **complémentaires** lorsqu'ils sont adjacents et que la somme de leurs mesures est égale à 90°.
- Deux angles sont **supplémentaires** lorsqu'ils sont adjacents et que la somme de leurs mesures est égale à 180°.

2. Angles opposés par le sommet

- Deux angles sont **opposés par le sommet** lorsqu'ils ont le même sommet et lorsque leurs côtés sont dans le prolongement l'un de l'autre.
- Propriété : Deux angles opposés par le sommet sont de même mesure.

3. Angles alternes-internes et correspondants

- On considère deux droites (d) et (d') et une sécante (Δ) qui coupe (d) et (d') en deux points B et E. Deux angles sont **alternes-internes** lorsqu'ils ont pour sommets B et E ; lorsqu'ils sont situés de part et d'autre de la droite (Δ) et lorsqu'ils sont situés entre les droites (d) et (d').
- On considère deux droites (d) et (d') et une sécante (Δ) qui coupe (d) et (d') en deux points B et E. Deux angles sont **correspondants** lorsqu'ils ne sont pas adjacents ; lorsqu'ils sont situés du même côté de la droite (Δ) et lorsque l'un est situé entre les droites (d) et (d') et l'autre non.

4. Propriétés des angles alternes-internes et correspondants

- Si deux droites parallèles sont coupées par une sécante, alors les angles alternes-internes (respectivement les angles correspondants) qu'elles forment sont de même mesure.
- Si deux droites coupées par une sécante forment deux angles alternes-internes (respectivement deux angles correspondants) de même mesure, alors les deux droites qui coupent la sécante sont parallèles.

➔ Méthode : Pour démontrer que deux droites sont parallèles, il faut repérer les angles connus sur la figure et poser les mots de vocabulaire adéquats. Puis, rechercher la bonne propriété à appliquer dans l'exercice.

Exemples :

Angles adjacents :

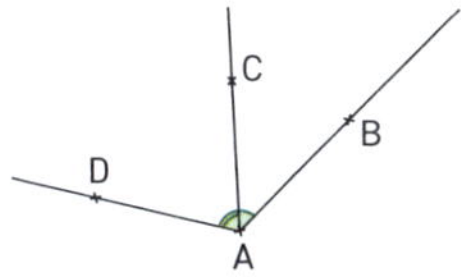

Angles complémentaires et supplémentaires :

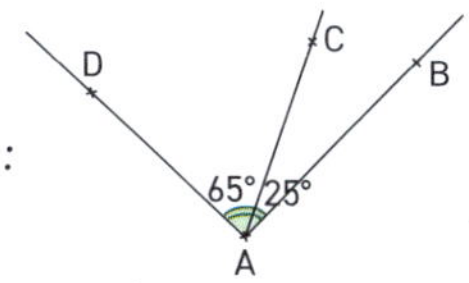

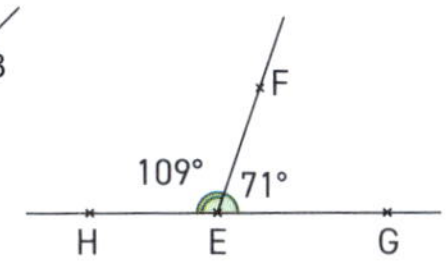

Angles opposés par le sommet :

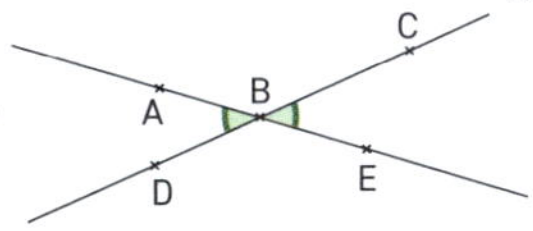

Angles alternes-internes : Les angles $\widehat{CBE}$ *et* $\widehat{BEF}$ *sont alternes-internes.*

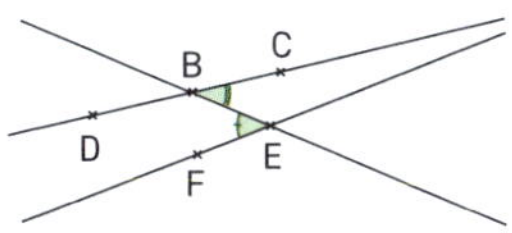

Angles correspondants :

Les angles $\widehat{CBE}$ *et* $\hat{E}$ *sont correspondants.*

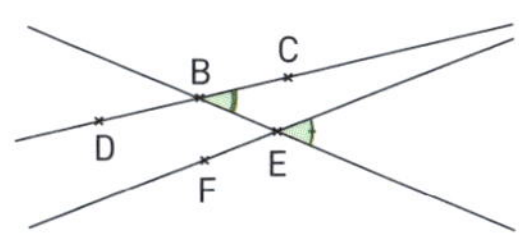

Entraînement

1 Compare les angles de la figure.

La mesure de l'angle $\hat{o}$ est égale à celle de l'angle $\hat{e}$ car .... est .... à .... et les angles $\hat{o}$ et $\hat{e}$ sont ....

La mesure de l'angle $\hat{o}$ est .... de celle de l'angle $\hat{\imath}$ car .... n'est pas .... à .... même si les angles $\hat{o}$ et $\hat{\imath}$ sont ....

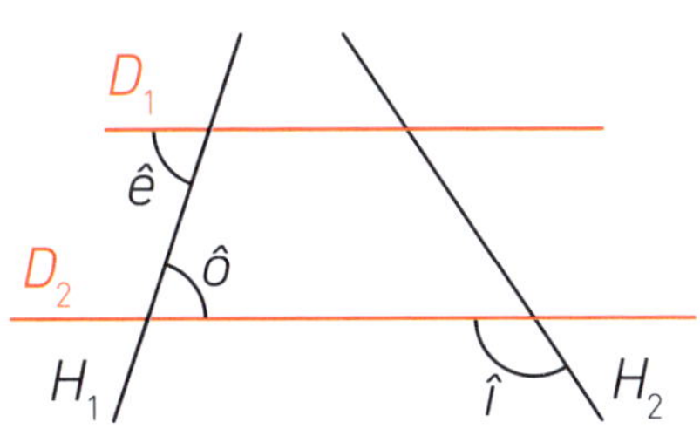

TRIANGLES

1. Inégalité triangulaire

- Propriété : Dans un triangle, la longueur d'un côté est toujours inférieure ou égale à la somme des longueurs des deux autres côtés. Remarque : Si la longueur d'un côté est égale à la somme des longueurs des deux autres côtés, alors le triangle est aplati, c'est-à-dire que les trois points sont alignés.

- Méthode : Construire, **à la règle et au compas**, le triangle ABC vérifiant : AB = 10 cm, AC = 7 cm et BC = 15 cm.

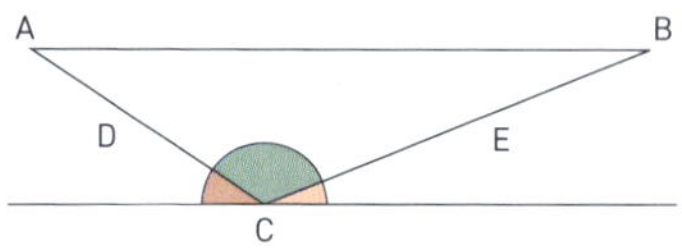

  - Commencer par tracer [AB] en grandeur réelle à la règle.
  - À l'aide du compas, tracer un arc de cercle de centre A et de rayon 7 cm.
  - À l'aide du compas, tracer un arc de cercle de centre B et de rayon 15 cm.
  - Placer le point C à l'intersection des deux arcs de cercle tracés.
  - Tracer les segments [AC] et [BC] puis compléter le codage.

2. Droites remarquables

- La **médiatrice d'un segment** est l'ensemble des points situés à égale distance des extrémités de ce segment. Propriété : La médiatrice d'un segment est la droite perpendiculaire à ce segment et passant par son milieu.

- Propriétés : Les médiatrices d'un triangle sont les trois médiatrices des trois côtés du triangle. Les trois médiatrices d'un triangle sont **concourantes** en un point.

- Dans un triangle quelconque, par exemple le triangle MAC, la **hauteur issue du sommet M** est la droite **passant par le point M** et qui est **perpendiculaire** au côté opposé à ce sommet M. On dit que H est le **pied** de la hauteur et que (MH) est la **hauteur relative** au côté [CA].

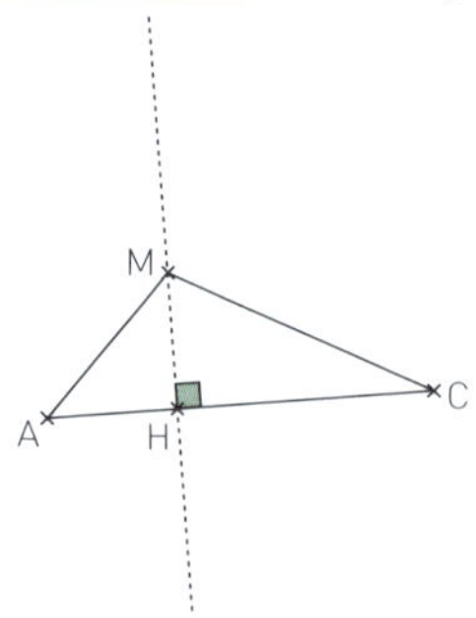

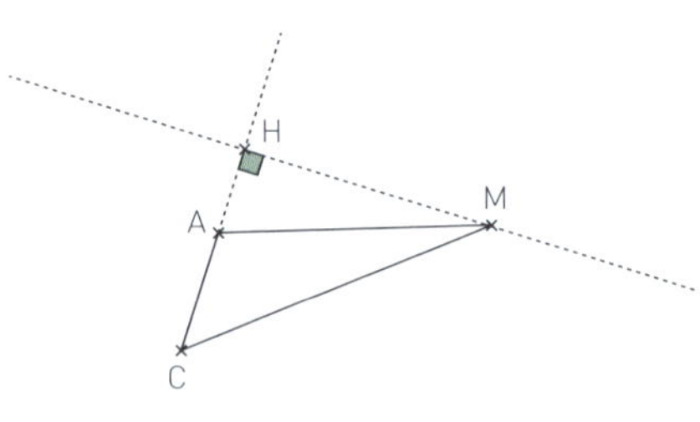

Méthode

Vérifier si un triangle est constructible ou non.

- Repérer le plus grand côté du triangle étudié.
- Calculer la somme des longueurs des deux plus petits côtés du triangle.
- Comparer cette somme à la longueur du plus grand côté du triangle.
  Si la somme est supérieure au plus grand côté, alors le triangle est constructible.
  Si la somme est inférieure au plus grand côté, alors le triangle n'existe pas.
  Si la somme est égale à la longueur du plus grand côté, alors le triangle est aplati.

3. Angles d'un triangle

- Propriété des angles d'un triangle : **Dans un triangle, la somme des mesures des trois angles est égale à 180°**.
- Méthode : Calculer la mesure d'un angle dans un triangle.
  - Identifier les trois angles du triangle à utiliser.
  - Écrire la propriété des mesures des angles d'un triangle et écrire l'égalité ainsi obtenue.
  - Remplacer par les données connues, c'est-à-dire par les mesures des angles connues.
  - Enfin, effectuer le calcul à trou pour trouver la mesure demandée.

  Exemple : *Dans le triangle PKO, on connaît* $\widehat{OPK} = 46°$ *et* $\widehat{PKO} = 71°$. *On sait que la somme des mesures des trois angles vaut 180°.*

  On a alors : $\widehat{OPK} + \widehat{PKO} + \widehat{KOP} = 180°$
  $46° + 71° + \widehat{KOP} = 180°$
  $\widehat{KOP} = 180° - 117°$
  $\widehat{KOP} = 63°$.

4. Construire un triangle grâce à ses angles

- Méthode : Construire le triangle ABC vérifiant $AB = 7$ cm, $\widehat{ABC} = 50°$ et $\widehat{BAC} = 30°$.
  - Tracer le segment dont la longueur est connue : [AB], puis le coder.
  - Avec le rapporteur, tracer la demi-droite [Bx) pour que $\widehat{ABx} = 50°$.
  - De même, avec le rapporteur, on trace la demi-droite [Ay) pour que $\widehat{BAy} = 30°$.
  - Placer le dernier point du triangle C au point d'intersection des deux demi-droites.

5. Triangles particuliers : propriétés

- Dans un triangle équilatéral (trois côtés de même longueur), chaque angle mesure 60°. Réciproquement, si un triangle possède trois angles qui mesurent 60°, alors ce triangle est équilatéral.
- Dans un triangle isocèle (deux côtés de même longueur), les angles à la base ont la même mesure. Réciproquement, si un triangle possède deux angles de même mesure, alors ce triangle est isocèle.
- Dans un triangle rectangle, la somme des mesures des deux angles aigus est égale à 90°. Réciproquement, si un triangle possède un angle droit ou deux angles aigus dont la somme des mesures vaut 90°, alors ce triangle est rectangle.
- Dans un triangle rectangle isocèle, les deux angles aigus mesurent chacun 45°.

Le sais-tu ?

$\widehat{MON} + \widehat{ONM} + \widehat{NMO} = 180°$.

Explications : Grâce aux angles alternes-internes, dans la figure ci-contre, on voit que les angles rouges sont égaux, tout comme les angles orange. De plus, le regroupement des trois angles du triangle donne un angle plat dont la mesure vaut bien 180°.

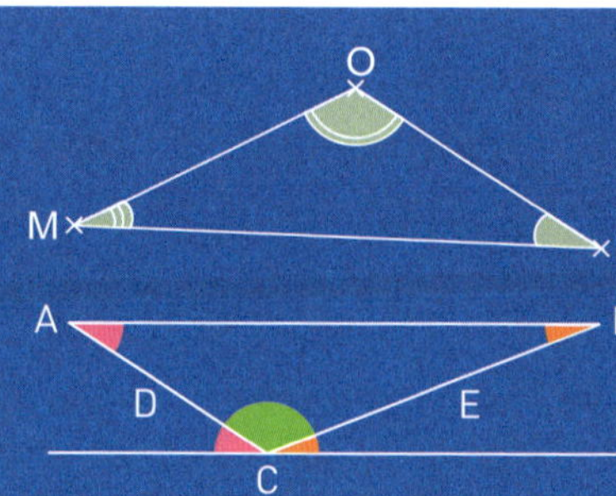

Entraînement

1 Indique la nature des triangles décrits ci-dessous.

Le triangle ABC vérifie : $\hat{B} = 40°$ et $\hat{C} = 50°$.

Donc ABC est un triangle ....

Le triangle EFG vérifie : $\hat{E} = 60°$ et $\hat{F} = 60°$.

Donc EFG est un triangle ....

Le triangle IJK vérifie : $\hat{J} = 40°$ et $\hat{K} = 70°$.

Donc IJK est un triangle ....

2 Construis en vraie grandeur la figure suivante.

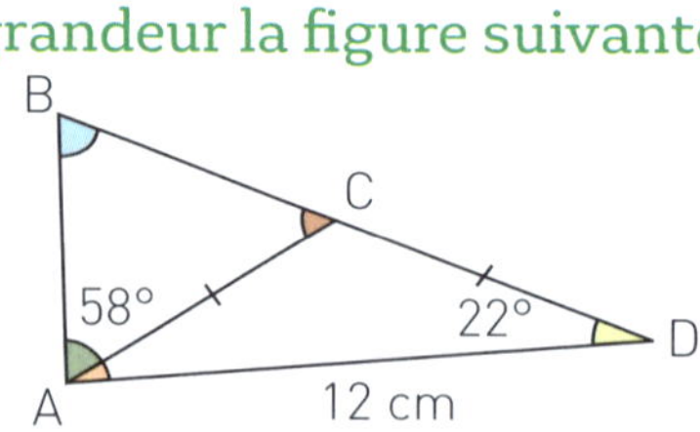

PARALLÉLOGRAMMES

1. Définition et propriétés des parallélogrammes

- Un **parallélogramme** est un quadrilatère ayant ses côtés opposés deux à deux parallèles.

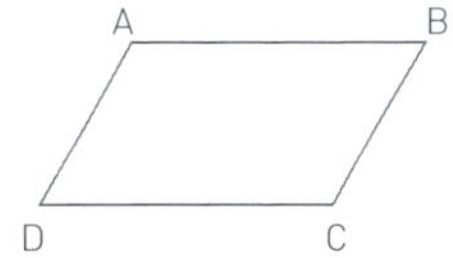

- Propriétés des diagonales : Les diagonales d'un parallélogramme se coupent en leur milieu. Le point d'intersection des diagonales est le centre de symétrie du parallélogramme.

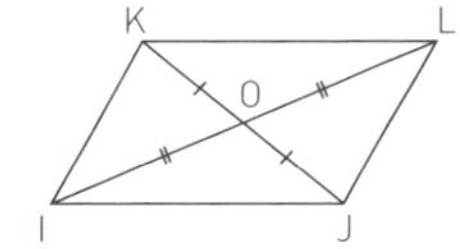

- Propriétés des côtés et des angles des parallélogrammes : Les côtés opposés d'un parallélogramme sont de la même longueur. Les angles opposés d'un parallélogramme sont de même mesure. Deux angles consécutifs d'un parallélogramme sont supplémentaires.

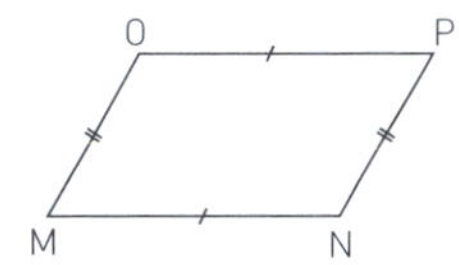

2. Parallélogrammes particuliers

- Propriétés : Les rectangles, les losanges et les carrés sont des parallélogrammes particuliers.
- Un **rectangle** est un quadrilatère qui a **quatre angles droits**. Les diagonales d'un rectangle sont de la même longueur. Si un parallélogramme possède un angle droit, alors c'est un rectangle.

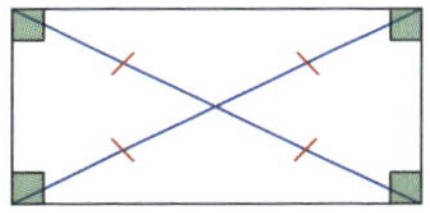

- Un **losange** est un quadrilatère qui a ses **quatre côtés de la même longueur**. Les diagonales d'un losange sont perpendiculaires. Si un parallélogramme a deux côtés consécutifs de la même longueur, alors c'est un losange.

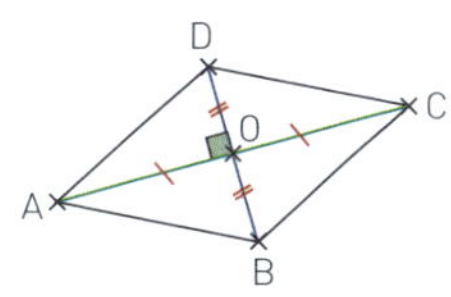

- Un **carré** est un quadrilatère qui a **quatre angles droits et quatre côtés de la même longueur**. Les diagonales d'un carré sont perpendiculaires et de la même longueur. Si un parallélogramme a deux côtés consécutifs de la même longueur et un angle droit, alors c'est un carré.

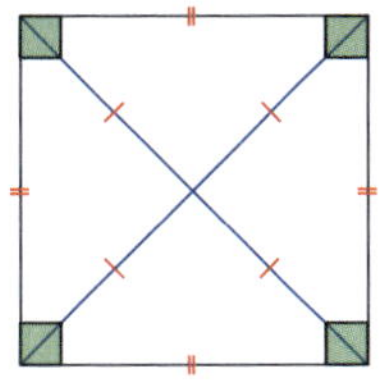

3. Construire des quadrilatères

- Méthode : Construire un parallélogramme lorsqu'on connaît les longueurs *a* et *b* de deux côtés consécutifs et la mesure de l'angle *a* entre ces deux côtés.
- Tracer les deux côtés de longueurs *a* et *b* de façon à ce que leur ouverture soit celle de la mesure d'angle *a* en utilisant le rapporteur entre le tracé des deux côtés.
- Avec le compas, reporter les longueurs *a* et *b* aux extrémités des deux côtés déjà obtenus de sorte que les longueurs soient identiques sur les côtés opposés. Le point d'intersection des deux arcs de cercle est le quatrième sommet du parallélogramme.

Méthode

Construire un losange à partir de ses diagonales.

On commence par tracer un segment de la longueur de la première diagonale donnée. Ensuite, on trace la droite perpendiculaire à ce segment passant par son milieu. On transforme cette perpendiculaire en un segment qui doit avoir le même milieu que le premier segment tracé et être de la longueur de la deuxième diagonale donnée. Aux extrémités des segments perpendiculaires, on obtient les quatre sommets du losange. On doit alors tracer les côtés du losange à partir des sommets obtenus.

Entraînement

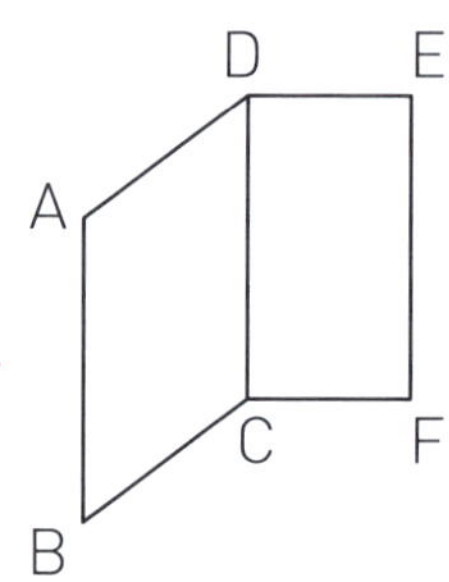

1 Complète le raisonnement ci-dessous.

ABCD est un parallélogramme, donc (AB)// ....
et AB = ...

DCFE est aussi un parallélogramme, donc (DC)// ....
et DC = ...

On peut donc dire que AE .... est un parallélogramme car (AB)// .... et AB = ...

On en déduit finalement que : (AE)// ....
et AE = ...

CORRIGÉS

Nombres décimaux - page 5

1. A. 18 - 4 est une différence, dans ce cas 4 est un terme. ; B. 12 × 6 est un produit, dans ce cas 12 est un facteur. ; C. 35 + 11 est une somme, dans ce cas 35 et 11 sont des termes. ; D. 42 ÷ 6 est un quotient, dans ce cas 42 est le dividende, 6 est le diviseur.
2. A = 357 + 82,6 ≈ 440 ; B = 10,2 - 7,54 ≈ 2 ; C = 32,094 + 7,1 ≈ 39 ; D = 4,3 × 2,89 ≈ 12 ; E = 9,44 ÷ 4 ≈ 2,5 ; F = 10,7 × 8,5 ≈ 88.

Fractions - page 8

1. A. $\frac{7}{3} > \frac{7}{8}$; B. $\frac{5}{16} < \frac{9}{16}$; C. $\frac{54}{18} > \frac{45}{18}$; D. $\frac{8}{11} > \frac{8}{15}$; E. $\frac{4}{71} < \frac{4}{17}$; F. $\frac{21}{12} < \frac{29}{12}$.
2. A. et C. On divise le numérateur et le dénominateur par le même nombre pour simplifier. La phrase B. est fausse car la fraction n'est pas simplifiée au maximum.

Nombres relatifs - page 11

1. A = (-1) + 7 + 8 + (-4) + 6 + (-4) = 12 ; B = 6 - 7,1 + 8 + 7,1 - 12,4 = 1,6 ; C = (-7) - 5,4 + 8,3 - (-9,4) = 5,3 et D = -5 + 2,7 + 9,4 - 2,7 + 7 - 15,4 = -4.
2. A = b + a - c - d = 1 ; B = c - e - d = 19, C = a - b + c - e = 13 et D = b - a - d + e = 3.

Division euclidienne et décimale - page 13

1. Les nombres divisibles par 2 sont : 6, 30, 90, 122, 144 et 2 508 ; ceux divisibles par 3 sont : 6, 30, 90, 144 et 2 508 ; ceux divisibles par 4 sont : 144 et 2 508 ; ceux divisibles par 5 sont : 30, 65 et 90 ; ceux divisibles par 9 sont : 90 et 144 et ceux divisibles par 10 sont : 30 et 90.
2. D. Ces nombres sont : 0, 15, 30, 45, 60, 75, 90, 105, 120, 135 et 150.

Arithmétique - page 15

1. C. Dans cette liste, les nombres 6, 1 et 3 sont des diviseurs de 6 ; 84 et 120 en sont des multiples car 84 = 6 × 14 et 120 = 6 × 20.
2. B. Les diviseurs de 20 sont : 1, 20, 2, 10, 4 et 5.
3. A., B. et D. On teste les divisions par les nombres premiers jusqu'à la division par 7 ou par 11 car à partir de cette division, les quotients sont inférieurs à ces nombres. Donc 73, 83 et 103 sont premiers.
4. D. Chaque décomposition donne 100 comme résultat mais seule la dernière est composée uniquement de nombres premiers.
5. 110 = 2 × 5 × 11

Calcul littéral - page 18

1. A. et D. Si on remplace la lettre t par le nombre 7, le membre de gauche vaut 2 × t - 3 = 2 × 7 - 3 = 11 et le membre de droite vaut 3 × t - 10 = 3 × 7 - 10 = 11. Si on remplace la lettre x par le nombre 3 et la lettre y par le nombre 2, le membre de gauche vaut 3 × x + y = 3 × 3 + 2 = 11 et le membre de droite vaut 5 × y + 1 = 5 × 2 + 1 = 11.
2. 4 × x × 6 = 8 × 4 × 6 est vraie lorsque x = 8 + 13 + 46 = x + x + 13 est vraie lorsque x = 23 + 77 = x - 13 est vraie lorsque x = 90 et 4x = 280 est vraie lorsque x = 70.

Statistiques - page 21

1. On calcule la moyenne de tailles :
$$m = \frac{125 + 118 + 121 + 122 + 121 + 121 + 124}{7} = \frac{852}{7} \approx 122 \text{ cm}$$
On calcule la moyenne de poids :
$$m = \frac{32 + 25 + 27 + 29 + 28 + 27 + 31}{7} = \frac{199}{7} \approx 28 \text{ kg}$$
2. On calcule la moyenne :
$$\frac{2 \times 8 + 3 \times 10 + 5 \times 12 + 7 \times 13 + 3 \times 15 + 5 \times 17 + 5 \times 20}{2 + 3 + 5 + 7 + 3 + 5 + 5} = \frac{427}{30} \approx 14{,}2$$

Probabilités - page 23

1. Cette expérience possède 32 issues. On a 4 chances sur 32 de tirer un As. On a 8 chances sur 32 de tirer une carte de la famille Carreau. On a 16 chances sur 32 de tirer une carte de couleur noire (Trèfle ou Pique). On a 2 chances sur 32 de tirer une dame rouge (Cœur ou Carreau).
2. Cette expérience possède 8 issues. Ces issues sont équiprobables. La probabilité de tirer un jeton qui est un multiple de 2 est 4/8. La probabilité de tirer un jeton qui soit supérieur ou égal à 4 est 5/8. La probabilité de tirer un jeton qui soit un nombre pair supérieur ou égal à 4 est 3/8.

Proportionnalité - page 27

1. A. Le montant de la remise est de :
$253{,}5 \times \frac{12}{100} = 30{,}42$ euros. B. Le pourcentage de baisse de cet article est de $\frac{12}{62{,}50} = 0{,}192 = 19{,}2\ \%$.
2. Le pourcentage de voix qu'elle a reçues lors de cette élection est de : $\frac{26}{32} = 0{,}8125 = 81{,}25\ \%$. Son salaire a donc augmenté de $\frac{65}{1300} = 0{,}05 = 5\ \%$. Le montant de la réduction est de 890 × 0,2 = 178 euros et donc son nouveau prix sera de 712 euros.
3. B. et C. On calcule les pourcentages :
$\frac{39}{100} = 0{,}39 = 39\ \%$ et $\frac{54 - 24}{54} = 0{,}56 = 56\ \%$.

Durées et horaires - page 29

1. C. Si on additionne toutes les durées à partir de l'heure de départ, cela donne la réponse C.
2. B. Il y a 5 minutes pour arriver à 10 heures, puis 3 heures pour arriver à 13 heures et enfin 20 minutes pour arriver à 13 h 20.

Périmètres - page 31

1. 160 ; 94 ; 36 ; 20 ; 1,5.
2. C. et E. Ce sont les seules phrases qui correspondent à la formule de la longueur d'un cercle.

Aires - page 33

1. L'aire du rectangle ABEF est de : $6 \times 3 = 18$ cm^2. L'aire du parallélogramme ABCD est de : $6 \times 3 = 18$ cm^2.
2. Le rayon du disque est de 3 cm, alors son diamètre est de 6 cm et son aire est de 28,26 cm^2. Le rayon du disque est de 4 cm, alors son diamètre est de 8 cm et son aire est de 50,24 cm^2. Le rayon du disque est de 10 cm, alors son diamètre est de 20 cm et son aire est de 314 cm^2.
3. 23 m^2 = 23 000 000 mm^2 ; 15 hm^2 = 1 500 000 000 cm^2 ; 0,8 km^2 = 8 000 dam^2 ; 69 300 mm^2 = 0,000 693 dam^2 ; 4 874 dm^2 = 0,004 874 hm^2 ; 281 mm^2 = 0,0281 dm^2.

Volumes et contenances - page 35

1. Le volume du solide 1 est : 64 cm^3. Le volume du solide 2 est : 16 cm^3. Le volume du solide 3 est : 90 cm^3.
2. Les bases de ce prisme sont des triangles rectangles. L'aire d'une base de ce prisme est : $(4 \times 4) \div 2 = 8$ m^2.
Le volume de ce prisme est donc : $8 \times 2{,}5 = 20$ m^3.
3. B. et C. On calcule l'aire de la base avec la formule $A = \pi \times r^2$ et le volume avec la formule $V = Base \times hauteur$.

Solides - page 37

1. A., D. et E. Il ne faut pas hésiter à dessiner les prismes droits pour mieux visualiser le nombre de faces, d'arêtes et de sommets.
2. Les bases d'un cylindre de révolution sont des disques de même rayon. Les bases d'un cylindre de révolution sont des plans parallèles. Les bases d'un cylindre de révolution sont perpendiculaires au segment qui relie les centres des deux bases.
3. B. et C. Les bases sont des disques qui sont parallèles et superposables. C'est la face latérale qui a une forme rectangulaire lorsqu'on la déroule.

Symétrie centrale - page 39

1. B., C. et D. Comme le segment est coupé en quatre parts égales, on obtient des points symétriques par rapport aux centres proposés. De plus, le centre de symétrie est son propre symétrique lors d'une symétrie centrale.
2. A. et C. La symétrie centrale conserve les longueurs et le parallélisme.
3. Reporte-toi à la méthode du 2. page 38.

Angles - page 41

1. La mesure de l'angle $\hat{o}$ est égale à celle de l'angle $\hat{e}$ car D_1 est parallèle à D_2 et les angles $\hat{o}$ et $\hat{e}$ sont alternes-internes. La mesure de l'angle $\hat{o}$ est différente de celle de l'angle $\hat{\imath}$ car H_1 n'est pas parallèle à H_2 même si les angles $\hat{o}$ et $\hat{\imath}$ sont alternes-internes.

Triangles - page 44

1. ABC est un triangle rectangle. EFG est un triangle équilatéral. IJK est un triangle isocèle.
2. Reporte-toi à la méthode du 4. page 43.

Parallélogrammes - page 46

1. ABCD est un parallélogramme, donc (AB)//(DC) et AB = DC. DCFE est aussi un parallélogramme, donc (DC)//(EF) et DC = EF. On peut donc dire que AEFB est un parallélogramme car (AB)//(EF) et AB = EF. On en déduit finalement que : (AE)//(BF) et AE = BF.

Français

LES CLASSES GRAMMATICALES

La classe grammaticale d'un mot est son identité : elle ne change jamais et est indiquée à côté du mot dans le dictionnaire. On distingue les classes variables, dont les mots changent de forme selon le genre (masculin et féminin) et/ou le nombre (singulier et pluriel), et les classes invariables, dont les mots ne changent jamais.

1. Les classes variables

- Le **nom** sert à désigner, à nommer une chose. Il est précédé d'un déterminant (*le corbeau*, *un fromage*) et s'accorde en nombre (*les corbeaux*, *des fromages*).
- Le **déterminant** introduit un nom ou un groupe nominal avec lequel il s'accorde en genre et en nombre (*un enfant*, *une enfant*, *des enfants*).
- L'**adjectif** s'ajoute avant ou après le nom et s'accorde en genre et en nombre avec lui (*sa belle voix*, *un large bec*, *le corbeau honteux et confus*).
- Le **pronom** remplace un nom ou un groupe nominal (*Le corbeau a voulu chanter. Il a perdu son fromage.*) Il existe différents types de pronoms dont les plus courants sont les **pronoms personnels** (*je*, *tu*, *il*, *elle*, etc.).
- Le **verbe** est le noyau de la phrase. Il est le plus souvent conjugué (*Que vous êtes joli !*).

Astuce

Lorsqu'on a un doute sur la classe d'un mot, on peut procéder par élimination en cherchant d'abord à savoir si le mot est variable ou invariable.

2. Les classes invariables

- Les **conjonctions de coordination et de subordination** servent à relier deux mots ou deux propositions (*Le corbeau et le renard discutent. Le corbeau a perdu son fromage car il a voulu chanter.*) Il existe six conjonctions de coordination : *mais, ou, est, or, ni, car*. Il existe de nombreuses conjonctions de subordination : *que, parce que, quand, comme, puisque*, etc.
- La **préposition** introduit un nom (*un morceau de fromage*), un groupe nominal (*sur un arbre*), un verbe à l'infinitif (*pour montrer sa belle voix*) ou un pronom (*avec lui*). Il en existe beaucoup : *à, dans, par, pour, en, vers, avec, de, sans, sous, sur...*
- L'**adverbe** apporte des précisions sur le verbe ou sur la phrase et il est le plus souvent facultatif et donc supprimable. (*Le renard s'est encore montré rusé. Le corbeau retiendra longtemps la leçon.*)
- Les **interjections et onomatopées** rendent le texte plus vivant en traduisant un son ou une émotion : *Ah ! Boum !*

As-tu retenu ?

1 À présent, donne la classe grammaticale de chacun de ces mots.

ce	
écrire	
calmement	
elles	
gentil	
sa	
pour	
texte	
mais	
les	
partout	
enfant	
un	
très	
à	

Français

ACCORDER UN ADJECTIF

L'adjectif qualificatif s'accorde en genre et en nombre avec le nom auquel il se rapporte, quelle que soit sa fonction par rapport à ce nom.

1. Exemple

- Dans l'exemple qui suit, Gaspard, l'un des rois mages, raconte son voyage vers Bethléem. Les mots soulignés sont des adjectifs.

  « *Il ne nous fallut pas moins de dix jours de progression laborieuse à travers des gorges dominées par des sommets enneigés, paysage totalement nouveau pour nous, avant de déboucher sur la plaine littorale. Notre soulagement fut immense de découvrir enfin l'horizon marin.* » (Michel Tournier)

2. Cas particuliers

- Quand l'adjectif fait partie d'**un groupe nominal comprenant un complément du nom**, l'accord se fait, selon le sens, soit avec le nom noyau, soit avec le complément du nom.

  « *Pour quitter Méroé, j'ai dû me résoudre à user du grand palanquin royal de laine rouge brodée d'or et surmonté d'une flèche de bois.* » (Michel Tournier)

- Dans le groupe nominal organisé autour du nom *palanquin*, *brodée* s'accorde au féminin singulier avec le nom *laine*, tandis que *surmonté* s'accorde, lui, au masculin singulier, avec le nom *palanquin*.
- Quand le groupe nominal comprend **plusieurs noms coordonnés**, l'adjectif qui se rapporte à ces noms se met au masculin pluriel si l'un au moins des noms est masculin (on dit que « le masculin l'emporte sur le féminin »).

  « *Je me retirai à mon tour pour me parfumer et me débarrasser des armes et des bijoux royaux.* » (Michel Tournier)

- Dans le groupe nominal *des armes et des bijoux*, le masculin du nom *bijoux* l'emporte sur le féminin du nom *armes*, donc l'adjectif *royaux* s'accorde au masculin pluriel.
- Quand l'adjectif est **composé de deux adjectifs**, ils prennent tous les deux la marque du pluriel : *des cerises aigres-douces*. Toutefois le premier élément reste invariable s'il a valeur d'adverbe : *des rayons ultra-violets*.

Le sais-tu ?

Les adjectifs de couleur s'accordent normalement. Ils sont cependant invariables :

- si l'adjectif est lui-même qualifié (donc si la couleur est composée de deux mots) : *des cieux bleu pâle* ;
- s'ils évoquent une couleur mixte : *des étendards rouge et vert* ;
- s'il s'agit de noms employés comme adjectifs : *des traces marron, des rayons abricot*.

Remarque : il existe des exceptions. Rose, pourpre, mauve, fauve, écarlate et incarnat s'accordent en genre et en nombre. Ainsi, on écrit *des rubans roses, des fleurs pourpres*, ou encore *des joues écarlates* car ces noms sont devenus des adjectifs.

Entraînement

1 Relie chaque groupe nominal à son adjectif correctement orthographié.

1. un tableau très... •	• A. ... anciennes
2. des pierres... •	• B. ... anciens
3. des colliers et des bagues... •	• C. ... ancien

2 Accorde correctement les adjectifs entre parenthèses.

« On arriva à la porte de la grotte de Calypso, où Télémaque fut .... (surpris) de voir, avec une apparence de simplicité .... (rustique), tout ce qui peut charmer les yeux. On n'y voyait ni or, ni argent, ni marbre, ni colonnes, ni tableaux, ni statues : cette grotte était .... (taillé) dans le roc, en voûte .... (plein) de rocailles et de coquilles ; elle était.............................. (tapissé) d'une jeune vigne qui étendait ses branches .... (souple) également de tous côtés. Les .... (doux) zéphyrs conservaient en ce lieu malgré les ardeurs du soleil une .... (délicieux) fraîcheur. »

Fénelon

3 Dans chaque groupe nominal, accorde l'adjectif entre parenthèses.

A. des tapis (marron) > ....

B. des joues (rouge pivoine) > ....

C. des fleurs (rose foncé) et (orange) > ....

D. des fruits (doux-amer) > ....

E. des peintures (avant-gardiste) > ....

Français

LES DEGRÉS DE L'ADJECTIF

On peut faire varier l'intensité d'un adjectif en utilisant un adverbe, le comparatif ou le superlatif.

1. Les adverbes d'intensité

- Pour faire varier l'intensité d'un adjectif, on peut utiliser :
  - des adverbes d'intensité **faible** : *peu, à peine...*
  - des adverbes d'intensité **moyenne** : *plutôt, assez, presque...*
  - des adverbes d'intensité **forte** : *très, tellement, énormément, fort...*

2. Le comparatif

- Le comparatif permet d'établir une comparaison entre un adjectif et un autre élément à l'aide d'un adverbe. Cette comparaison varie selon trois degrés :
  - l'**infériorité** : *Il fait moins froid que l'année dernière.*
  - l'**égalité** : *Il fait aussi froid que l'année dernière.*
  - la **supériorité** : *Il fait plus froid que l'année dernière.*
- Pour former le comparatif, on encadre donc l'adjectif sur lequel porte la comparaison à l'aide des **expressions adverbiales *moins... que, autant... que, aussi... que, plus... que***. Le groupe introduit par *que* remplit une fonction de complément du comparatif.

3. Le superlatif

- Le superlatif permet de distinguer un élément au sein d'un ensemble. On le forme en employant l'article défini (*le, la, les*) suivi de l'adjectif au comparatif de supériorité ou d'infériorité.
  - L'infériorité : *Cette fleur est la moins grande du bouquet.*
  - La supériorité : *Cette fleur est la plus grande du bouquet.*

Attention

Les adjectifs *bon*, *mauvais* et *petit* changent de forme :

- au comparatif de supériorité : *meilleur, pire, moindre* ;
- au superlatif : *le meilleur, le pire, le moindre*.

As-tu retenu ?

1 Coche la bonne réponse.

A. La maison de mon oncle est plus vaste que celle de mes parents.

❒ L'adjectif est au comparatif de supériorité.
❒ L'adjectif est au superlatif de supériorité.

B. Notre balcon est vraiment fort agréable l'été.

❒ L'adjectif est au comparatif de supériorité.
❒ L'adjectif est modifié par un adverbe d'intensité forte.

C. Ce château est le plus ancien de toute la région.

❒ L'adjectif est au comparatif de supériorité.
❒ L'adjectif est au superlatif de supériorité.

D. Notre voyage en train est moins ennuyeux que leur itinéraire en voiture.

❒ L'adjectif est au comparatif d'infériorité.
❒ L'adjectif est au superlatif d'infériorité.

Entraînement

2 Relie chaque groupe de mots au degré correspondant.

1. Moins affectueux que sa sœur •	• A. Comparatif d'égalité
2. Plus sereine que sa mère •	• B. Superlatif de supériorité
3. Aussi aimable que sa cousine •	• C. Comparatif d'infériorité
4. Le plus merveilleux des voyages •	• D. Intensité forte
5. Extrêmement gentil •	• E. Comparatif de supériorité
6. Peu aimable •	• F. Intensité faible

LES FONCTIONS LIÉES AU VERBE

Dans une phrase, un mot ou un groupe de mots joue un rôle, le plus souvent par rapport à un verbe : c'est sa fonction. Il existe des fonctions essentielles (ce sont des mots ou groupes de mots qu'on ne peut pas supprimer) et des fonctions facultatives (ce sont les compléments circonstanciels qui sont supprimables et souvent déplaçables).

1. Les fonctions essentielles

- Le **sujet** fait ou subit l'action exprimée par le verbe. Il répond à la question **Qui est-ce qui ?** ou **Qu'est-ce qui ?** posée devant le verbe.

  Tous les matins, Paul boit un grand bol de café au lait.

  Qui est-ce qui boit ? C'est Paul. Paul est le sujet du verbe boit.

- Le **COD (complément d'objet direct)** complète le verbe directement. Ainsi, il répond à la question **Quoi** ? ou **Qui ?** posée derrière le verbe.

  Paul oublie souvent ses affaires.

  Paul oublie quoi ? Ses affaires. Ses affaires est le COD du verbe oublie.

- Le **COI (complément d'objet indirect)** complète le verbe indirectement : il est relié au verbe par une préposition (*à*, *de*). Ainsi, il répond à la question **À quoi ?**, **À qui ?**, **De quoi ?** ou **De qui ?** posée derrière le verbe.

  Le chien obéit à Paul.

  Le chien obéit à qui ? À Paul. Paul est le COI du verbe obéit .

- **Attention :** Quand le COI est un pronom, la préposition n'est pas toujours exprimée. Le COI se place alors juste avant le verbe.

  Il lui obéit. Il obéit à qui ? À lui. Lui est le COI du verbe obéit.

- L'**attribut du sujet** énonce une caractéristique du sujet par l'intermédiaire du verbe **être** ou d'un **verbe d'état** (*sembler, devenir, paraître*, etc.).

  Cette promenade est très agréable. Attention, le chemin devient boueux.

Astuce

COD et attribut

Le COD et l'attribut du sujet se trouvent de la même manière : en posant la question *quoi ?* derrière le verbe. S'il s'agit du verbe *être* ou d'un verbe d'état, c'est un attribut du sujet ; sinon, c'est un COD.

2. Les fonctions facultatives

- Le **CC de lieu** répond à la question **Où ?** posée derrière le verbe.

  Je vis à Paris. Je vis où ? À Paris. À Paris est CC de lieu du verbe vis.

- Le **CC de temps** répond à la question **Quand ?** posée derrière le verbe.

  Demain, j'irai faire des courses. J'irai quand ? Demain. Demain est CC de temps du verbe irai.

- Le **CC de manière** répond à la question **Comment ?** posée derrière le verbe.

  Ce soir, je mangerai avec appétit ! Je mangerai comment ? Avec appétit. Avec appétit est CC de manière du verbe mangerai.

Astuce

Complément circonstanciel ou non ?

Pour s'assurer qu'un mot ou un groupe de mots est bien un complément circonstanciel, il faut essayer de le déplacer ou de le supprimer : si cela fonctionne, c'est qu'il s'agit bien d'un complément circonstanciel.

Entraînement

1 Dans les phrases suivantes, indique la classe et la fonction du mot ou des mots soulignés.

	Classe grammaticale	Fonction grammaticale
a. Demain, le professeur rendra les évaluations.		
b. Hier, nous sommes allés nous promener.		
c. Il a acheté une grande maison.		
d. Avez-vous vu mon livre ?		
e. Cette fille semble jeune.		
f. Il lui donne son cadeau.		
g. Il a gentiment proposé de l'aider.		

LES FONCTIONS LIÉES AU NOM

Le groupe nominal est composé au moins d'un déterminant et d'un nom, mais il peut également comporter une expansion du nom.

1. La fonction épithète

- Un mot est épithète lorsqu'il est relié directement au nom. Cette fonction est souvent occupée par un **adjectif** (*un bon élève*) ou un **groupe adjectival** (*un très bon élève*), mais elle peut être occupée par d'autres mots, comme un **nom** (*une mère poule*).
- L'épithète peut être **antéposée**, c'est-à-dire placée avant le nom (*un bon élève*) ou **postposée**, c'est-à-dire placée après le nom (*un élève sérieux*).

2. La fonction complément du nom

- Le complément du nom est en général un nom ou un groupe nominal relié au nom par une préposition (souvent *de*, *à*, *en*).

  une pomme de pin, des patins à roulettes, un verre en cristal.

3. La fonction apposition

- Un nom peut également être complété par un mot ou un groupe de mots placé **en dehors du groupe nominal**. L'apposition se caractérise en outre par le fait qu'elle est détachée du nom par des **virgules**. Cette fonction est souvent occupée par un **adjectif** ou un **groupe adjectival** (*Cet élève, très sérieux, a obtenu de très bonnes notes.*), mais elle peut être occupée par d'autres mots, comme un **groupe nominal** (*Cet enfant, très bon élève, est très cultivé.*).

Attention

Il ne faut pas confondre un complément du nom avec un complément circonstanciel.
Il conduit la voiture de son père. (Complément du nom car complète le nom *voiture*)
Il a sorti la voiture du garage. (Complément circonstanciel de lieu car complète le verbe *a sorti*) Contrairement au complément du nom, le complément circonstanciel peut être déplacé. *Du garage, il a sorti la voiture.*

As-tu retenu ?

1 Vrai ou faux ?

A. Un mot épithète se trouve toujours devant le nom.

- ❐ Vrai
- ❐ Faux

B. Un complément du nom est introduit par une préposition.

- ❐ Vrai
- ❐ Faux

C. L'apposition fait partie du groupe nominal.

- ❐ Vrai
- ❐ Faux

Entraînement

2 Donne la fonction du mot ou groupe de mots souligné.

A. Le large soleil jette aux champs sa flamme <u>cuisante</u>.

- ❐ Épithète
- ❐ Complément du nom
- ❐ Apposition

B. Les fermes normandes semblent de petits bois, <u>enfermées</u> dans leur ceinture de hêtres élancés.

- ❐ Épithète
- ❐ Complément du nom
- ❐ Apposition

C. Ils rêvent de posséder une maison <u>de campagne</u>.

- ❐ Épithète
- ❐ Complément du nom
- ❐ Apposition

3 Dans quelles phrases le groupe souligné est-il un complément du nom ?

- ❐ A. La fin <u>des vacances</u> approche à grands pas.
- ❐ B. Vous discuterez <u>de vos projets</u> demain.
- ❐ C. Thomas me propose une promenade <u>en barque</u>.
- ❐ D. Jeanne regardait le ciel <u>d'un air rêveur</u>.
- ❐ E. Quelle heure est-il à l'horloge <u>du salon</u> ?

LES PROPOSITIONS INDÉPENDANTES : JUXTAPOSITION ET COORDINATION

Une phrase complexe contient plusieurs verbes conjugués et donc plusieurs propositions.

1. Définitions

- Une proposition est un groupe de mots organisés autour d'un verbe conjugué (son sujet et éventuellement son ou ses compléments). Une phrase contient donc autant de propositions que de verbes conjugués.
- Ces propositions peuvent être reliées de différentes manières. Lorsqu'elles sont indépendantes (c'est-à-dire qu'elles peuvent fonctionner l'une sans l'autre), elles peuvent être **juxtaposées** ou **coordonnées**.

2. Juxtaposées ou coordonnées

- Deux propositions **juxtaposées** sont reliées par un signe de ponctuation (virgule, point-virgule ou deux points).

  [La lune brille] ; [les toits luisent].

- Deux propositions **coordonnées** sont reliées par une conjonction de coordination (*mais, ou, et, or, ni, car*) ou un adverbe (*donc, puis, alors, cependant*, etc.).

Astuce

Pour vérifier que deux propositions sont bien indépendantes, vérifie que chaque proposition peut exister seule, comme une phrase simple.

As-tu retenu ?

1 Ces phrases complexes contiennent deux propositions : sont-elles juxtaposées ou coordonnées ?

A. Des vaches s'étaient égarées sur la voie : le train s'arrêta en pleine campagne.

- ❐ Juxtaposées
- ❐ Coordonnées

B. Des vaches s'étaient égarées sur la voie donc le train s'arrêta en pleine campagne.

- ❐ Juxtaposées
- ❐ Coordonnées

C. Le train s'arrêta en pleine campagne, des vaches s'étaient arrêtées sur la voie.

- ❐ Juxtaposées
- ❐ Coordonnées

D. Des vaches s'étaient égarées sur la voie, ainsi le train s'arrêta en pleine campagne.

- ❐ Juxtaposées
- ❐ Coordonnées

Entraînement

2 Dans les phrases suivantes, remplace le signe de ponctuation par une conjonction de coordination.

1. Pierre tombait de fatigue, il avait trop travaillé. •	• A. *mais*
2. Nous avions mis la table dehors ; il a plu. •	• B. *et*
3. Il embrasse sa mère, il monte dans le bus. •	• C. *or*
4. Marie a été accusée : elle était absente. •	• D. *car*

3 Sélectionne le bon découpage de la phrase suivante (extraite de l'œuvre de Théophile Gautier).

- ❐ A. [Tout à coup, un tumulte se fit entendre] [à l'autre bout du pont et la foule courut au bruit].
- ❐ B. [Tout à coup, un tumulte se fit entendre à l'autre bout du pont] et [la foule courut au bruit].

Français

LA SUBORDINATION

Dans une phrase complexe, pour relier deux propositions, on peut les coordonner et les juxtaposer, mais on peut aussi les subordonner.

1. Définitions

- Une proposition subordonnée est une proposition **qui dépend d'une proposition principale**. Elle ne peut exister toute seule. Elle est introduite par un mot subordonnant comme *que, qui, quand, lorsque, parce que, bien que*...
- Pour analyser une phrase complexe comprenant une ou plusieurs subordonnées, il faut repérer les mots subordonnants et couper la phrase en propositions : la principale et la subordonnée (ou les subordonnées).

2. Exemples

- Premier exemple :

  [Si le sujet t'intéresse], [je te prêterai l'article], [dès que j'aurai fini de le lire].

  Dans cette phrase, on repère :

  - une proposition principale : *je te prêterai l'article* (on peut la détacher du reste de la phrase) ;
  - deux propositions subordonnées, introduites l'une par *si*, l'autre par *dès que*.

- Second exemple :

  [J'ai lu un très bon roman cet été] ; [je pense] [qu'il t'intéressera].

  Cette phrase complexe comprend encore trois propositions :

  - la première proposition *J'ai lu un très bon roman cet été* est une indépendante ;
  - *je pense* est une principale ; elle commande la subordonnée *qu'il t'intéressera*.

As-tu retenu ?

1 Coche la bonne réponse.

A. Une phrase contient autant de propositions que de :

- ❐ sujets.
- ❐ verbes conjugués.
- ❐ virgules.

B. Une proposition qui ne régit ni ne dépend d'une autre proposition est :

- ❐ une proposition indépendante.
- ❐ une proposition principale.
- ❐ une proposition incise.

C. Une proposition subordonnée dépend toujours :

- ❐ d'une proposition indépendante.
- ❐ d'un verbe.
- ❐ d'une proposition principale.

Entraînement

2 Parmi ces extraits de l'œuvre de Chateaubriand, quelles phrases contiennent une proposition subordonnée ? Souligne-la à chaque fois.

❐ A. Je me trouvais devant un peuplier planté à l'angle d'un champ de houblon.

❐ B. Je traversais le chemin et je m'appuyais debout contre le tronc de l'arbre, le visage tourné du côté de Bruxelles.

❐ C. Un vent du sud m'apporta plus distinctement le bruit de l'artillerie.

❐ D. Cette grande bataille sans nom, dont j'écoutais les échos et dont une horloge venait de sonner les funérailles, était la bataille de Waterloo.

❐ E. Auditeur silencieux et solitaire du formidable arrêt des destinées, j'aurais été moins ému si je m'étais trouvé dans la mêlée.

Astuce

Commence par souligner les verbes conjugués et délimiter les propositions.

TYPES ET FORMES DE PHRASES

Il existe des types de phrases et des formes de phrases qui peuvent se combiner. Les types de phrases sont obligatoires au sens où une phrase est nécessairement déclarative ou interrogative ou impérative. Mais la phrase peut aussi, facultativement, avoir une forme particulière.

1. Les types de phrases

- Il existe **trois types** de phrases.
  - Le **type déclaratif** exprime un fait ou une opinion : *Il fait beau aujourd'hui.*
  - Le **type interrogatif** exprime une demande d'information : *Quel temps fait-il ?*
  - Le **type injonctif** exprime un ordre, une défense ou un conseil : *Ne sors pas sans ton parapluie.*

2. Les formes de phrases

- Il existe **quatre formes** de phrases :
- La **forme négative** porte une marque de négation (*ne... pas, ne... plus, ne... guère,* etc.) : *Elle ne mange pas de fraises.*
  - Dans la **forme passive**, le sujet subit l'action, contrairement à la **forme active** dans laquelle le sujet fait l'action : *La scène est racontée par deux témoins.* [Forme passive]

    Deux témoins racontent la scène. [Forme active]
  - La **forme exclamative** exprime un sentiment vif (joie, tristesse, surprise, etc.) : *Quel temps de chien !*

Le sais-tu ?

Les types et les formes peuvent se combiner :

N'avez-vous pas terminé ? [Type interrogatif + Forme négative] ;

Ouvrez la fenêtre ! [Type injonctif + Forme exclamative].

As-tu retenu ?

1 Relie chaque phrase au type correspondant.

1. Avez-vous vu mon livre ? •	• A. Type déclaratif
2. J'ai acheté un nouveau livre. •	• B. Type injonctif
3. Rends-moi mon livre. •	• C. Type interrogatif

2 Relie chaque phrase à la forme correspondante.

1. Je n'ai vu ton livre nulle part. •	• A. Forme exclamative
2. J'adore ce livre ! •	• B. Forme passive
3. Ce livre est signé d'un auteur célèbre. •	• C. Forme négative

Entraînement

3 Donne le type et la forme de chacune de ces phrases.

A. Ne lui dites rien.

Type :

- ❐ Déclaratif
- ❐ Interrogatif
- ❐ Injonctif

Forme :

- ❐ Négative
- ❐ Passive
- ❐ Exclamative

B. Les fleurs ont encore été abîmées.

Type :

- ❐ Déclaratif
- ❐ Interrogatif
- ❐ Injonctif

Forme :

- ❐ Négative
- ❐ Passive
- ❐ Exclamative

C. N'auriez-vous pas vu mes lunettes ?

Type :

- ❐ Déclaratif
- ❐ Interrogatif
- ❐ Injonctif

Forme :

- ❐ Négative
- ❐ Passive
- ❐ Exclamative

D. Je suis tellement heureux !

Type :

- ❐ Déclaratif
- ❐ Interrogatif
- ❐ Injonctif

Forme :

- ❐ Négative
- ❐ Passive
- ❐ Exclamative

LA FORME PASSIVE

La voix passive se forme avec l'auxiliaire *être* et le participe passé du verbe.

1. Le temps et le mode au passif

- Indicatif présent passif du verbe *appeler* : *je suis appelé/tu es appelé/nous sommes appelés/vous êtes appelés/il est appelé/tu es appelé/ils sont appelés*
- Le temps et le mode d'un verbe au passif sont ceux de l'auxiliaire être avec lequel il est construit.

  tu seras appelé : indicatif futur

  il était appelé : indicatif imparfait

  nous fûmes appelés : indicatif passé simple

  vous avez été appelés : indicatif passé composé

  qu'ils soient appelés : subjonctif présent

2. Reconnaître la voix passive

- **Attention !** On confond parfois les formes verbales à la forme passive avec certains verbes conjugués à un temps composé à l'aide de l'auxiliaire *être*.
- En effet, certains verbes se construisent avec *être* aux temps composés. Il s'agit notamment des verbes d'état et des verbes indiquant un mouvement (*rester, sembler, demeurer, passer, rester, venir, aller, partir*, etc.).
- *Le voleur est passé par les toits.* (passé composé à la voix active)
- Pour éviter de confondre ces formes actives avec des formes passives, on les met au présent.

  Le voleur est passé par le toit. Le voleur passe par le toit.

  Le voleur est arrêté par les policiers. Le voleur arrête les policiers !
- Ici le sens change : *est arrêté* est donc un verbe à la voix passive.

Astuce

Pour distinguer une forme active à un temps composé d'une forme passive, on peut aussi essayer d'ajouter un complément d'agent. Si cet ajout est possible, il s'agit bien d'une forme passive.

Exemple :

Sa maison a été cambriolée. Sa maison a été cambriolée par un voleur. (a été cambriolée est donc un verbe à la forme passive) Sinon, le verbe est à un temps composé de la voix active. *Il est parti en emportant tout. (passé composé actif)*

Entraînement

1 Donne la forme passive de chacune des formes actives suivantes.

A. nous prenions > nous ....

B. tu verras > tu ....

C. vous forcez (vous = plusieurs garçons) > vous ....

D. il avait frappé > il ....

E. elles obéirent > elles ....

2 Ces formes verbales sont-elles actives ou passives ?

A. Marc *est resté* à la maison.

- ❒ Forme active
- ❒ Forme passive

B. L'hymne *a été chanté* par les enfants.

- ❒ Forme active
- ❒ Forme passive

C. Le coupable *sera puni*.

- ❒ Forme active
- ❒ Forme passive

D. Mon ami *était venu* souvent.

- ❒ Forme active
- ❒ Forme passive

E. *As-tu été aidée* ?

- ❒ Forme active
- ❒ Forme passive

LES VALEURS DU PRÉSENT DE L'INDICATIF

Le présent exprime un fait qui se produit au moment de l'énonciation. *Paul travaille sur son ordinateur.* Il peut aussi évoquer, par extension, d'autres types de faits.

1. Des faits appartenant à un passé proche ou un futur proche

Jean sort d'ici. (passé récent)

Léa revient dans un instant. (futur proche)

2. Des faits habituels ou répétés

Paul se lève à huit heures le matin.

3. Des faits valables de tout temps (vérité générale)

- C'est le temps utilisé dans les définitions, les proverbes.

  Paul est un garçon sympathique.

  L'eau bout à cent degrés.

  Qui dort dîne.

4. Des faits passés présentés comme s'ils se déroulaient

- C'est le **présent de narration**, utilisé dans un récit au passé. Cet emploi permet de donner plus de vie au récit.

  C'était il y a un an. Nous nous promenions dans la forêt. Soudain, Paul aperçoit une vipère...

As-tu retenu ?

1 Relie chaque exemple à la valeur correspondante.

1. À chaque fois, je me trompe. •	• A. Présent d'énonciation
2. Je te remercie de ta lettre. •	• B. Présent de vérité générale
3. Les tortues vivent très longtemps. •	• C. Présent de narration
4. Je vais à la piscine ce soir. •	• D. Présent d'habitude
5. Je viens de partir de la maison. •	• E. Passé proche
6. Les hommes dormaient. Soudain éclate un coup de feu. •	• F. Futur proche

Entraînement

2 Coche les phrases contenant un verbe au présent de vérité générale.

- ❒ A. La vérité sort de la bouche des enfants.
- ❒ B. À quatre heures, je tonds la pelouse.
- ❒ C. Le loup est un animal solitaire.
- ❒ D. C'est alors qu'il prend son fusil et tire.
- ❒ E. Martin vient tout juste de sortir.
- ❒ F. Dans l'espace, personne ne vous entend crier.

3 Vrai ou faux ?

A. Le présent de l'indicatif est le temps privilégié du discours ancré dans la situation d'énonciation.

- ❒ Vrai
- ❒ Faux

B. Le présent de l'indicatif peut être utilisé à la place d'un passé pour rendre le texte plus vivant.

- ❒ Vrai
- ❒ Faux

LES TEMPS DU PASSÉ

L'imparfait et le passé simple sont deux temps du passé.

1. L'imparfait

- Les terminaisons de l'**imparfait**, *-ais, -ais, -ait, -ions, -iez, -aient*, s'ajoutent au radical du verbe conjugué à la 1re personne du pluriel au présent.
- Prenons l'exemple du verbe *prendre*. Au présent, *nous prenons* ; → à l'imparfait : *je prenais, tu prenais...*
- Attention à ne pas oublier le *-i-* des terminaisons *-ions* et *-iez* : *nous travaillions, nous criions, vous balayiez*, etc.

2. Le passé simple

- Les terminaisons du **passé simple** dépendent du groupe auquel appartient le verbe.

<table>
<tr><td colspan="2">Verbes du 1er groupe en -er</td><td>Passé simple
en a</td><td>je parlai, tu parlas,
il parla, nous parlâmes,
vous parlâtes, ils parlèrent</td></tr>
<tr><td colspan="2">Verbes du 2e groupe en -ir
(qui se conjuguent en -issons au présent avec nous)</td><td>Passé simple
en i</td><td>je finis, tu finis, il finit,
nous finîmes, vous finîtes,
ils finirent</td></tr>
<tr><td rowspan="3">Verbes du 3e groupe</td><td>• Verbes en -re
• Verbes en -ir
• asseoir et voir</td><td>Passé simple
en i</td><td>je pris, tu pris, il prit,
nous prîmes, vous prîtes,
ils prirent</td></tr>
<tr><td>• Verbes en -oir et -oire
• mourir et courir
• Quelques verbes en -re (connaître, conclure, lire, vivre...)</td><td>Passé simple
en u</td><td>je bus, tu bus, il but,
nous bûmes, vous bûtes,
ils burent</td></tr>
<tr><td>Verbes construits à partir de venir et tenir</td><td>Passé simple
en in</td><td>je vins, tu vins, il vint,
nous vînmes, vous vîntes,
ils vinrent</td></tr>
</table>

Astuce

Le radical du passé simple varie beaucoup en fonction des verbes. Il n'y a pas de règle fixe. Le radical peut être obtenu par suppression de la terminaison de l'infinitif (*parl-* pour le verbe *parler*), il peut présenter une forme réduite (*b-* pour *boire*), et d'autres présentent encore une forme particulière (*je vécus* pour *vivre*). On peut retenir la 3e personne du singulier pour retenir le radical d'un verbe au passé simple.

As-tu retenu ?

1 Ces verbes sont-ils conjugués à l'imparfait ?

A. tu espérais
- ❐ Oui
- ❐ Non

B. vous chantiez
- ❐ Oui
- ❐ Non

C. nous nous ennuyons
- ❐ Oui
- ❐ Non

D. vous criez
- ❐ Oui
- ❐ Non

E. il arriva
- ❐ Oui
- ❐ Non

Entraînement

2 Mets les verbes entre parenthèses à l'imparfait de l'indicatif.

A. Quand j'(avoir) .... ton âge, je (nager) .... très bien le crawl.

B. Il (se distinguer) .... des autres par sa crinière rousse.

C. Plus jeunes, nous (essayer) .... de sortir en cachette.

D. Vous (loger) .... à six dans cet appartement de 60 mètres carrés.

E. Lorsque Gilles habitait ici, nous (se voir) .... chaque jour.

3 Mets les verbes entre parenthèses au passé simple.

Paul et Anne discutaient. Luc et Zoé les (rejoindre) ....

Ils (entamer) .... une partie de cartes. Celle-ci à peine commencée, Paul (accuser) .... Luc de tricher.

Anne (interrompre) .... le jeu et (servir) .... des menthes à l'eau. Grâce à elle, la partie de cartes (pouvoir) .... reprendre dans le calme.

LES TEMPS COMPOSÉS

Les quatre temps composés de l'indicatif sont formés de l'auxiliaire *avoir* ou *être* conjugué aux temps simples, suivi du participe passé du verbe.

1. Le passé composé

- Au **passé composé**, l'auxiliaire est au **présent**.

  J'ai vu, elle est venue

- Le passé composé exprime l'antériorité par rapport à une action au présent.

  Ma mère a fini de préparer le repas ; je lui montre mes devoirs et lui récite mes leçons.

2. Le plus-que-parfait

- Au **plus-que-parfait**, l'auxiliaire est à l'**imparfait**.

  J'avais vu, elle était venue

- Le plus-que-parfait exprime l'antériorité par rapport à une action à l'imparfait.

  Quand sa mère avait fini de préparer le repas, il lui montrait ses devoirs et lui récitait ses leçons.

3. Le passé antérieur

- Au **passé antérieur**, l'auxiliaire est au **passé simple**.

  J'eus vu, elle fut venue

- Le passé antérieur exprime l'antériorité par rapport à une action au passé simple.

  Quand sa mère eut fini de préparer le repas, il lui montra ses devoirs et lui récita ses leçons.

Astuce

Chaque temps composé exprime l'antériorité du temps de son auxiliaire !

4. Le futur antérieur

- Au **futur antérieur**, l'auxiliaire est au **futur simple**.

  J'aurai vu, elle sera venue

- Le futur antérieur exprime l'antériorité par rapport au futur simple.

  Dans une heure, ma mère aura fini de préparer le repas. Je lui montrerai mes devoirs et réciterai mes leçons.

Mémo

Temps de l'action	Antériorité au...
Présent	PASSÉ COMPOSÉ
Imparfait	PLUS-QUE-PARFAIT
Passé simple	PASSÉ ANTÉRIEUR
Futur	FUTUR ANTÉRIEUR

Entraînement

1 Complète les formes verbales avec l'auxiliaire correctement conjugué qui convient.

A. (plus-que-parfait) Elle .... restée muette et n'.............................. su que dire.

B. (passé antérieur) J'.............................. bientôt terminé et .... délivré de ce souci.

C. (futur antérieur) Dès que tu .... arrivé, nous partirons à la pêche.

D. (passé composé) Nous .... bien mangé et .... sortis rassasiés.

2 Conjugue les verbes entre parenthèses au temps composé approprié, en t'aidant du contexte. Attention à l'accord du participe passé !

A. Ma mère plie le drap que nous .... (utiliser) la nuit dernière.

B. Quand tu .... (finir) tes devoirs, tu pourras aller jouer.

C. Lorsqu'elle .... (recevoir) son argent de poche, elle courut acheter des bonbons.

D. Il lisait sans cesse le message que sa fiancée lui .... (envoyer).

ACCORDER UN PARTICIPE PASSÉ

Le participe passé s'accorde de façon différente s'il est employé avec l'auxiliaire *être*, l'auxiliaire *avoir* ou seul.

1. Avec l'auxiliaire *être*

- Employé avec l'auxiliaire *être*, le participe passé s'accorde **avec le sujet du verbe**.

  Cette fillette a été félicitée.

2. Avec l'auxiliaire *avoir*

- Employé avec l'auxiliaire *avoir*, il s'accorde **avec le COD** si celui-ci est placé **avant** le verbe. Il reste invariable quand il est employé avec l'auxiliaire *avoir* et que le verbe n'est pas précédé d'un COD.

  J'ai battu mes adversaires aux échecs.

  Je les ai battus aux échecs.

3. Seul

- Employé seul, le participe passé s'accorde avec le nom auquel il se rapporte, comme un adjectif.

  Je range la vaisselle lavée.

As-tu retenu ?

1 Relie les propositions suivantes.

1. Avec l'auxiliaire *être*... •
2. Avec l'auxiliaire *avoir*, si le verbe n'est pas précédé d'un COD... •
3. Avec l'auxiliaire *avoir*, si le COD est placé avant le verbe... •

• A. ... j'accorde le participe passé avec le COD.
• B. ... j'accorde le participe passé avec le sujet.
• C. ... je n'accorde pas le participe passé.

Entraînement

2 Relie chaque phrase au participe passé qui lui convient.

1. Elles sont... tous les soirs cette semaine. •
2. J'ai... la poubelle hier soir. •
3. C'est faux : je l'ai... hier soir ! •

• A. sorti
• B. sortie
• C. sorties

3 Accorde les participes passés, si cela est nécessaire.

A. Les bandits ont ....(ouvert) le feu.

B. Ils étaient ....(devenu) fous !

C. Il attendit que Madame Pépin se fut ....(installé) dans un fauteuil, au coin du feu.

D. Auriez-vous ....(aperçu) mes lunettes ? Non, je ne les ai pas ....(vu).

E. Les gâteaux ....(fait) maison sont bien meilleurs.

4 Accorde les participes passés, si cela est nécessaire.

A. Les promeneurs sont ....(arriver) sains et saufs.

B. Mes grands-parents ont ....(danser) la valse lors de cette soirée.

C. Avez-vous ....(regarder) la télévision hier soir ?

D. L'avez-vous ....(éteindre) avant dix heures ? (l' = la télévision)

E. Prenez l'écharpe et le bonnet, ils sont ....(faire) pour vous !

L'IMPÉRATIF

L'impératif sert à donner un ordre, à formuler un conseil ou à exprimer un souhait.

1. Les trois personnes de l'impératif

- Au mode impératif, les verbes ne se conjuguent qu'à **trois personnes**.

2e personne du singulier	*arrête*	*finis*
1re personne du pluriel	*arrêtons*	*finissons*
2e personne du pluriel	*arrêtez*	*finissez*

2. Cas particuliers

- L'impératif des verbes *avoir*, *être*, *savoir* et *vouloir* est formé sur leur subjonctif présent : *aie ; sois ; sache ; veuille.*
- Quand le verbe à l'impératif est suivi d'un pronom personnel, on met un trait d'union entre le verbe et le pronom : *Aide-moi, s'il te plaît. Donne-le-lui.*

Astuce

L'impératif se conjugue donc comme le présent de l'indicatif sauf qu'à la 2e personne du singulier, les verbes du 1er groupe ne prennent **jamais de -s**, sauf devant *en* et *y* : *Donne-moi du pain. Donnes-en.*

As-tu retenu ?

1 Vrai ou faux ?

A. L'impératif est un mode impersonnel.

- ❒ Vrai
- ❒ Faux

B. L'impératif ressemble au présent.

- ❒ Vrai
- ❒ Faux

C. L'impératif comporte six personnes.

- ❒ Vrai
- ❒ Faux

D. Ces formes de l'impératif sont correctes : *parles-en, penses-y.*

- ❒ Vrai
- ❒ Faux

E. L'impératif sert à exprimer un ordre, un conseil ou un souhait.

- ❒ Vrai
- ❒ Faux

Entraînement

2 Conjugue les verbes à l'impératif aux personnes indiquées.

A. (*ranger*, 2e personne du singulier) .... ta chambre.
B. (*aller*, 2e personne du pluriel) ....-y ensemble.
C. (*faire*, 2e personne du pluriel) .... vite !
D. (*venir*, 2e personne du singulier) .... demain.
E. (*prendre*, 1re personne du pluriel) .... le temps de bien réfléchir.

3 Conjugue les verbes à l'impératif présent, à la 2e personne du singulier.

A. ....-moi des bonbons. (acheter)
B. .... m'en un. (donner)
C. ....-en à tes amis. (offrir)
D. ....-y maintenant. (aller)
E. .... de l'occasion. (profiter)
F. .... généreux. (être)
G. .... ce qu'on te dit. (faire)
H. .... que nous y serons. (savoir)

Français

LE CONDITIONNEL

Le conditionnel est un temps de l'indicatif qui présente généralement une action dont la réalisation dépend d'une condition. Le conditionnel accompagne souvent un complément circonstanciel de condition (*Si je l'avais su, je <u>serais</u> resté.*).

1. La polysémie

- Quand il n'est pas associé à un CC de condition, il peut exprimer :
  - une **action imaginaire** (*Nous <u>partirions</u> en fusée.*) ;
  - une **demande** ou un **conseil** atténués par politesse (*Pourrais-tu fermer la porte ?*) ;
  - une **information incertaine** (*Leur maison aurait brûlé.*).

2. Le conditionnel présent

- Le conditionnel présent se forme à partir du **radical du futur** (*j'aimerai*) et des **terminaisons de l'imparfait** (*j'aimais*) : *j'aimerais*.
- Terminaisons :

1er groupe	-erais	-erais	-erait
	-erions	-eriez	-eraient
2e groupe	-irais	-irais	-irait
	-irions	-iriez	-iraient
3e groupe	-rais	-rais	-rait
	-rions	-riez	-raient

3. Le conditionnel passé

- Le conditionnel passé sert à exprimer des **regrets** (*J'aurais dû travailler.*), à faire des **reproches** et à imaginer **des situations irréelles** dans le passé (*Si j'avais été disponible, je t'aurais aidé.*).
- Quel que soit le groupe du verbe, le conditionnel passé se forme avec **l'auxiliaire *avoir* ou *être* au conditionnel présent + participe passé** du verbe.

J'aurais bu	Tu aurais bu	Il aurait bu
Je serais venu	Tu serais venu	Il serait venu

Attention

Ne confonds pas, à la 1re personne du singulier, conditionnel présent et indicatif futur.

Je partirai quand tu seras prêt. (indicatif futur). *Si je pouvais, je partirais faire le tour du monde.* (conditionnel présent).

Pour éviter la confusion, on essaye de mettre le verbe à une autre personne.

- *Il partira quand tu seras prêt.*
- *S'il pouvait, il partirait…*

Entraînement

1 Les verbes soulignés sont-ils au présent du conditionnel ?

A. Si tu es sage, tu auras un cadeau.

- ❐ Oui
- ❐ Non

B. Voudriez-vous reprendre du thé ?

- ❐ Oui
- ❐ Non

C. Si elle pouvait, elle m'emmènerait.

- ❐ Oui
- ❐ Non

D. Tu devrais faire un effort.

- ❐ Oui
- ❐ Non

E. Nous gardions l'espoir de le retrouver.

- ❐ Oui
- ❐ Non

QUELQUES HOMOPHONES COURANTS

Dans la langue française, les homophones grammaticaux sont nombreux et fréquents. Ce sont des mots qui ont la même prononciation mais qui ne s'écrivent pas de la même façon.

1. *ce* et *se*

- La forme *ce* est soit la contraction de *cela*, soit un déterminant démonstratif.

  Ce serait formidable. Ce bateau.

- La forme *se* est un pronom réfléchi.

  Elle se lave les dents.

2. *on* et *ont*

- La forme *on* est un pronom personnel.

  On pense qu'il est malade.

- La forme *ont* est le verbe avoir à la 3e personne du pluriel.

  On peut la remplacer par *avaient*.

  Ils ont fait leurs devoirs. (= Ils avaient fait leurs devoirs.)

3. *son* et *sont*

- La forme *son* est un déterminant possessif.

  Il a perdu son manteau.

- La forme *sont* est le verbe être à la 3e personne du pluriel.

  On peut la remplacer par *étaient*.

  Ils sont fiers d'avoir gagné. (= Ils étaient fiers d'avoir gagné.)

Astuces

ce et se

Devant n'importe quel mot, sauf un verbe, tu dois choisir *ce* (*ce train, ce qu'il a dit...*). Devant un verbe, remplace par cela : *Ce serait formidable.* (= *Cela serait formidable.*) *Elle se lave les dents.* (= *Elle cela lave les dents.*)

on* et *ont

En cas de doute, il faut remplacer par *avaient* dans sa tête : si cela fonctionne, il s'agit de *ont* ; si cela ne fonctionne pas, il s'agit de *on*.

son* et *sont

En cas de doute, il faut remplacer par *étaient* dans sa tête : si cela fonctionne, il s'agit de *sont* ; si cela ne fonctionne pas, il s'agit de *son*.

As-tu retenu ?

1 Relie chaque mot à sa classe grammaticale.

1. Ce •
2. Se •
3. On •
4. Ont •
5. Son •
6. Sont •

- • A. Déterminant possessif
- • B. Verbe *avoir* à la 3e personne du pluriel (= *avaient*)
- • C. Verbe *être* à la 3e personne du pluriel (= *étaient*)
- • D. Déterminant démonstratif ou contraction de *cela*
- • E. Pronom réfléchi
- • F. Pronom personnel

Entraînement

2 Dans chaque phrase, entoure la bonne proposition.

A. Ce/Se garçon est excellent : il ne ce/se trompe jamais et ce/se montre sérieux.

B. Il ce/se peut qu'il vienne nous voir ce/se week-end.

C. On/Ont sent que les fleurs on/ont commencé à éclore.

D. Pourquoi a-t-on/ont emprunté ce/se sentier boueux ?

E. Le jardinier s'occupe bien de son/sont jardin : les légumes son/sont arrosés tous les matins.

F. On/Ont l'a cherché partout : aucune trace de son/sont passage !

LE CHAMP LEXICAL

Un champ lexical regroupe des mots qui expriment une même idée, une même notion, une même partie de la réalité.

1. Exemples de champs lexicaux

- Champ lexical de l'eau : rivière, fleuve, ruisseau, torrent, source, lac, mer, étang, couler, ruisseler, humide, aquatique.
- Champ lexical de la lumière : soleil, étoile, lune, lampe, étincelant, brillant, aveugler, scintiller.
- Champ lexical des sentiments : amour, haine, adorer, détester, aimable, colère, dégoût, honte, peur.

2. Les champs lexicaux dans un texte

- Dans un texte, on peut repérer plusieurs champs lexicaux, **qui s'accordent ou s'opposent** ; ils permettent de **construire le sens de ce texte**.

  « *J'éprouvais un malaise horrible , j'avais les tempes serrées , mon cœur battait à m'étouffer, et, perdant la tête, je pensai à me sauver à la nage ; puis aussitôt cette idée me fit frissonner d'épouvante. Je me vis, perdu, allant à l'aventure dans cette brume épaisse, me débattant au milieu des herbes et des roseaux que je ne pourrais éviter, râlant de peur, ne voyant pas la berge, ne retrouvant plus mon bateau, et il me semblait que je me sentirais tiré par les pieds tout au fond de cette eau noire.* » (Maupassant, *Sur l'eau*)

  Le champ lexical de la peur est très présent dans cet extrait : *malaise horrible, les tempes serrées, mon cœur battait, frissonner d'épouvante, râlant de peur*…

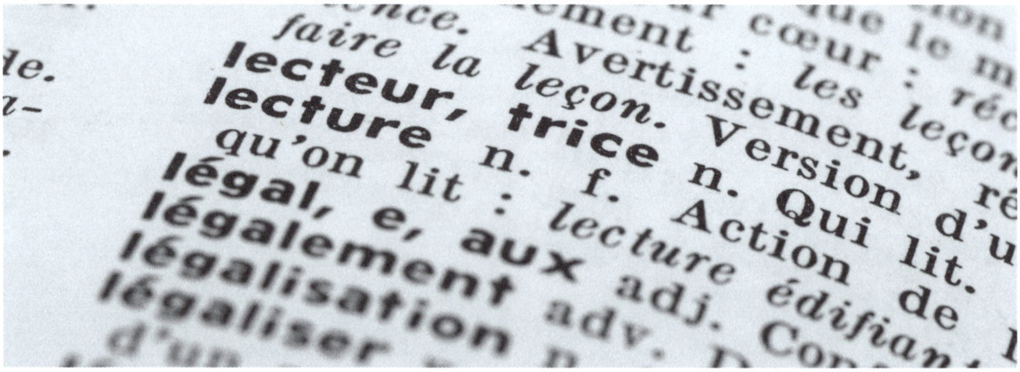

As-tu retenu ?

1 Associie chaque champ lexical aux mots qui le composent.

1. Champ lexical des friandises •	• A. élèves, trousse, agenda, classe, récréation, etc.
2. Champ lexical de l'école •	• B. Dragibus, fraise Tagada, nougat, réglisse, etc.
3. Champ lexical de la nature •	• C. herbe, feuille, fleur, arbre, etc.

Entraînement

2 Souligne les mots qui appartiennent au champ lexical du mouvement, puis relève un autre champ lexical (encadre les mots).

« Cependant, quand le Lapin vint à tirer une montre de son gousset, la regarda, puis se prit à courir de plus belle, Alice sauta sur ses pieds, frappée de cette idée que jamais elle n'avait vu de lapin avec un gousset et une montre. Entraînée par la curiosité, elle s'élança sur ses traces à travers le champ, et arriva tout juste à temps pour le voir disparaître dans un large trou au pied d'une haie.

Un instant après, Alice était à la poursuite du Lapin dans le terrier, sans songer comment elle en sortirait.

Pendant un bout de chemin le trou allait tout droit comme un tunnel, puis tout à coup il plongeait perpendiculairement d'une façon si brusque qu'Alice se sentit tomber comme dans un puits d'une grande profondeur, avant même d'avoir pensé à se retenir.

De deux choses l'une, ou le puits était vraiment bien profond, ou elle tombait bien doucement ; car elle eut tout le loisir, dans sa chute, de regarder autour d'elle et de se demander avec étonnement ce qu'elle allait devenir. »

Lewis Carroll, *Alice aux pays des merveilles*

COMPARAISON ET MÉTAPHORE

Une figure de style est une façon d'écrire originale qui permet de rendre le propos plus expressif, plus vivant ou encore plus convaincant. Il en existe plein ! La comparaison et la métaphore sont deux figures de style par ressemblance. On les utilise pour donner plus d'allure à ce qu'on écrit, pour imager ce qu'on décrit.

1. La comparaison

- La **comparaison** rapproche deux éléments au moyen d'un **mot comparatif**.

  [La mer] (comparé) est [comme] (outil de comparaison) [un miroir] (comparant).

- L'outil de comparaison peut être :
  - un adverbe : *comme, ainsi que*, etc.
  - un adjectif : *pareil à, semblable à*, etc.
  - un verbe : *ressembler, avoir l'air*, etc.

2. La métaphore

- La **métaphore** est une **comparaison implicite**, sans mot comparatif.

  [La mer] (comparé) est [un miroir] (comparant).

- Dans cet exemple, le rapprochement entre le comparé et le comparant est opéré à l'aide d'un verbe attributif (*est*).
- À l'intérieur d'un GN, ce rapprochement peut aussi être opéré à l'aide d'une apposition ou d'un complément du nom.

  « *la lune, galet du ciel* » (M. Tournier)

  « *le trou noir de mon chagrin* » (L. Aragon)

- Il arrive parfois que **le comparé ne soit pas exprimé** dans une métaphore.

  « *Le dernier voyage que Micromégas fit sur notre petite fourmilière (= la Terre).* » (Voltaire)

As-tu retenu ?

1 Ces phrases contiennent-elles une comparaison ou une métaphore ? Souligne le comparant et entoure le comparé.

A. Cette étole est douce comme le pelage d'un agneau.

- ❒ Comparaison
- ❒ Métaphore

B. Ta voix est mon petit rayon de soleil quotidien.

- ❒ Comparaison
- ❒ Métaphore

C. Ma grand-mère a une santé de fer.

- ❒ Comparaison
- ❒ Métaphore

D. Cet enfant mange comme un ogre !

- ❒ Comparaison
- ❒ Métaphore

Entraînement

2 Dans chaque phrase, entoure les outils de comparaison.

A. Le chevalier se lança dans le combat, semblable à un chien enragé.

B. Il grimpe partout comme un petit singe.

C. La maman se dirigea telle une furie vers son enfant qui avait dessiné sur les murs.

LES NIVEAUX DE LANGUE

En fonction de la situation de communication (interlocuteur, message, etc.), on ne s'exprime pas toujours de la même manière. Par exemple, on n'utilisera pas le même niveau de langue si on envoie un SMS à un ami ou si l'on s'adresse à son enseignant.

1. Les trois niveaux de langue

- On distingue trois niveaux de langue.
- Le niveau de langue **courant** correspond à la langue parlée ou écrite usuelle.

  Je n'ai pas lu ce livre.
- Le niveau de langue **familier** correspond à une langue plus relâchée, parfois même incorrecte.

  Ce bouquin, je l'ai pas lu, moi.
- Le niveau de langue **soutenu** se signale par une recherche dans l'expression.

  Je n'ai point lu cet ouvrage.

2. Percevoir les différences entre niveaux de langue

- Les différences se perçoivent dans la **prononciation**.

  Un peu plus, je t'rentrais d'dans. (familier)
- Elles sont également lisibles dans le choix du **vocabulaire**.

  Quel boucan ! (familier) Quel vacarme ! (soutenu)
- Elles sont perceptibles dans la correction de la **syntaxe**.

  Nous, on est pas d'accord. (familier) Nous ne sommes pas d'accord. (courant)

As-tu retenu ?

1 Indique qui parle et quel est le niveau de langue utilisé.

A. « Mon pauvre vieux, t'as pété les plombs ! »

Locuteur :

- ❐ Le président de l'Assemblée nationale à un député qui a fait une erreur
- ❐ Un père à son fils qui a fait une bêtise
- ❐ Un garçon à son meilleur ami qui a fait une bêtise

Niveau de langue :

- ❐ Familier
- ❐ Courant
- ❐ Soutenu

B. « Les fringues, c'est au premier étage ! »

Locuteur :

- ❐ Un vendeur à des clients
- ❐ Un adolescent à un ami qui fait des courses avec lui

Niveau de langue :

- ❐ Familier
- ❐ Courant
- ❐ Soutenu

C. « Je vous prierai de bien vouloir fermer la porte en sortant. »

Locuteur :

- ❐ Un directeur à son secrétaire
- ❐ Un jeune homme à des amis à qui il a prêté son appartement

Niveau de langue :

- ❐ Familier
- ❐ Courant
- ❐ Soutenu

D. « Tu es vraiment trop paresseux ! »

Locuteur :

- ❐ Un directeur à un employé
- ❐ Un père à son fils

Niveau de langue :

- ❐ Familier
- ❐ Courant
- ❐ Soutenu

Entraînement

2 Relie chaque mot à son niveau de langue.

1. Promptement	•	•	A. Courant
2. Vite	•	•	B. Familier
3. Dare-dare	•	•	C. Soutenu

1. Le bruit	•	•	A. Courant
2. Le tapage	•	•	B. Familier
3. Le tintamarre	•	•	C. Soutenu

Français

CORRIGÉS

Les classes grammaticales – page 51

1. ce = déterminant ; écrire = verbe ; calmement = adverbe ; elles = pronom personnel ; gentil = adjectif ; sa = déterminant ; pour = préposition ; texte = nom ; mais = conjonction de coordination ; les = déterminant ; partout = adverbe ; enfant = nom ; un = déterminant ; très = adverbe ; à = préposition.

Accorder un adjectif – page 53

1. un tableau très ancien ; des pierres anciennes ; des colliers et des bagues anciens.
2. surpris ; rustique ; taillée ; pleine ; tapissée ; souples ; doux ; délicieuse.
3. A. des tapis marron ; B. des joues rouge pivoine ; C. des fleurs rose foncé et orange ; D. des fruits doux-amers ; E. des peintures avant-gardistes.

Les degrés de l'adjectif – page 55

1. A. L'adjectif vaste est au comparatif de supériorité. ; B. L'adjectif agréable est modifié par un adverbe d'intensité forte (fort). ; C. L'adjectif ancien est au superlatif de supériorité. ; D. L'adjectif ennuyeux est au comparatif d'infériorité.
2. 1. C. moins affectueux que sa sœur = comparatif d'infériorité ; 2. E. plus sereine que sa mère = comparatif de supériorité ; 3. A. aussi aimable que sa cousine = comparatif d'égalité ; 4. B. le plus merveilleux des voyages = superlatif de supériorité ; 5. D. extrêmement gentil = intensité forte ; 6. F. peu aimable = intensité faible.

Les fonctions liées au verbe – page 57

1. A. le professeur = GN, sujet ; B. Hier = adverbe, CC de temps ; C. une grande maison = GN, COD ; D. vous = pronom personnel, sujet ; E. jeune = adjectif, attribut du sujet ; F. lui = pronom personnel, COI ; G. gentiment = adverbe, CC de manière.

Les fonctions liées au nom – page 59

1. A. Faux (il peut se trouver derrière le nom) ; B. Vrai ; C. Faux (elle se trouve en dehors du GN).
2. A. épithète (postposé) ; B. apposition (séparé du nom fermes par une virgule) ; C. complément du nom.
3. A., C., E. Dans la deuxième phrase, *de vos projets* est COI du verbe discuterez ; dans la quatrième phrase, *d'un air rêveur* est CC de manière du verbe regardait.

Les propositions indépendantes : juxtaposition et coordination – page 61

1. A. juxtaposées (:) ; B. coordonnées (car) ; C. juxtaposées (,) ; D. coordonnées (ainsi).
2. Pierre tombait de fatigue *car* il avait trop travaillé. Nous avions mis la table dehors *mais* il a plu. Il embrasse sa mère *et* monte dans le bus. Marie a été accusée *or* elle était absente.
3. B.

La subordination – page 63

1. A. verbes conjugués ; B. une proposition indépendante ; C. d'une proposition principale.
2. D. et E. Cette grande bataille sans nom, dont j'écoutais les échos et dont une horloge venait de sonner les funérailles, était la bataille de Waterloo. Auditeur silencieux et solitaire du formidable arrêt des destinées, j'aurais été moins ému si je m'étais trouvé dans la mêlée.

Types et formes de phrases – page 65

1. Avez-vous vu mon livre ? = type interrogatif ; J'ai acheté un nouveau livre. = type déclaratif ; Rends-moi mon livre. = type injonctif.
2. Je n'ai vu ton livre nulle part. = forme négative ; J'adore ce livre ! = forme exclamative ; Ce livre est signé d'un auteur célèbre. = forme passive.
3. A. type injonctif et forme négative ; B. type déclaratif et forme passive ; C. type interrogatif et forme négative ; D. type déclaratif et forme exclamative.

La forme passive – page 67

1. A. nous étions pris ; B. tu seras vu ; C. vous êtes forcés ; D. il avait été frappé ; E. elles furent obéies.
2. A. forme active ; B. forme passive ; C. forme passive ; D. forme active ; E. forme passive.

Les valeurs du présent de l'indicatif – page 69

1. 1. D. À chaque fois, je me trompe. = présent d'habitude ; 2. A. Je te remercie de ta lettre. = présent d'énonciation ; 3. B. Les tortues vivent très longtemps. = présent de vérité générale ; 4. F. Je vais à la piscine ce soir. = futur proche ; 5. E. Je viens de partir de la maison. = passé proche ; 6. C. Les hommes dormaient. Soudain éclate un coup de feu. = présent de narration.

2. A., C. et F. La vérité sort de la bouche des enfants. Le loup est un animal solitaire. Dans l'espace, personne ne vous entend crier.

3. A. Vrai ; B. Vrai.

Les temps du passé – page 71

1. A. oui ; B. oui ; C. non (présent de l'indicatif) ; D. non (présent de l'indicatif) ; E. non (passé simple).

2. A. avais, nageais ; B. se distinguait ; C. essayions ; D. logiez ; E. nous voyions.

3. rejoignirent ; entamèrent ; accusa ; interrompit ; servit ; put.

Les temps du passé – page 73

1. A. était, avait ; B. eus, fus ; C. seras ; D. avons, sommes.

2. A. avons utilisé ; B. auras fini ; C. eut reçu ; D. avait envoyé.

Accorder un participe passé – page 75

1. Avec l'auxiliaire *être*, j'accorde le participe passé avec le sujet. Avec l'auxiliaire *avoir*, si le verbe n'est pas précédé d'un COD, je n'accorde pas le participe passé. Avec l'auxiliaire *avoir*, si le COD est placé avant le verbe, j'accorde le participe passé avec le COD.

2. Elles sont sorties tous les soirs cette semaine. J'ai sorti la poubelle hier soir. C'est faux : je l'ai sortie hier soir !

3. A. ouvert ; B. devenus ; C. installée ; D. aperçu, vues ; E. faits.

4. A. arrivés ; B. dansé ; C. regardé ; D. éteinte ; E. faits.

L'impératif – page 77

1. A. faux ; B. vrai ; C. faux ; D. vrai ; E. vrai.

2. A. Range ; B. Allez ; C. Faites ; D. Viens ; E. Prenons.

3. A. Achète ; B. Donne ; C. Offres ; D. Vas ; E. Profite ; F. Sois ; G. Fais ; H. Sache.

Le conditionnel – page 79

1. A. non (futur) ; B. oui ; C. oui ; D. oui ; E. non (imparfait).

Quelques homophones courants – page 81

1. ce = déterminant démonstratif ; se = pronom réfléchi ; on = pronom personnel ; ont = verbe avoir à la 3e personne du pluriel (= avaient) ; son = déterminant possessif ; sont = verbe être à la 3e personne du pluriel (= étaient).

2. A. Ce garçon est excellent : il ne se trompe jamais et se montre sérieux. B. Il se peut qu'il vienne nous voir ce week-end. C. On sent que les fleurs ont commencé à éclore. D. Pourquoi a-t-on emprunté ce sentier boueux ? E. Le jardinier s'occupe bien de son jardin : les légumes sont arrosés tous les matins. F. On l'a cherché partout : aucune trace de son passage !

Le champ lexical – page 83

1. 1. b. champ lexical des friandises = Dragibus, fraise Tagada, nougat, réglisse, etc. ; 2. a. champ lexical de l'école = élèves, trousse, agenda, classe, récréation, etc. ; 3. c. champ lexical de la nature = herbe, feuille, fleur, arbre, etc.

2. champ lexical du mouvement = courir, sauta sur ses pieds, s'élança, poursuite, se sentit tomber. Champ lexical du temps = une montre, tout juste à temps, un instant après, tout à coup, avant même, doucement.

Comparaison et métaphore – page 85

1. A. comparaison : comparé = étole, comparant = le pelage d'un agneau ; B. métaphore : comparé = ta voix, comparant = mon petit rayon de soleil quotidien ; C. métaphore : comparé = santé, comparant = fer ; D. comparaison : comparé = cet enfant, comparant = un ogre.

2. A. semblable à ; B. comme ; C. telle.

Les niveaux de langue – page 87

1. A. un garçon à son meilleur ami qui a fait une bêtise/familier ; B. un adolescent à un ami qui fait des courses avec lui/familier ; C. un directeur à son secrétaire/soutenu ; D. un père à son fils/courant.

2. 1. C. promptement = soutenu ; 2. A. vite = courant ; 3. B. dare-dare = familier.

1. A. le bruit = courant ; 2. C. le tapage = soutenu ; 3. B. le tintamarre = familier.

Histoire Géographie EMC

BYZANCE ET L'EUROPE CAROLINGIENNE

476 : l'Antiquité s'achève avec la disparition de l'Empire romain d'Occident qui, en Europe de l'Ouest, laisse la place à des royaumes.

1054 : le monde des chrétiens connaît un schisme. Le christianisme se divise en deux branches : le catholicisme, en Occident, et l'orthodoxie pratiquée dans l'Empire byzantin.

1. L'Empire byzantin, un empire millénaire

- L'Empire romain d'Orient, installé au sud-est de l'Europe et en Asie Mineure, survit à la disparition de l'Empire romain installé en Occident. L'empereur romain d'Orient est le « basileus ». **Constantinople** constitue la capitale et le cœur de l'Empire. Justinien (527-565) reprend les pouvoirs de l'empereur romain : il est le chef de l'armée et impose les lois héritées des anciens codes romains. Cet Empire est **chrétien**. Le patriarche de Constantinople, représentant de l'Église, couronne l'empereur.
- Centré sur l'Asie Mineure et la Grèce, l'Empire utilise la **langue grecque**. Justinien réussit à réunir sous son autorité l'Italie, l'Europe du Sud-Est et l'Afrique du Nord. Mais l'Empire voit son territoire se réduire lentement face aux conquêtes musulmanes durant un millénaire, jusqu'à sa disparition avec la prise de Constantinople par les Turcs en 1453.

Portrait de Charlemagne par Albrecht Dürer, 1511-1513

Le sais-tu ?

Sainte-Sophie

L'empereur protège l'Église et la valorise, comme le montre la construction de la basilique Sainte-Sophie par Justinien au VIe siècle.

2. L'Empire carolingien, la restauration de l'Empire romain

- Après la chute de l'Empire romain, l'Europe est divisée entre les différents royaumes barbares, dont l'un des plus puissants est celui de **Clovis** (481-511), souverain du royaume des Francs et premier roi chrétien de la dynastie des Mérovingiens. À partir de 768, Charles (ou Charlemagne), de la dynastie des Carolingiens, réalise la conquête des peuples voisins.
- Le 25 décembre 800, le pape Léon III **couronne Charlemagne empereur** dans la basilique Saint-Pierre à Rome. Charlemagne impose le latin et édicte des capitulaires (ordres écrits de l'empereur) de sa capitale Aix-la-Chapelle. L'empereur carolingien nomme des comtes (administrant un comté, partie du territoire de l'empire) et les *missi dominici* (chargés de contrôler les comtes) pour faire exécuter ses décisions.

Le sais-tu ?

Aux IXe et Xe siècles, l'Empire est partagé entre les petits-fils de Charlemagne et leurs descendants. Dans le royaume des Francs, les comtes imposent leurs propres règles jusqu'en 987 où la dynastie des Carolingiens est remplacée par celle des Capétiens pour gouverner le royaume.

As-tu retenu ?

1 Quel empire disparaît au Ve siècle ?

- ❐ A. L'Empire carolingien
- ❐ B. L'Empire byzantin
- ❐ C. L'Empire romain d'Occident

2 Quelles sont les deux premières dynasties à occuper le trône du royaume des Francs ?

- ❐ A. Les Carolingiens
- ❐ B. Les Capétiens
- ❐ C. Les Valois
- ❐ D. Les Mérovingiens

3 Quels points communs ont les Empires byzantin et carolingien ?

- ❐ A. Ils se prétendent héritiers de l'Empire romain
- ❐ B. La religion chrétienne est un des fondements des deux Empires
- ❐ C. Les deux utilisent le latin comme langue d'administration

DE LA NAISSANCE DE L'ISLAM À LA PRISE DE BAGDAD

1099 : la prise de Jérusalem par les croisés achève la première des huit croisades qui auront lieu jusqu'en 1291. Ce sont des expéditions militaires chrétiennes menées pour délivrer Jérusalem de la présence des musulmans.

1. La naissance d'un nouveau monothéisme, l'islam

- Au VIIe siècle, les tribus d'Arabie s'unissent autour d'une nouvelle religion : **l'islam**. Ce **nouveau monothéisme** s'organise autour du prophète Mohammed (Mahomet). L'année 622 marque le début du calendrier musulman : lors de l'hégire, Mohammed est chassé de La Mecque à cause de son enseignement. Il se réfugie à Médine.

La Mecque

- En 632, à la mort de Mohammed, qui avait repris La Mecque, les musulmans entament **les conquêtes des régions environnantes**, grâce à leurs cavaliers. Jérusalem est prise vers 637. En 750, l'islam s'installe en Asie de l'Ouest, en Afrique du Nord et en Europe du Sud (Espagne).
- Le **calife** est le successeur du prophète des musulmans et le chef de la communauté musulmane. Il est à la fois un chef civil et un chef religieux.

2. La religion, élément d'unification de peuples différents

- L'islam est l'élément fondateur de la civilisation arabo-musulmane. La religion repose sur la croyance en un dieu unique (Allah), et sur ses paroles transmises au prophète Mohammed. **L'umma** (la communauté musulmane) est unie par des lieux, symboles, textes et règles religieuses.

- La religion musulmane s'organise autour...

De lieux	De symboles et d'objets	De textes sacrés	De règles et de fêtes religieuses
La Mecque Médine Jérusalem : lieu de départ de Mohammed pour le paradis La mosquée	Le symbole ☪ L'étoile à cinq branches La lune	Le Coran : compilation des paroles de Mohammed La *sîra* : biographie de la vie de Mohammed	Le ramadan : mois de jeûne qui rappelle le mois où Mohammed aurait reçu la parole d'Allah Le pèlerinage (voyage religieux) : au moins une fois dans la vie du croyant, vers La Mecque

3. Un monde musulman morcelé

- Le premier État musulman s'organise autour de la ville de Médine. Au cours du VIIe siècle, le pouvoir du califat s'établit à Damas, puis à Bagdad, au gré des conquêtes. Au IXe siècle, le monde musulman se divise en trois califats, avec trois capitales : Cordoue (Espagne), Le Caire (Égypte), Bagdad (Orient).

Le sais-tu ?

Deux califes célèbres

Un des premiers califes est al-Walid. Il fait de Damas sa capitale. Les chrétiens et juifs sont tolérés s'ils se soumettent aux lois du calife. Un des califes abbassides les plus célèbres est Haroun al-Rachid. Ce dernier a noué une correspondance diplomatique et amicale avec Charlemagne.

As-tu retenu ?

1. Quel titre portent les successeurs du fondateur de l'islam, Mohammed ?

- ❐ A. Calife
- ❐ B. Sultan
- ❐ C. Prophète

2. Sur quels continents est installé l'islam au VIIIe siècle ?

- ❐ A. L'Europe
- ❐ B. L'Asie
- ❐ C. L'Afrique

Histoire

LES CAMPAGNES MÉDIÉVALES : FORMATION ET DOMINATION SEIGNEURIALE

Au Moyen Âge, la grande majorité de la population habite dans les campagnes. La plupart des terres forment de grands domaines qui appartiennent à des seigneurs.

1. La vie des paysans

- **90 % de la population est paysanne** en Europe. C'est de leur travail pénible que les deux autres ordres de la société (la noblesse et le clergé) tirent leur subsistance. Sur les tenures (terres du seigneur louées au paysan en échange du cens), le paysan produit ce qu'il va conserver.
- **Le village** est le cadre de vie des paysans. Les travaux mobilisent la communauté du village, tout comme les fêtes religieuses (Noël, Pâques, Mardi gras, etc.). L'organisation des villages autour de lieux comme un château, une église, se fait après l'an mil, au cours du XIe siècle.
- Entre les XIe et XIVe siècles, les campagnes d'Occident connaissent un **essor démographique** : la population est multipliée par deux. Cette évolution s'explique d'abord par un radoucissement du climat s'accompagnant de défrichements. Les bois et forêts sont détruits pour laisser place à de nouvelles terres cultivées. Les récoltes augmentent aussi grâce à des innovations (à partir de 1100).

Miniature extraite du livre d'heures Les Très Riches Heures du duc de Berry *commandé par Jean Ier de Berry, XVe siècle*

Le sais-tu ?

La dureté du pouvoir seigneurial entraîne régulièrement des révoltes. En 1358, les paysans, surnommés les « Jacques », se soulèvent contre les seigneurs et leurs armées dans le nord de la France : c'est la Grande Jacquerie.

2. La domination des seigneurs

- Les nobles (comtes, ducs, barons, seigneurs) sont les **propriétaires fonciers** des terres sur lesquelles sont installés les habitants de la seigneurie. Le château, les bois (consacrés à la chasse), la réserve (terres cultivées par les paysans dont la récolte revient au seigneur) constituent la pleine propriété du seigneur.
- Leur pouvoir s'établit aussi sur **des devoirs judiciaires et politiques**. La noblesse a l'obligation de protéger les autres habitants de la seigneurie et de rendre justice. Cette autorité confère aussi des droits au seigneur : il perçoit un impôt appelé « banalités » pour l'utilisation des fours, des moulins, des péages au passage des ponts.
- Lors des défrichements, des seigneurs font appel à des paysans. Pour les attirer, les seigneurs accordent des **chartes de franchise**. Ces documents écrits recensent les droits et obligations des seigneurs, mais aussi les libertés et obligations des paysans.

As-tu retenu ?

1 Durant la seconde moitié du Moyen Âge, la population européenne…

- ❒ A. augmente fortement.
- ❒ B. diminue fortement.
- ❒ C. augmente faiblement.

2 Lequel de ces deux termes représente un impôt que doit le paysan au seigneur ?

- ❒ A. Les banalités
- ❒ B. La réserve

3 Que sont les défrichements ?

- ❒ A. La mise en culture de terres occupées auparavant par les bois et les marais.
- ❒ B. Le soulèvement des paysans, surnommés Jacques, durant le XIVe siècle.
- ❒ C. L'ensemble des droits et devoirs des paysans consignés dans un document écrit.

4 Une charte de franchise…

- ❒ A. recense les obligations et droits des paysans et des seigneurs.
- ❒ B. améliore la condition de vie des paysans.
- ❒ C. impose une justice seigneuriale sévère envers les paysans.

L'ÉMERGENCE D'UNE NOUVELLE SOCIÉTÉ URBAINE

XIe-XIVe siècles : doublement de la population européenne. Dans les campagnes comme dans les villes, le nombre d'habitants augmente fortement.

1. Une société urbaine diverse

- La ville médiévale s'organise autour de **métiers** plus variés que dans les campagnes : commerçants, artisans, etc. Contrairement aux campagnes où le paysan exerce plusieurs fonctions (agriculteur, éleveur, artisan, etc.), les urbains **sont spécialisés** dans un métier. Les métiers s'organisent en **corporations** réunissant les gens exerçant la même profession.

2. La (re)naissance du réseau urbain en Europe

- Les grands centres urbains se localisent **en Flandre, en Île-de-France et au nord de l'Italie**. L'essor des villes est lié au commerce et à la tenue des foires, ces réunions périodiques de marchands. Les marchandises et les commerçants parcourent un grand axe commercial reliant l'Europe du Nord à l'Orient. Cette voie commerciale permet l'échange de marchandises entre l'Europe du Nord (bois, fer, sel) et l'Europe du Sud, l'Afrique et l'Orient (or, épices, etc.).

Henry IV d'Allemagne livre une conférence à l'Université de Bologne par Laurentius de Voltolina

Le sais-tu ?

Partage des pouvoirs

Comme dans les campagnes, le pouvoir et l'aspect militaires des villes sont sous l'autorité et la responsabilité des seigneurs. L'Église prend en charge les fonctions religieuse et spirituelle, mais aussi l'assistance aux pauvres et aux malades (avec les hôtels-Dieu) et l'enseignement (écoles ecclésiastiques, universités).

3. Des villes et des urbains qui évoluent

- À cause de l'essor du commerce et de l'amélioration des rendements agricoles, la population urbaine augmente entre le Xe et le XVe siècle. **Près d'un Européen sur cinq** est urbain à la fin de la période. Les villes s'étalent, donnant naissance à des faubourgs (quartiers en dehors des murailles de la ville).
- Au-delà des marchands itinérants se développent d'autres métiers, en rapport avec le développement du commerce, comme les armateurs, les banquiers, etc. **La bourgeoisie** apparaît et occupe une place économique importante dans les villes : elle prête aux nobles, au clergé... tout en faisant partie du tiers état.
- Dans les centres urbains les plus petits, les seigneurs tentent d'attirer des populations en accordant des chartes de franchise. Dans les villes les plus importantes, la bourgeoisie marchande et les corporations négocient pour leur liberté et peuvent obtenir le droit de s'ériger en commune. Le pouvoir est alors confié, en partie, à des représentants de la ville.

As-tu retenu ?

1 Comment s'appellent les associations médiévales réunissant les personnes exerçant un même métier ?

- ❐ A. Des corporations
- ❐ B. Des syndicats
- ❐ C. Des partis professionnels

2 Quel nom donne-t-on à la réunion périodique de marchands en un lieu précis de l'année ?

- ❐ A. Des marchés
- ❐ B. Des foires
- ❐ C. Des franchises

3 À la fin du Moyen Âge, la part des urbains dans la population représente...

- ❐ A. 5 % des Européens.
- ❐ B. 10 % des Européens.
- ❐ C. 20 % des Européens.

4 Les bourgeois sont considérés comme des membres...

- ❐ A. de la noblesse.
- ❐ B. du clergé.
- ❐ C. du tiers état.

L'AFFIRMATION DE L'ÉTAT MONARCHIQUE

800-840 : le royaume de France est intégré à l'empire de Charlemagne et de son successeur. Mais l'empire, tout comme la dynastie des Carolingiens, disparaît rapidement et n'existe plus au xe siècle.

1. Un roi au sommet de la société féodale

- En 987, les grands seigneurs du royaume des Francs choisissent **Hugues Capet**, l'un d'entre eux, pour gouverner. Il est le fondateur de la dynastie des Capétiens. Il possède un domaine en Île-de-France et dans la région d'Orléans qu'il administre directement. Le reste du royaume est confié à ses vassaux.
- Les vassaux reçoivent d'un suzerain un fief (souvent une terre) qu'ils administrent directement. En échange, le vassal promet aide et fidélité à son suzerain. Cet engagement pris lors de la cérémonie de l'hommage et de l'échange du fief constitue la **féodalité**.

2. L'élaboration de la domination capétienne

- Le règne de Philippe II Auguste (reg. 1180-1223) est marqué par un **renforcement de l'autorité royale**, notamment lors de la bataille de Bouvines en 1214. Triomphant des troupes de l'empereur germanique, du souverain anglais et de vassaux infidèles comme le comte de Boulogne, il prend le contrôle des riches fiefs du nord du royaume.
- Louis IX ou Saint Louis (reg. 1226-1270) renforce le lien avec l'Église. Le roi de France est **sacré** lors de la cérémonie qui inaugure son règne à Reims. Le roi, qui se veut le protecteur de l'Église, part en croisade.
- Philippe IV le Bel (reg. 1285-1314) affermit son autorité sur la base du droit. Il s'entoure de « légistes », spécialistes de la loi, et réunit les premiers états généraux.

Le sais-tu ?

Des troupes à soi

Pour triompher des souverains anglais, les rois de France ont dû créer une armée royale financée par des impôts devenant permanents. Le roi dispose alors de ses propres troupes et n'est plus tributaire de l'aide de ses vassaux.

3. La construction de l'État capétien

- Les XIVᵉ et XVᵉ siècles sont des temps de crise avec la **guerre de Cent Ans**. Le roi d'Angleterre, suzerain du roi de France, réclame le trône après la mort du dernier Capétien. Le pouvoir passe à une branche cousine de la famille des Capétiens : les Valois.
- Charles VII triomphe du souverain anglais en 1453.
- S'appuyant sur une administration présente sur tout le territoire, les Valois sont désormais maîtres en leur royaume et la féodalité décline.

Jeanne d'Arc à cheval, enluminure, 1504

Le sais-tu ?

Jeanne d'Arc

Charles VII bénéficie des victoires de Jeanne d'Arc entre 1429 et 1431. La jeune femme guerroie pour chasser les Anglais hors de France : elle dit avoir entendu les voix d'un ange et de saintes l'invitant à prendre les armes. Le roi saura utiliser l'image de Jeanne pour montrer qu'il est le roi « choisi par Dieu ».

As-tu retenu ?

1 Quelles dynasties règnent sur le royaume de France entre le XIᵉ et le XVIᵉ siècle ?

- ❒ A. Les Capétiens
- ❒ B. Les Valois
- ❒ C. Les Bourbons
- ❒ D. Les Carolingiens

2 Quelle cérémonie établit un lien entre un vassal et son suzerain ?

- ❒ A. L'hommage
- ❒ B. Le sacre
- ❒ C. Le sacrement

3 Quelle assemblée de représentants est réunie pour la première fois par le roi Philippe le Bel ?

- ❒ A. L'Assemblée nationale
- ❒ B. Le Parlement
- ❒ C. Les états généraux

LE MONDE AU TEMPS DE CHARLES QUINT ET SOLIMAN LE MAGNIFIQUE

1453 : chute de l'Empire byzantin et fin de la guerre de Cent Ans. Ces deux événements marquent la fin du Moyen Âge. La disparition de l'Empire romain d'Orient consacre l'avancée de l'islam jusqu'en Europe de l'Est. La victoire à l'issue de la guerre de Cent Ans établit véritablement un État monarchique en France.

1. Une Europe qui s'ouvre au monde

- L'Empire ottoman **contrôle les principales routes** de commerce entre l'Orient et l'Occident. Les marchands arabes, intermédiaires obligés entre les marchands européens et asiatiques, prélèvent de lourdes taxes sur les épices et sur les soieries. **Les Européens sont donc à la recherche de nouvelles voies de communication leur permettant d'entrer en contact direct avec les Indes et la Chine.**

Portrait posthume de Christophe Colomb par Sebastiano del Piombo, vers 1547

- La navigation bénéficie de **progrès techniques**. Il est plus facile de se repérer grâce à la boussole, l'astrolabe, la cartographie marine dont l'usage se répand. Les navires peuvent réaliser des voyages plus longs et plus facilement grâce au gouvernail d'étambot, à la caravelle. Ces évolutions sont à l'origine des voyages des grandes découvertes initiés par le Portugal au XVe siècle et dont le plus célèbre représentant est Christophe Colomb, qui franchit l'Atlantique. Il pensait atteindre les Indes, mais découvre les Amériques en 1492.

Le sais-tu ?

L'année 1492 correspond au premier voyage de Colomb vers les Amériques. Et cette date marque aussi le début des temps modernes.

2. Soliman le Magnifique et Charles Quint, deux empires en Europe

- **Charles Quint** (reg. 1520-1558) hérite d'un véritable empire. Ce Habsbourg est le souverain des Pays-Bas, de l'Espagne et de ses possessions américaines, de l'archiduché d'Autriche et du Saint Empire romain germanique (à partir de 1519). L'ensemble de ses possessions lui permet de renouer avec un rêve impérial. Il se présente comme **l'héritier de Charlemagne**.
- L'Empire ottoman est aux mains de **Soliman le Magnifique** (reg. 1520-1566). Son empire domine la Méditerranée, la mer Rouge et le golfe Persique. L'Empire ottoman fait tomber sous sa dépendance la quasi-totalité du monde musulman du XVIe siècle. Mais il se heurte aux Espagnols et aux Portugais qui sont à l'initiative des voyages des grandes découvertes.

Le sais-tu ?

De nouveaux produits

La pomme de terre et la tomate, produits courants aujourd'hui, étaient inconnues jusqu'au XVIe siècle en Europe, car elles n'étaient présentes qu'en Amérique.

As-tu retenu ?

1 Quels sont les deux empires européens du début du XVIe siècle ?

- ❐ A. L'Empire byzantin
- ❐ B. Le Saint Empire romain germanique
- ❐ C. L'Empire ottoman
- ❐ D. L'Empire carolingien

2 Où se localisent les territoires sur lesquels Charles Quint étend son autorité ?

- ❐ A. Europe de l'Ouest
- ❐ B. Amériques
- ❐ C. Asie
- ❐ D. Afrique du Nord

3 Quelles sont les causes des voyages des grandes découvertes ?

- ❐ A. Les progrès acquis dans le domaine de la navigation
- ❐ B. Le contrôle de la route de l'Orient par les musulmans
- ❐ C. La découverte de récits anciens de voyage

HUMANISME, RÉFORMES ET CONFLITS RELIGIEUX

1453 : la chute de l'Empire byzantin et la fin de la guerre de Cent Ans marquent la fin du Moyen Âge.

1492 : la découverte de l'Amérique marque le début des temps modernes. Cette ouverture transforme la conception du monde et de la société en Europe.

1. La Renaissance et l'humanisme, la rupture culturelle

- Dès le XVe siècle, le monde artistique connaît de grands bouleversements dans les Flandres et en Italie. Les mécènes, des hommes puissants protégeant les artistes, encouragent et soutiennent les innovations. **La technique de la perspective**, la redécouverte des mythes et arts de l'Antiquité inspirent les artistes.
- Le monde intellectuel connaît lui aussi des changements. L'arrivée en Occident des **manuscrits grecs**, après la prise de Constantinople par les musulmans, encourage l'étude des langues anciennes et l'étude directe du texte de la Bible. Ce courant intellectuel nommé humanisme met l'Homme au centre de la connaissance sans renier l'héritage chrétien.
- **L'imprimerie**, qui se développe à partir de 1450, entraîne une diffusion rapide de ces nouvelles techniques, des idées et des nouveaux savoirs.

Imprimerie française au XVe siècle

Le sais-tu ?

Léonard de Vinci

Léonard de Vinci illustre à la fois la rupture artistique et intellectuelle. Connu pour ses toiles qu'il peint dès 1472, il est aussi un ingénieur, un artiste et un scientifique intéressé notamment par la médecine et l'anatomie.

Le sais-tu ?

Gutenberg

Gutenberg, orfèvre de Mayence, ville du Saint Empire romain germanique, est considéré comme celui qui a mis au point l'imprimerie. Le premier livre imprimé fut la Bible.

2. Réformes et conflits religieux

- En 1517, un moine allemand, **Luther**, publie 95 thèses dénonçant les abus de l'Église et appelant à une réforme de l'Église catholique. La rupture est rapide et définitive entre les catholiques fidèles au pape, refusant les critiques de Luther, et ceux qui sont désignés comme des « protestants », prônant une Église plus modeste et proche des croyants.
- En 1521, Luther comparaît devant Charles Quint, lors de la diète de Worms. Il refuse de se rétracter. L'empire de Charles Quint est désormais divisé entre les terres protestantes et les princes catholiques. Cette division s'étend à l'Occident (Angleterre, Pays-Bas, etc.). Le royaume de France connaît une période de 40 ans de troubles avec les guerres de Religion de 1558 à 1598.
- Comme lors du schisme de 1054 avec les orthodoxes, la Réforme aboutit à une nouvelle division profonde entre les chrétiens.

As-tu retenu ?

1 L'humanisme, la Renaissance et la Réforme sont des phénomènes…

- ❒ A. des XIIIe et XIVe siècles.
- ❒ B. des XIVe et XVe siècles.
- ❒ C. des XVe et XVIe siècles.

2 Pourquoi le développement de l'imprimerie est-il une innovation importante ?

- ❒ A. Elle permet de reproduire un texte rapidement
- ❒ B. Elle permet de reproduire un texte en plusieurs exemplaires plus facilement
- ❒ C. Elle permet de reproduire un texte plus facilement et fait baisser le prix des livres

DU PRINCE DE LA RENAISSANCE AU ROI ABSOLU

1453 : la fin de la guerre de Cent Ans consacre la fin d'un conflit franco-anglais, mais aussi l'établissement d'un État monarchique qui a triomphé de la féodalité.

1. François Ier, le prince de la Renaissance

- François Ier (1494-1547) est encore un roi « médiéval » pétri de l'idéal chevaleresque et rêvant de victoires en Italie, comme lors de la bataille de Marignan (1515).
- Roi sacré catholique à l'époque de la Réforme, il gouverne avec l'aide de ses conseillers. Il poursuit **la centralisation administrative de son royaume**, notamment grâce à l'ordonnance de Villers-Cotterêts (1539).

Château de Versailles, 1668

Le sais-tu ?

Le prince de la Renaissance

François Ier est surnommé le « prince de la Renaissance », car il est un mécène épris d'art et de culture. Il invite Léonard de Vinci en France, où ce dernier achève sa vie.

2. Henri IV, le roi arbitre

- De 1562 à 1598, **les guerres de Religion** déchirent la France. Les querelles entre protestants et catholiques déstabilisent le royaume et sont sources de violences, à l'image de la **Saint-Barthélemy** où, le 18 août 1572, le parti catholique se livre au massacre des protestants de la capitale.

- En 1589, à la mort d'Henri III, la couronne revient à son cousin protestant, Henri de Navarre (1553-1610). Le nouveau roi **se convertit au catholicisme**. Après une série d'opérations militaires afin de pacifier le royaume, Henri IV impose **l'édit de Nantes** (1598). L'édit rétablit la paix religieuse entre catholiques et protestants. Ce texte renforce un peu plus l'État, seul à pouvoir garantir l'ordre et la paix dans le royaume.

3. Louis XIV, un roi qui se veut absolu

- Mais l'assassinat d'Henri IV et les régences que connaissent Louis XIII (1601-1643) et son fils Louis XIV démontrent **la contestation du pouvoir royal**. Alors que Louis XIII et Louis XIV sont encore des enfants, leurs proches, les grands et les parlements tentent de s'arroger une partie du pouvoir royal. Marqué profondément par ces épisodes, Louis XIV (1638-1715) décide à partir de 1661 de régner en roi « absolu ».
- Certaines de ses décisions se heurtent à la réalité. Il révoque l'édit de Nantes en 1685 et certaines régions du royaume retombent dans des troubles militaires. Ayant mené de nombreuses campagnes, il lègue à sa mort **un royaume agrandi, mais épuisé financièrement**.

Le sais-tu ?

Le Roi-Soleil

Le règne de Louis XIV se veut fastueux et démesuré, à l'image du château qu'il fait édifier : Versailles. Roi absolu de droit divin, il se considère comme le représentant de Dieu sur Terre. Il gouverne seul, et ses ministres et intendants ne sont que des conseillers.

As-tu retenu ?

1 Quel conflit déchire la France au XVIe siècle ?

- ❒ A. La guerre de Cent Ans
- ❒ B. Les guerres de Religion
- ❒ C. La guerre de Trente Ans

2 Quel roi accède au trône en étant enfant et connaît une période de régence ?

- ❒ A. François Ier
- ❒ B. Henri IV
- ❒ C. Louis XIV

LA CROISSANCE DÉMOGRAPHIQUE ET SES EFFETS

La richesse est inégalement répartie. Ces inégalités entre riches et pauvres sont visibles tant à l'échelle mondiale (entre États) qu'à l'échelle locale (dans une ville). Le développement est un objectif visant à améliorer la vie des personnes. Les ressources disponibles doivent être gérées pour répondre aux besoins des populations.

1. Une population plus nombreuse, plus riche

- La population mondiale est estimée à environ 8 milliards d'habitants. Cette population a augmenté fortement au cours des XXe et XXIe siècles. Cette croissance démographique s'explique d'abord par l'augmentation de l'espérance de vie et une fécondité supérieure à **deux enfants par femme**.
- Le développement économique a concerné toutes les régions du monde, même si la répartition des richesses reste inégale. **Les êtres humains sont donc plus riches** et bénéficient d'une amélioration des conditions de vie. Grâce au développement économique, les besoins essentiels (santé, éducation, logement, nourriture, etc.) sont satisfaits pour une part toujours plus grande de la population mondiale.
- Cela s'accompagne d'un vieillissement de la population. La part des personnes âgées est plus importante, car **l'espérance de vie s'élève et la fécondité diminue**.

Rue de Shanghai en février 2021

2. Des comportements démographiques différents

- Dans les pays développés et les régions comme **l'Amérique du Nord ou l'Europe**, la croissance démographique est faible. La fécondité est inférieure à deux enfants par femme. Les habitants bénéficient de très bonnes conditions de vie.

- Dans des pays comme **la Chine ou l'Inde**, la population, après une augmentation importante, voit son rythme de croissance ralentir. Ces États ont amélioré les conditions de vie d'une part des habitants.
- **Les pays africains** sont ceux où la croissance démographique reste rapide. Le Nigeria et l'Éthiopie, qui comptent des centaines de millions d'habitants, doivent ainsi répondre aux besoins essentiels d'une population dont une grande partie est pauvre et toujours plus nombreuse. Pour autant, ces pays sont sur le chemin du développement économique.

Quelques chiffres

Pays les plus peuplés en 2021

Chine (1 448 471 000 habitants) ; Inde (1 406 632 000) ; États-Unis (334 805 000)

Pays les plus peuplés en 2050 (projection)

Inde (1 639 176 000) ; Chine (1 402 405 000) ; Nigeria (401 315 000)

As-tu retenu ?

1 La population mondiale…

- ❒ A. augmente.
- ❒ B. diminue.
- ❒ C. s'enrichit.
- ❒ D. s'appauvrit.
- ❒ E. vieillit.
- ❒ F. rajeunit.

2 La répartition de la richesse est…

- ❒ A. équitable.
- ❒ B. inégale.

3 L'espérance de vie au niveau mondial…

- ❒ A. augmente.
- ❒ B. diminue.
- ❒ C. stagne.

RÉPARTITION DE LA RICHESSE ET DE LA PAUVRETÉ DANS LE MONDE

Au cours du XXe siècle, la population mondiale a augmenté et a connu une amélioration de ses conditions de vie. Les habitants de la planète sont aujourd'hui plus nombreux et plus riches qu'il y a un siècle.

Le développement désigne l'amélioration des conditions de vie. Il peut avoir un aspect économique, social ou environnemental.

1. Une définition de la pauvreté

- La pauvreté peut être définie comme **l'insuffisance de ressources**. Celles-ci sont matérielles (nourriture, vêtements, habitation, ou l'argent nécessaire pour s'en procurer), mais aussi immatérielles (éducation, respect, par exemple).
- La pauvreté est un problème économique et social. Plusieurs indicateurs permettent de mesurer les différents aspects de la richesse et de la pauvreté.

Port-au-Prince, Haïti

2. Richesse et pauvreté dans le monde

- Les États les plus développés, désignés par l'expression « pays du Nord » se localisent en Amérique du Nord (Canada, États-Unis), en Europe de l'Ouest (Allemagne, Royaume-Uni, France, etc.), en Asie de l'Est (Japon, Corée) et en Océanie (Australie, Nouvelle-Zélande).
- Mais la situation de la pauvreté et de la richesse des pays du Sud est diverse.

Le sais-tu ?

La pauvreté s'inscrit dans les paysages et l'environnement. L'absence d'aménagements collectifs, la vétusté ou l'abandon de certains territoires constituent des marqueurs de la pauvreté, tout comme la présence de bidonvilles dans certaines métropoles. Être pauvre, c'est aussi être plus exposé à des risques naturels ou technologiques.

Les pays émergents constituent de grands États peuplés au développement économique rapide, mais où le revenu par habitant reste bas. Cependant, **les inégalités restent grandes**. C'est le cas notamment pour le Brésil, la Russie, l'Inde, la Chine, l'Afrique du Sud (parfois surnommés les BRICS).

- Les pays les plus pauvres sont les pays les moins avancés (PMA) : une grande part de la population n'a pas accès à la satisfaction des besoins essentiels. Ils se situent en Afrique subsaharienne (Mali, Burkina Faso), en Asie centrale (Afghanistan, Pakistan, etc.) ou parfois dans les Caraïbes (Haïti).

3. Les inégalités au sein des territoires

- Les inégalités se sont creusées entre les territoires. Le poids économique de certaines façades littorales ou métropoles a progressé, quand les périphéries des métropoles ou les campagnes des pays du Sud ont vu la pauvreté s'accentuer.

Quelques chiffres

Les trois pays les moins avancés : Niger, République centrafricaine, Tchad

Les trois pays les plus développés : Norvège, Suisse, Irlande

Source : IDH en 2019.

As-tu retenu ?

1 Quelle est la définition la plus précise de la pauvreté ?

- ❒ A. Ne pas percevoir assez d'argent
- ❒ B. Ne pas avoir assez de revenus pour satisfaire ses besoins
- ❒ C. Vivre dans un bidonville

2 Sous quelle appellation désigne-t-on les pays les moins développés ?

- ❒ A. Pays du tiers-monde
- ❒ B. Pays du Sud
- ❒ C. PMA

3 Quels points communs ont des pays comme l'Inde, la Chine ou le Brésil ?

- ❒ A. Ce sont des États intermédiaires bénéficiant du développement économique, mais où les inégalités sont importantes.
- ❒ B. Ce sont des États pauvres où une grande partie de la population n'a pas accès aux ressources et services essentiels.
- ❒ C. Ce sont des États riches où toute la population voit ses besoins satisfaits.

L'EAU : UNE RESSOURCE À AMÉNAGER ET À MIEUX UTILISER

Les ressources agricoles, l'eau, l'énergie sont des ressources nécessaires et indispensables au développement des sociétés. La question du développement durable est primordiale pour les sociétés qui tentent de concilier la croissance économique, le bien-être des habitants et la protection de l'environnement.

1. L'eau, une ressource inégalement répartie et accessible

- L'eau utilisable directement est rare. Sur Terre, 0,5 % de l'eau est douce et facilement exploitable par les sociétés. Cette ressource se trouve dans les fleuves, nappes phréatiques, lacs, etc.
- Sa répartition **dépend fortement du climat**. Les milieux les plus arides se situent au niveau des tropiques. À l'inverse, les régions les plus arrosées sont celles situées sur l'Équateur. La quantité d'eau disponible dépend des précipitations, des nappes phréatiques, des eaux de surface.
- Que l'eau soit abondante ou rare dans une région, encore faut-il qu'elle soit potable et utilisable. **Aménagements, installations, développement économique, etc., expliquent l'accès à l'eau.** Ainsi, même des États localisés dans des climats très humides, comme le Congo, voient une grande partie de leur population privée d'accès à l'eau potable. À l'inverse, des pays subissant un climat aride, comme le Qatar, arrivent à assurer l'accès à l'eau à 100 % de leur population. Les pays où la population a le moins accès à l'eau correspondent aussi aux pays les moins avancés (PMA).

Désert du Thar au Rajasthan

Le sais-tu ?

Les modes de vie et le développement influent sur la consommation et l'usage de l'eau. En Amérique du Nord, la consommation d'un habitant pour ses usages domestiques est de plus de 250 litres par jour. La consommation d'un habitant de l'Afrique subsaharienne pour ses usages domestiques est d'environ 20 litres par jour.

2. L'eau, une ressource aménagée, exploitée, disputée

- L'eau a différents usages. Elle est nécessaire pour le **développement de l'activité agricole** qui constitue le secteur consommant le plus d'eau. Les villes, les activités industrielles et touristiques sont aussi de grandes consommatrices de cette ressource. Pour les usages domestiques, avoir accès à l'eau, c'est disposer de 20 litres d'eau par jour et par personne à moins d'un kilomètre de son domicile.
- L'eau, dans les régions où elle manque, est source de conflits d'usage (dispute autour de l'utilisation d'un territoire ou d'une ressource). S'il n'y a pas de conflit ouvert (guerre), l'eau doit faire l'objet d'arbitrages, de choix sur ses usages, d'aménagements nécessaires, etc.

As-tu retenu ?

1 Où se localisent les régions les plus humides ?

- ❐ A. Aux pôles
- ❐ B. Dans les régions tempérées
- ❐ C. Dans les régions tropicales
- ❐ D. Dans les régions équatoriales

2 L'eau potable est une ressource…

- ❐ A. fossile.
- ❐ B. renouvelable.
- ❐ C. non renouvelable.
- ❐ D. abondante.

3 De quoi dépend la disponibilité en eau potable pour un habitant ?

- ❐ A. Du développement du pays
- ❐ B. De son climat
- ❐ C. Des aménagements pour traiter et acheminer l'eau

4 Quelle activité est celle qui consomme le plus d'eau dans le monde ?

- ❐ A. L'agriculture
- ❐ B. L'industrie
- ❐ C. Le tourisme

L'ÉNERGIE : UNE RESSOURCE À AMÉNAGER ET À MIEUX UTILISER

Devant la raréfaction des réserves de pétrole exploitable et face aux enjeux environnementaux liés à la consommation d'énergie, il apparaît de plus en plus nettement que le monde doit repenser son utilisation.

1. Une consommation d'énergie qui ne cesse de progresser

- Tout comme l'eau, l'énergie est une ressource indispensable pour les activités économiques et la vie au quotidien. La disponibilité et la consommation d'énergie sont en lien avec le développement d'un État et le mode de vie de ses habitants. La croissance démographique, le développement économique et l'urbanisation ont entraîné une forte demande et **une augmentation de la consommation d'énergie**.
- L'énergie peut être produite par différents moyens. Cependant, les États grands consommateurs (Chine, Inde, États-Unis) ne sont pas toujours les États qui disposent des ressources suffisantes pour la produire. La disponibilité énergétique dépend de celle de ressources fossiles (charbon, pétrole, etc.), des aménagements développés (centrales thermiques, nucléaires, etc.) et des possibilités d'importer de l'énergie, c'est-à-dire de l'acheter à un pays étranger.

Puits de pétrole

Le sais-tu ?

Le développement des activités économiques et du mode de vie des États développés a reposé essentiellement jusqu'à aujourd'hui sur la consommation d'énergies fossiles comme le pétrole, le charbon ou le gaz naturel. Ces sources d'énergie représentent près de 80 % de la consommation totale dans le monde.

2. Une question au cœur du développement durable

- Économiquement, ces ressources fossiles deviennent rares et sont non renouvelables. **L'augmentation du prix** de ces énergies et leur raréfaction posent le problème du développement de certains secteurs, comme celui de l'automobile reposant jusque-là sur le pétrole. Socialement, l'augmentation des prix entraîne des inégalités entre les plus pauvres et les plus riches tant à l'échelle mondiale qu'à l'échelle des États. Enfin, ces sources d'énergies fossiles ont un impact négatif (pollution, destruction, etc.) sur l'environnement et le réchauffement climatique.
- **Plusieurs solutions sont possibles** en fonction des choix politiques : réduire la consommation (isolement des bâtiments, transports partagés), développer des énergies renouvelables ou de nouvelles sources d'énergie (éolien, hydraulique), rechercher de nouvelles sources d'approvisionnement (mines, etc.).

As-tu retenu ?

1 La consommation et la production d'énergie ont tendance à…

- ❒ A. augmenter.
- ❒ B. diminuer.
- ❒ C. stagner.

2 L'évolution de la demande d'énergie est liée…

- ❒ A. au mode de vie.
- ❒ B. à la croissance démographique.
- ❒ C. à l'activité économique.

3 Les énergies les plus consommées dans le monde sont…

- ❒ A. les énergies fossiles.
- ❒ B. les énergies renouvelables.
- ❒ C. les énergies non renouvelables.

4 Les trois pays consommant le plus d'énergie sont…

- ❒ A. des pays développés.
- ❒ B. des pays parmi les plus peuplés au monde.
- ❒ C. des pays émergents.

COMMENT NOURRIR UNE HUMANITÉ PLUS NOMBREUSE ET AUX BESOINS ACCRUS ?

Les ressources agricoles, l'eau, l'énergie sont des ressources nécessaires et indispensables au développement des sociétés. La question du développement durable est primordiale pour les sociétés qui tentent de concilier la croissance économique, le bien-être des êtres humains et la protection de l'environnement.

1. Des besoins alimentaires accrus

Espace de monoculture céréalière aux États-Unis

- La croissance démographique oblige la Terre à nourrir huit milliards de personnes, deux fois plus qu'il y a 50 ans. Or, durant ce demi-siècle, le monde a réduit le nombre de personnes qui souffrent de la faim, la fréquence des famines et disettes. En 2022, on estime à environ **50 millions le nombre de personnes qui sont menacées par la famine** dans le monde.
- La population mondiale devenant plus urbaine et plus riche, le régime alimentaire s'est tourné vers **la consommation de davantage de viande et de produits laitiers**. Parallèlement, la part des personnes tirant leur subsistance de l'agriculture vivrière ou traditionnelle a diminué.

Le sais-tu ?

Le Brésil a également étendu sa surface cultivée. La forêt amazonienne est défrichée pour laisser place à des exploitations agricoles tournées vers des cultures comme le soja ou l'élevage. Cependant, ces productions ne nourrissent pas directement la population locale. Elles sont le plus souvent destinées à l'exportation ou à la transformation industrielle.

2. Une production alimentaire qui a progressé

- Pour augmenter la production agricole, certains États comme l'Inde se sont lancés dans une « révolution verte ». Dans les années 1970, l'agriculture traditionnelle indienne a laissé place à une **agriculture productiviste**. La consommation d'engrais, de pesticides, l'aménagement de systèmes d'irrigation ont permis d'augmenter les rendements et de sortir le pays de la famine et de la disette. Cependant, **l'impact environnemental (pollution) et social (société de petits paysans bouleversés et en disparition)** est important.

3. Sous-nutrition et malnutrition

- Les populations souffrant d'un apport insuffisant en nourriture, la sous-nutrition, se localisent principalement dans les pays les moins avancés.
- Dans le reste du monde, la sécurité alimentaire est assurée pour la quasi-totalité de la population. Cependant, une part de cette population souffre de **malnutrition** (déséquilibre en quantité et en qualité des apports alimentaires) et des maladies qui y sont liées, comme l'obésité ou le diabète. Cette malnutrition est présente dans les pays du Nord comme dans les pays émergents.

Vocabulaire

Les fronts pionniers

Ce sont ces régions forestières d'Afrique et d'Asie jusque-là très peu peuplées et aménagées qui sont défrichées pour laisser place à l'agriculture.

As-tu retenu ?

1 Depuis 50 ans, la production agricole mondiale…

- ❒ A. a augmenté.
- ❒ B. a diminué.
- ❒ C. a stagné.

2 Que désigne la « révolution verte » ?

- ❒ A. L'extension des terres agricoles par le défrichement
- ❒ B. La transition vers une agriculture biologique et durable
- ❒ C. Le passage à une agriculture intensive et productiviste

LE CHANGEMENT GLOBAL ET SES EFFETS GÉOGRAPHIQUES RÉGIONAUX

Les sociétés sont soumises à des risques industriels et technologiques. La prévention est un des moyens pour réduire ces risques. Les catastrophes peuvent avoir des causes industrielles, technologiques, climatiques ou naturelles.

1. Le changement global

- Le changement global désigne **l'ensemble des changements à l'échelle mondiale provoqués ou amplifiés par l'activité humaine**. L'urbanisation, la déforestation, le réchauffement climatique, etc., entrent dans cette définition.
- Les risques naturels sont amplifiés par ce changement global. Inondations, érosion des littoraux, avalanches, sécheresses, etc. : le réchauffement climatique entraîne des **conséquences directes sur l'environnement** et les sociétés humaines. La vulnérabilité des territoires et des populations est accentuée.

Crue de la Seine à Paris

Le sais-tu ?

Des effets variés

Canicules plus fréquentes, inondations et montée des eaux, augmentation du nombre de tempêtes, les effets climatiques du changement global sont différents d'un territoire à l'autre de la planète.

2. Les effets sur les territoires et les acteurs

- Les sociétés ont **une inégale capacité à s'adapter** au changement global. Cela s'explique, en partie, par le niveau de développement économique.
- Parfois, la nature du changement global ne permet d'autre solution qu'un déplacement de population. L'ONU définit ces personnes comme des **réfugiés climatiques**,

obligés de quitter leur lieu de vie à cause d'une rupture environnementale qui a mis en péril leur existence ou affecté leurs conditions de vie.

- Dans les pays développés, les populations considèrent, souvent à tort, que le risque peut être évité grâce aux mesures préventives. Mais le changement global oblige à redéfinir les aménagements d'un territoire. Ainsi, les stations de ski présentes dans les Alpes constatent que la période d'enneigement a diminué d'un mois en une cinquantaine d'années. Les stations de ski développent de nouvelles formes de tourisme, comme l'écotourisme, pour anticiper la disparition du tourisme d'hiver lié à l'enneigement.
- Face au changement global, **tous les acteurs** peuvent apporter des solutions, que ce soit par la coopération internationale (exemple : accord de la COP21 pour limiter le réchauffement climatique) ou grâce aux acteurs locaux et nationaux (États, associations de citoyens, organisations non gouvernementales).

Le sais-tu ?

Les réfugiés climatiques

Les archipels des océans Pacifique et Indien ou les littoraux de l'Asie du Sud-Est sont menacés par la montée des eaux entraînant inondations, salinisation des terres (rendant l'agriculture impossible). Les habitants de ces littoraux menacés migrent vers l'intérieur des terres ou rallient d'autres pays pour fuir ce changement. En 2050, 200 millions de personnes pourraient être considérées comme des réfugiés climatiques.

As-tu retenu ?

1 Où les populations exposées au changement global se localisent-elles ?

- ❐ A. Plutôt dans les pays développés
- ❐ B. Plutôt dans les États les plus pauvres
- ❐ C. Dans différentes régions de la planète dont le niveau de développement est variable.

2 Pour faire face à l'augmentation des risques, à quoi les êtres humains ont ils recours ?

- ❐ A. À la prévention
- ❐ B. À l'adaptation

3 Le nombre de personnes exposées aux effets du changement global a tendance à…

- ❐ A. augmenter.
- ❐ B. diminuer.
- ❐ C. stagner.

PRÉVENIR LES RISQUES INDUSTRIELS ET TECHNOLOGIQUES

Le réchauffement climatique, la déforestation, les effets de l'urbanisation ont un impact sur les sociétés qui doivent s'adapter pour faire face aux effets de ce changement. Les catastrophes peuvent avoir des causes industrielles, technologiques, climatiques, naturelles. Elles résultent de la combinaison de risques et de la vulnérabilité d'un territoire.

1. Des risques liés à la présence des Hommes et aux activités

- Le développement des activités industrielles et leur concentration dans des territoires aux densités de population moyennes ou élevées ont entraîné la naissance de nouveaux aléas (industriels, technologiques) combinés à des enjeux de plus en plus élevés au fur et à mesure de la progression de l'urbanisation.
- Les aléas technologiques sont liés à la présence d'une **installation humaine** (centrale nucléaire, usine chimique, zone de stockage de produits explosifs, etc.) dans le but de développer une activité économique.

Le sais-tu ?

Prévenir les risques

Il est possible d'intervenir, en amont, sur les risques technologiques, par exemple en définissant des procédures de sûreté nucléaire. De même, il est possible de réduire les vulnérabilités, par exemple en délimitant des périmètres de protection autour d'usines chimiques, ou en construisant les bâtiments exposés aux tremblements de terre selon des normes antisismiques.

2. Agir sur les risques industriels et technologiques

- En fonction du niveau de développement d'un État, la prévention et la résilience (capacité à absorber et réduire les effets de la catastrophe) ne seront pas les mêmes. De nombreux facteurs influent sur les conséquences.

- Une catastrophe industrielle : bilan des explosions de nitrate d'ammonium en France et en Chine

	France, Toulouse (2001)	Chine, Tianjin (2015)
Puissance de l'explosion (tonnes équivalent TNT)	20 à 40	Environ 21
Morts	31	173
Blessés	2 500	797
Bilan matériel	2 milliards d'euros	Environ 1,5 milliard d'euros

- L'aléa et surtout la vulnérabilité, donc les risques, varient assez largement en fonction du niveau de développement des sociétés humaines. Les pays développés disposent des moyens pour mettre en place **des normes de sécurité, des plans d'occupation des zones à risques, des plans d'intervention** afin de réduire l'aléa et les enjeux.

- Dans certains pays du Sud, les politiques de prévention, d'organisation des secours manquent des moyens nécessaires pour gérer l'existence de ce risque. En outre, les populations les plus défavorisées s'établissent parfois dans des zones d'aléas, créant ainsi de nouveaux risques.

Entraînement

1 En lisant et en utilisant les deux graphiques, entoure la ou les affirmation(s) correcte(s).

Les États-Unis / La Chine est l'État qui a connu le plus de décès liés aux catastrophes technologiques. C'est aux États-Unis qu'ont eu lieu les catastrophes industrielles les plus nombreuses / qui ont commis le plus de dégâts.

L'Inde / La Chine est classée parmi les pays ayant subi le plus de dégâts et de décès lors de catastrophes industrielles.

Les pays du Sud / du Nord sont les États qui subissent le plus de dégâts économiques lors des catastrophes industrielles.

Les plus nombreuses victimes des catastrophes industrielles résident dans des pays du Sud / des pays développés.

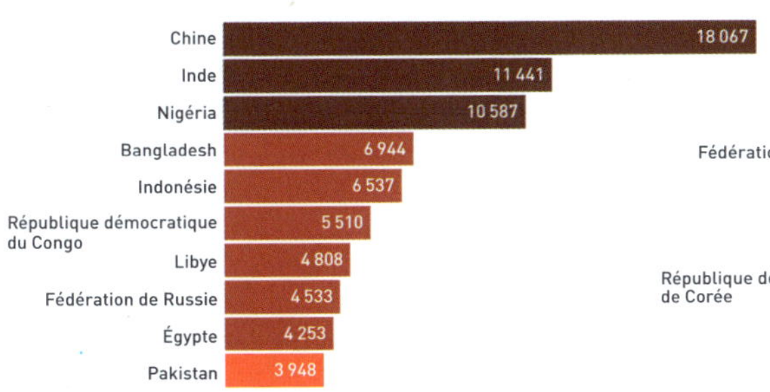

Total des décès causés par des catastrophes technologiques, de 2000 à 2020

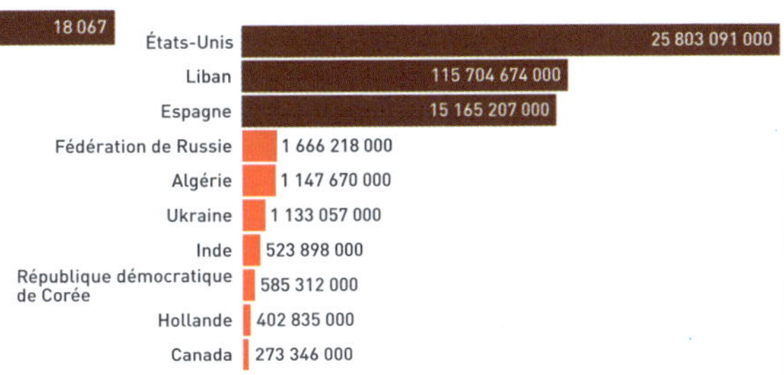

Total des coûts provoqués par des catastrophes technologiques, de 2000 à 2020, en dollars

L'ÉGALITÉ HOMMES-FEMMES

L'égalité entre les femmes et les hommes est un principe fondamental de la République française garanti par la Constitution. Pourtant, des inégalités demeurent, qui nécessitent des actions concrètes.

1. L'égalité devant la loi

- Une des conséquences du principe d'égalité est que les **règles** doivent être **les mêmes pour tous**. La Constitution actuelle de la France reprend la Déclaration de 1789 et veille à ce qu'aucune loi nouvelle ne viole le principe d'égalité.
- Le principe d'égalité affirme que, quels que soient leur sexe, leur âge, leur origine, leur culture, leur état de santé, leur degré d'éducation, leur rôle dans la société, les êtres humains sont d'abord des êtres dont il faut respecter la **dignité**. Il affirme aussi qu'à cette dignité humaine sont attachés, par nature, des **droits fondamentaux** (droits naturels) qui sont les mêmes pour tous et que l'on ne peut retirer à personne : liberté personnelle, liberté de conscience, liberté d'expression, respect de l'identité, droit à une vie de famille et à une éducation.
- La lutte contre les inégalités, dans tous les domaines, est indispensable. Souvent, pour compenser les inégalités, la loi doit fixer des règles qui ne sont pas tout à fait les mêmes pour tous, et qui favorisent ceux qui sont le plus en difficulté. La loi agit aussi contre les discriminations en les punissant. Mais la loi ne peut créer ainsi qu'une **égalité des chances** : ceux qu'elle protège doivent encore être informés, parfois aidés, pour pouvoir saisir cette chance. D'où l'importance des actions de **solidarité** de la part des associations et des citoyens, c'est-à-dire de chacun d'entre nous.

Suffragettes, 1935, Paris

2. L'égalité hommes-femmes, une conquête

- L'égalité devant la loi est elle aussi une conquête, et une conquête inachevée : il peut y avoir un **décalage entre le principe et la réalité**. En France, l'égalité entre les hommes et les femmes a mis du temps à être reconnue : le droit de vote des femmes est obtenu en 1944 seulement, à la Libération. Les femmes doivent attendre 1965 pour avoir le droit d'exercer une profession sans autorisation du mari.
- En 1970, « l'autorité parentale » remplace « l'autorité paternelle » dont disposait uniquement le « chef de famille ». En 1987, **l'autorité parentale conjointe** permet aux deux parents d'exercer conjointement leur autorité sur leurs enfants même s'ils sont divorcés ou non mariés.
- En 2000, une loi visant à favoriser **l'égal accès des hommes et des femmes aux mandats électoraux** est promulguée. Elle oblige les partis politiques à inscrire autant de femmes que d'hommes sur les listes dans les élections régies par des scrutins de liste (municipales pour les communes de plus de 3 500 habitants, régionales, européennes et sénatoriales).

Le sais-tu ?

Pour obliger la société à faire une place à ceux qui souffrent d'une situation d'inégalité, faut-il aller jusqu'à leur réserver une certaine part (un quota) des emplois, des fonctions électives, etc. ? Cette démarche, que l'on appelle la discrimination positive, est admise en France dans le cas des handicapés pour éviter leur exclusion.

Elle est aussi admise, on l'a vu, dans le cas de la parité entre hommes et femmes pour les élections, qui doit assurer une place égale (paritaire) aux deux sexes dans la vie politique, ce qui n'a pu être obtenu pour le moment avec la seule égalité devant la loi. Ici, on a considéré que l'importance de la partie de la population qui se trouvait défavorisée le justifiait, car il ne s'agit pas d'une simple catégorie de citoyens, mais de la moitié de l'humanité.

As-tu retenu ?

1 En France, depuis quand les femmes peuvent-elles pratiquer une profession sans l'autorisation de leur mari ?

- ❒ A. 1948
- ❒ B. 1959
- ❒ C. 1965

LES DISCRIMINATIONS

Pour que le principe d'égalité devienne une réalité, il faudrait que la différence ne soit jamais considérée comme un signe d'infériorité. La discrimination consiste à refuser de considérer l'autre, quelle que soit sa différence, comme un égal. Dans quels domaines y a-t-il des discriminations ? Comment peut-on lutter contre elles ?

1. La diversité des discriminations

- En France comme dans toutes les démocraties, la loi reconnaît à tous les mêmes droits, ce qui ne fait pas pour autant disparaître toutes les inégalités. Les discriminations sont au nombre de ces inégalités. Certaines personnes sont rejetées par les autres parce qu'elles sont différentes de la majorité. Quand on refuse à quelqu'un, à cause de sa différence, ce à quoi il a droit, on commet une **discrimination**.
- Toutes les différences peuvent faire l'objet de discriminations. Les plus connues et les plus fréquentes concernent :
  - le sexe, le plus souvent en défaveur des femmes ;
  - l'origine (xénophobie, c'est-à-dire rejet des étrangers, racisme) ;
  - la religion, par exemple dans le cas de l'antisémitisme (rejet des juifs) ;
  - l'état de santé, à l'encontre des handicapés ou des malades du sida, par exemple.
- On observe aussi des discriminations fondées sur l'âge, sur les opinions politiques, sur la situation de famille (à l'égard des familles nombreuses), sur les mœurs (à l'égard des homosexuels), etc.

2. La lutte contre les discriminations

- Enseigner à tous à vivre ensemble en respectant les droits de chacun, dans la **tolérance** vis-à-vis des différences, est une des missions de l'école. Mais cette démarche ne suffit pas. On a progressivement admis, surtout à partir des années quatre-vingt, que la discrimination doit être sanctionnée si l'on veut qu'elle disparaisse.

- La discrimination est donc devenue une **infraction**, une faute qui peut être punie par la justice d'une peine de prison ou d'une amende, dans les cas où elle crée les plus fortes inégalités, comme :
  - la discrimination dans le domaine de l'**emploi** (entre plusieurs candidats à un emploi, seule leur compétence doit faire la différence) ;
  - la discrimination dans l'accès aux **services publics** (école, police, etc.), qui doivent rendre le même service à tous.
- L'efficacité des lois contre les discriminations est parfois **mise en question**. En matière de logement, par exemple, il est pratiquement impossible de prouver qu'un propriétaire pratique la discrimination dans le choix de ses locataires. La loi ne punit alors que les cas où la discrimination est apparente (annonce qui indique que les personnes d'une certaine origine seront refusées, par exemple).
- Même quand la discrimination est plus facile à prouver, les victimes renoncent encore trop souvent à porter plainte. Le rôle des **associations** de lutte contre la discrimination est donc très important : elles appuient et orientent les victimes. Devant la complexité des discriminations, l'État a lui aussi créé des structures spécialisées dans l'étude du phénomène et le conseil aux victimes, comme l'observatoire national des discriminations.

As-tu retenu ?

1 En France, la loi reconnaît à tous les mêmes droits, donc il n'y a pas de discrimination.

- ❒ Vrai
- ❒ Faux

2 La discrimination est devenue une infraction, une faute qui peut être punie par la justice d'une peine de prison ou d'une amende.

- ❒ Vrai
- ❒ Faux

3 Toutes les différences peuvent faire l'objet de discriminations.

- ❒ Vrai
- ❒ Faux

ÉGALITÉ ET SOLIDARITÉ

L'égalité est un principe : la loi a pour rôle de l'inscrire dans la réalité. Comment peut-on compenser les inégalités ? Quelles actions de solidarité, liées au principe de fraternité, peuvent être mises en place ?

1. Égalité devant la loi et égalité par la loi

- Si l'on veut que l'égalité en droit soit une réalité et pas simplement un principe, la loi doit agir contre ces obstacles. C'est ce qu'elle fait quand elle punit les discriminations. C'est également ce qu'elle fait quand elle institue des **services publics**. Ces services (école publique, police, etc.) sont financés par l'ensemble de la société au moyen de l'impôt et sont accessibles à tous. Dans la France d'aujourd'hui, les droits de chacun ne sont plus seulement des droits de faire quelque chose (droits-libertés), mais aussi des droits à obtenir quelque chose (droits-créances comme ceux à l'éducation, à la santé, etc.).
- Cependant, la lutte contre les inégalités ne peut s'arrêter là : l'école gratuite pour tous, par exemple, ne fait pas disparaître l'inégalité dans l'accès aux nombreux biens et services culturels payants (livres, spectacles, réseaux informatiques, activités extra-scolaires, etc.). Pour réduire réellement les inégalités, il faut faire jouer la solidarité, **transférer des ressources des plus favorisés vers les plus défavorisés**. Dans ce cas, la loi peut reconnaître des droits qui ne seront pas tout à fait les mêmes pour tous, car seuls les plus démunis y auront accès.

2. Des exemples nombreux

- Les domaines dans lesquels la loi établit une **solidarité** en faveur des plus défavorisés sont nombreux. La lutte contre **l'exclusion** en est un exemple. Plus généralement, les personnes qui disposent d'un revenu inférieur à un certain plafond de ressources peuvent obtenir une aide pour accéder à leurs droits, par exemple :

  - l'aide juridique, qui permet de couvrir le coût d'une procédure devant la justice, et en particulier les frais d'avocat ;
  - l'aide au logement ;
  - le fonds social collégien (FSC), qui prend en charge une partie du prix des activités pédagogiques payantes (sorties, voyages de classe, etc.).

- L'ensemble de ces dispositifs est financé par **l'impôt**. L'impôt sur le revenu, créé en 1914, redistribue les richesses : il pèse plus fort sur les plus riches que sur les plus pauvres, ce qui revient à transférer des ressources des riches aux pauvres. En effet, la somme payée est établie en fonction du revenu de chacun.

Le sais-tu ?

L'impôt n'est pas proportionnel, mais progressif. Cela signifie que tout le monde ne paie pas la même part de revenu : plus le revenu est élevé, plus le taux (pourcentage du revenu) qu'il faut verser est élevé. À l'inverse, les ménages les plus pauvres sont exonérés : ils n'ont pas d'impôt sur le revenu à payer. L'impôt sur le revenu joue également en faveur des familles nombreuses : plus il y a d'enfants dans une famille, plus le taux est faible pour un même revenu. Mais ce système a aussi ses limites, car l'impôt sur le revenu n'est pas le seul impôt payé en France : d'autres impôts, comme la TVA qui est incluse dans les prix, pèsent de la même façon sur tous.

As-tu retenu ?

1 Quels sont les moyens mis en œuvre par la France pour lutter contre les inégalités ?

- ❐ A. Les services publics
- ❐ B. L'aide au logement
- ❐ C. L'impôt progressif

2 En quelle année l'impôt sur le revenu a-t-il été créé ?

- ❐ A. 1914
- ❐ B. 1920
- ❐ C. 1924

3 L'impôt est...

- ❐ A. progressif.
- ❐ B. proportionnel.

LA SOLIDARITÉ FACE AUX RISQUES SOCIAUX ET ENVIRONNEMENTAUX

Des actions de solidarité sont mises en place pour lutter contre les effets des risques sociaux (maladie, accident, perte d'emploi, etc.) et environnementaux (pollutions, incendies, catastrophes naturelles, etc.)

1. Les risques sociaux et la Sécurité sociale

- Jusqu'au XIXe siècle, seuls ceux qui en avaient les moyens pouvaient se faire soigner en cas de maladie et les personnes âgées étaient à la charge de leur famille. La seule façon de se protéger contre ces risques était l'épargne.
- Au XXe siècle, garantir à tous des droits comme le droit à la santé, les démocraties imposent un système à la fois **obligatoire** et **solidaire** : chacun cotise selon ses revenus (les riches plus que les pauvres) mais la couverture est la même pour tous. La Sécurité sociale n'est pas une administration d'État. Les cotisations qu'elle touche vont des **caisses** spéciales qui versent ensuite les **prestations** sociales. La Sécurité sociale couvre plusieurs risques (assurance maladie, vieillesse, allocations familiales) et tout le monde n'est pas couvert de la même façon (il y a plusieurs **régimes**). L'**État** fixe le montant des cotisations et celui des prestations. Aujourd'hui, les cotisations ne suffisent plus à financer ces dernières : c'est l'État qui paie la différence en prélevant des impôts.

Le sais-tu ?

Il existe plusieurs types de risques technologiques. Ainsi, les centrales nucléaires utilisent un combustible radioactif et produisent des déchets également radioactifs, qui le restent en outre pendant de très longues durées. Les hydrocarbures (dérivés du pétrole et du gaz naturel), autre grande source d'énergie, doivent être transportés, en général par mer, d'où le risque de marée noire en cas de naufrage d'un pétrolier. L'industrie chimique utilise ou produit des substances inflammables, explosives ou toxiques, qu'il faut également transporter et stocker.

Les usines dangereuses, en France, sont des installations classées, c'est-à-dire qu'elles doivent obtenir une autorisation pour fonctionner et qu'elles doivent respecter des règles particulières.

2. Les risques environnementaux

- Certains phénomènes naturels sont des **catastrophes** si violentes qu'elles détruisent la plupart des constructions et mettent en danger de mort les habitants. Ce sont les risques majeurs, naturels ou liés au réchauffement climatique, par exemple les séismes, les éruptions volcaniques, les glissements de terrain, les avalanches, les cyclones, les incendies massifs, les inondations, les accidents technologiques, etc.
- La France s'est dotée d'une **politique de prévention** organisée dans les années 1980, où ont été établis les premiers plans de prévention des risques (PPR).Dans les pays pauvres, faute de financement pour la prévention, les catastrophes naturelles font toujours beaucoup plus de victimes que dans les pays riches.
- Si une catastrophe frappe là où ne l'attendait pas ou si elle est trop violente, il n'y a plus qu'une seule solution pour sauver des vies : l'**évacuation** d'urgence de la population menacée. Les secours sont d'autant plus efficaces que leur action a été **organisée avant** la catastrophe. Il faut parfois répondre à une autre urgence : porter secours aux victimes, extraire des décombres les survivants d'un tremblement de terre par exemple. Dans tous les cas, une grande catastrophe naturelle est une catastrophe **humanitaire** : il faut soigner les blessés, héberger les évacués tant qu'ils ne peuvent pas rentrer chez eux.

As-tu retenu ?

1 Quelles sont les mesures qui peuvent être prises en prévention de catastrophes naturelles ?

- ❒ A. L'évacuation d'urgence de la population menacée
- ❒ B. Les constructions aux normes antisismiques ou à l'épreuve des vents violents
- ❒ C. La régularisation des cours d'eau par des barrages, des digues
- ❒ D. Le fait de porter secours aux victimes
- ❒ E. L'abattage des arbres dans les forêts le long de couloirs « coupe-feu »
- ❒ F. L'interdiction de construire sur des terrains à risque

CORRIGÉS

Byzance et l'Europe carolingienne – page 93

1. C. ; 2. A., D. ; 3. A., B.

De la naissance de l'islam à la prise de Bagdad – page 95

1. A. ; 2. A., B., C.

Les campagnes médiévales : formation et domination seigneuriale – page 97

1. A. ; 2. A. ; 3. A. ; 4. A., B.

L'émergence d'une nouvelle société urbaine – page 99

1. A. ; 2. B. ; 3. C. ; 4. C.

L'affirmation de l'État monarchique – page 101

1. A., B. ; 2. A. ; 3. C.

Le monde au temps de Charles Quint et Soliman le Magnifique – page 103

1. B., C. ; 2. A., B. ; 3. A., B.

Humanisme, réformes et conflits religieux – page 105

1. C. ; 2. A., B., C.

Du prince de la Renaissance au roi absolu – page 107

1. B. ; 2. C.

La croissance démographique et ses effets – page 109

1. A., C., E. ; 2. B. ; 3. A.

Répartition de la richesse et de la pauvreté dans le monde – page 111

1. B. ; 2. C. ; 3. A.

L'eau : une ressource à aménager et à mieux utiliser – page 113

1. B., D. ; 2. B. ; 3. A., B., C. ; 4. A.

L'énergie : une ressource à aménager et à mieux utiliser – page 115

1. A. ; 2. A., B., C. ; 3. A., C. ; 4. B.

Comment nourrir une humanité plus nombreuse et aux besoins accrus ? – page 117

1. A. ; 2. C.

Le changement global et ses effets géographiques régionaux – page 119

1. C. ; 2. A. B. ; 3. A.

Prévenir les risques industriels et technologiques – page 121

La Chine est l'État qui a connu le plus de décès liés aux catastrophes technologiques avec plus de 18 000 décès entre 2000 et 2020. Les catastrophes industrielles ayant commis le plus de dégâts ont eu lieu aux États-Unis. Entre 2000 et 2020, leur impact est estimé à plus de 25 milliards de dollars. L'Inde est classée parmi les pays ayant subi le plus de dégâts économiques (7e/10) et de décès lors de catastrophes industrielles (2e/10). Les pays du Nord sont les États qui subissent le plus de dégâts économiques lors des catastrophes industrielles. Les plus nombreuses victimes des catastrophes industrielles résident dans des pays du Sud.

L'égalité hommes-femmes – page 123

1. C.

Les discriminations – page 125

1. Faux ; 2. Vrai ; 3. Vrai.

Même si la loi française reconnaît à tous les mêmes droits, cela ne fait pas disparaître toutes les inégalités. Certaines personnes sont rejetées par les autres parce qu'elles sont différentes de la majorité, elles sont victimes de discrimination. Toutes les différences peuvent faire l'objet de discriminations. On observe des discriminations fondées sur le sexe, l'origine, la religion, l'âge, les opinions politiques, etc.

Égalité et solidarité – page 127

1. A., B., C.

2. A. 1914.

3. A. progressif.

La solidarité face aux risques sociaux et environnementaux – page 129

1. B, C, E, F.

L'évacuation d'urgence de la population menacée et le fait de porter secours aux victimes font partie des mesures prises après la catastrophe naturelle ; il ne s'agit plus de prévenir, mais de faire face à la situation.

Sciences de la vie et de la Terre

LE DÉCOUPAGE DES TEMPS GÉOLOGIQUES

La Terre s'est formée il y a environ 4,6 milliards d'années. Des transformations et des événements géologiques ont permis le refroidissement de la Terre, la création de l'atmosphère et la formation des océans.

Les premières formes de vie, les cyanobactéries, sont apparues il y a 3,5 milliards d'années. Elles ont joué un rôle essentiel dans le rejet de dioxygène dans l'air, permettant l'apparition de nouvelles formes de vie.

1. Événements géologiques et découpage des temps géologiques

- Des événements géologiques ont affecté la surface de la Terre depuis son origine, modifiant les milieux et les conditions de vie. Ces événements géologiques correspondent par exemple à des activités volcaniques intenses ainsi qu'à des chutes de météorites.
- Les modifications de l'environnement provoquent des **crises de la biodiversité**, marquées par des extinctions en masse de nombreuses espèces ou de groupes d'espèces, suivies par des périodes de diversification. Ces événements sont le moteur de l'évolution de la vie.
- Les transformations géologiques et biologiques depuis l'origine de la Terre permettent de proposer un découpage du temps en **ères**, elles-mêmes découpées en **périodes**.

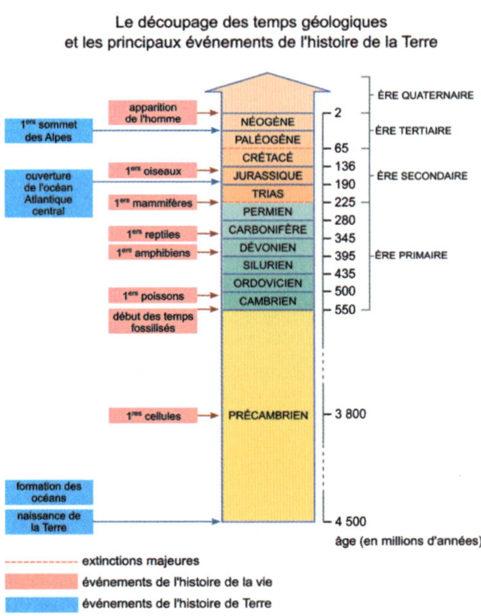

Les principaux événements de l'histoire de la Terre

2. L'intérêt des fossiles

- Il est possible de retracer le renouvellement des espèces par l'intermédiaire des roches sédimentaires renfermant des **fossiles**.
- Un fossile est formé plus facilement lorsque les restes d'un être vivant ne peuvent être décomposés par exemple parce qu'il est recouvert rapidement de sédiments le protégeant. La **fossilisation** est plus facile en présence d'eau et en absence d'oxygène.
- Les fossiles sont des **traces de vie passée** et correspondent à des restes d'os et de squelettes, des empreintes de pas ou de feuilles, des plumes, des coquilles, etc.

Le sais-tu ?

La crise Crétacé-Tertiaire

La crise Crétacé-Tertiaire est la plus connue puisqu'elle est responsable de l'extinction de grands groupes, dont les dinosaures, il y a 65 millions d'années. Elle correspond à une crise majeure de la biodiversité.

Entraînement

1 Complète la grille à l'aide des définitions.

Horizontal

1. Phénomène naturel se manifestant par une éruption de magma.
3. Phénomène biologique marqué par l'extinction en masse de groupes d'espèces suivie de période de diversification.
5. Groupe animal disparu lors de la crise Crétacé-Tertiaire.
7. Division du temps marquée par des évènements géologiques et biologiques majeurs.
8. Diversité des espèces, génétique et des écosystèmes.
9. Petite division du temps.

Vertical

2. Première forme de vie.
4. Piège les êtres vivants avant leur décomposition.
6. Trace de vie passée.

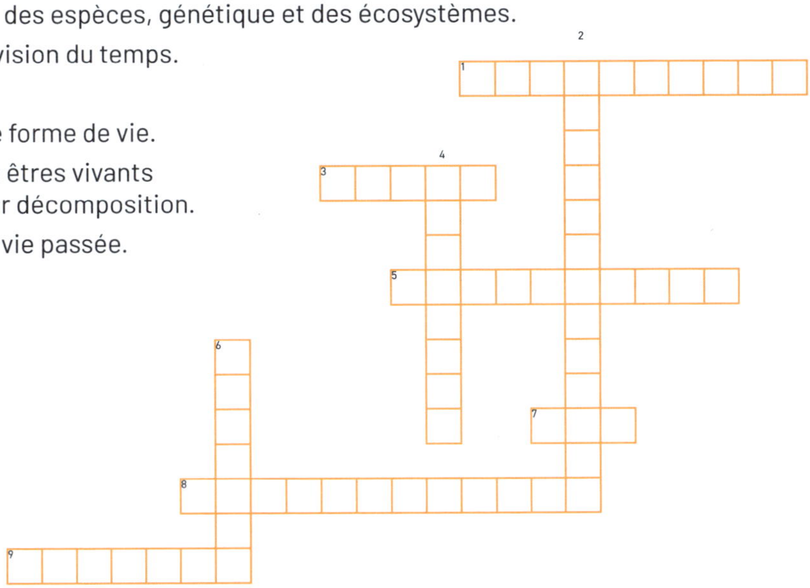

SVT

LES CHANGEMENTS CLIMATIQUES ET RISQUES

L'inégale répartition de l'énergie solaire permet de distinguer des grandes zones climatiques. La météorologie et la climatologie correspondent à l'étude des paramètres météorologiques, sur une courte durée pour la météorologie ou sur des moyennes pour la climatologie.

1. Les changements du climat au cours des temps géologiques

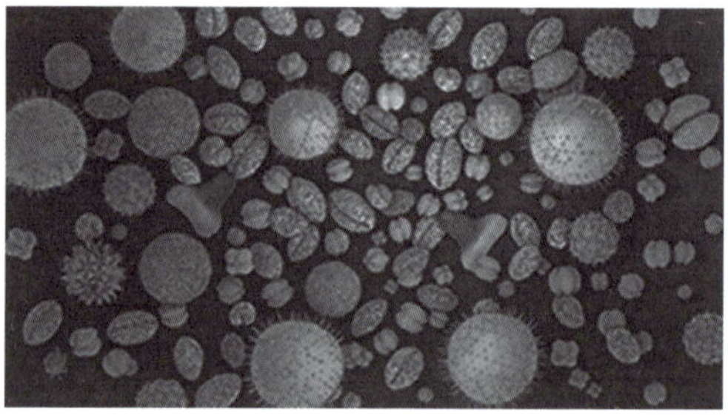

- Au cours des temps géologiques, des changements de climat sont observés. Ils dépendent de la position de la Terre, de son inclinaison et de la quantité d'énergie solaire reçue. Les **périodes glaciaires et interglaciaires** sont la conséquence des variations du taux de dioxyde de carbone dans l'atmosphère. C'est un gaz à effet de serre qui, lorsqu'il est en plus grande quantité, augmente l'effet de serre et le réchauffement climatique. Il peut, par exemple, être libéré lors des fontes glaciaires ou d'éruptions volcaniques.

2. L'effet de serre

- **L'effet de serre** est un phénomène naturel accentué par les activités humaines. Cela a pour conséquence de modifier le climat sur une échelle de temps plus réduite.
- La surface de la Terre reçoit de l'énergie solaire sous forme d'ultraviolets ou d'infrarouges. Les infrarouges reçus peuvent être soit réémis vers l'espace, soit retenus par les **gaz à effet de serre**, comme le dioxyde de carbone, la vapeur d'eau ou le méthane. Ils sont alors renvoyés vers le sol, où ils sont absorbés.

3. Les risques météorologiques et climatiques

- Le risque météorologique est déterminé en fonction de l'aléa et du degré de vulnérabilité. L'**aléa** représente la possibilité pour une zone d'être menacée par un phénomène météorologique (proximité d'une rivière à risque de crue, région où les tornades sont fréquentes...). Le **degré de vulnérabilité** est évalué selon le nombre de personnes exposées au phénomène.
- Le risque météorologique peut correspondre à un risque d'inondation, de tornade ou de cyclone, etc.
- Des constructions adaptées au risque peuvent être entreprises à titre de prévention, comme des bassins de rétention dans les endroits susceptibles d'être inondés. L'éducation de la population est aussi un bon moyen de réduire les dégâts humains.

Le sais-tu ?

Le pollen, témoin des climats passés

L'étude des pollens piégés dans les sédiments révèle la végétation du passé. Par principe d'actualisme, qui consiste à faire le lien avec les espèces actuelles, il est possible de corréler le climat avec les espèces de végétaux. L'ensemble de ces études, ajoutées à la datation des sédiments contenant le pollen, permet de mettre en évidence les changements climatiques au cours du temps.

As-tu retenu ?

1 Pourquoi y a-t-il différentes zones climatiques sur le globe terrestre ?

- ❐ A. Parce que la Terre tourne sur elle-même en 24 h environ
- ❐ B. Parce que la Terre est inclinée
- ❐ C. Parce que la Terre tourne autour du Soleil en 365 jours environ
- ❐ D. Parce que la Terre est ronde

2 À quoi sont dus les changements climatiques passés ?

- ❐ A. Aux variations de dioxygène dans l'atmosphère
- ❐ B. À l'énergie solaire reçue sur la surface de la Terre
- ❐ C. À la position de la Terre dans le système solaire toujours identique

LA BIODIVERSITÉ ACTUELLE ET PASSÉE

La biodiversité se définit par la diversité des êtres vivants.

1. La notion de biodiversité

- La biodiversité se définit sur trois niveaux. La **biodiversité spécifique** correspond à la diversité des espèces (animales, végétales, etc.). La **biodiversité génétique** correspond à la diversité des individus au sein d'une espèce. La **biodiversité des écosystèmes** correspond à la diversité des milieux de vie.

2. La diversité des individus dans une population

- Au sein d'une population constituée d'individus appartenant à une même espèce, il existe une diversité d'individus. Les **caractères** diffèrent d'un individu à l'autre : on parle alors de **caractères individuels**.
- La diversité des individus peut être liée à une différence au niveau de l'information génétique.
- Cette diversité peut être également due aux facteurs environnementaux et dépend ainsi du milieu. Par exemple, une espèce d'arbre quelconque dans un milieu venté aura en général une posture couchée en fonction de la direction du vent, alors qu'elle aura un port droit dans un environnement non venté.

Arbre sous le vent

Rappel

On appelle **espèce** un groupe d'individus capables de se reproduire entre eux et d'engendrer des descendants viables, aptes à concevoir des descendants à leur tour. Les fossiles (os, squelettes, empreintes, œufs, etc.) sont une trace de vie passée retrouvée piégée dans des sédiments.

3. Les modifications de la biodiversité au cours des temps géologiques

- La biodiversité s'est modifiée au cours du temps. À la suite **d'extinctions en masse** de certains groupes d'espèces, des espèces constituant d'autres groupes se sont **diversifiées et d'autres sont apparues**. Elles ont par la suite disparu à leur tour lors de nouvelles grandes crises de la biodiversité (ou crises biologiques), ou se sont maintenues jusqu'à l'époque actuelle. Les **fossiles** nous renseignent sur cette biodiversité passée.
- Les modifications de la biodiversité au cours du temps sont dues notamment à des modifications des conditions de vie et des milieux, des événements géologiques et des facteurs environnementaux (le climat). Aujourd'hui, les modifications de la biodiversité sont liées en grande partie aux activités humaines, comme la déforestation, et à la pollution qu'elles engendrent.
- Au cours des temps géologiques, ces changements marquent le processus de l'évolution et correspondent à des étapes dans l'histoire du monde vivant.

Le sais-tu ?

Un musée bâti sur un site paléontologique

Le musée-parc des dinosaures de Mèze est situé sur l'un des plus importants gisements paléontologiques d'Europe, datant de la fin du Crétacé. On y retrouve de nombreux fossiles d'œufs de dinosaures appartenant à une dizaine d'espèces différentes, ainsi que des ossements. On considère que le site de Mèze est un lieu de rassemblement de divers dinosaures pour la ponte des œufs.

As-tu retenu ?

1 Qu'est-ce qui peut se fossiliser ?

- ❒ A. Une empreinte
- ❒ B. Un squelette osseux
- ❒ C. Une coquille d'œuf
- ❒ D. La partie molle d'un animal

2 À quoi sont dues les modifications de la biodiversité au cours des temps ?

- ❒ A. À la modification des facteurs environnementaux
- ❒ B. À des évènements géologiques
- ❒ C. À l'activité humaine

REPRODUCTION SEXUÉE ANIMALE ET TRANSMISSION DU PATRIMOINE GÉNÉTIQUE

Les animaux et les végétaux se développent au cours de leur vie et se reproduisent grâce à leurs organes reproducteurs.

1. La formation des gamètes

- La **reproduction sexuée** implique la production de gamètes (ou cellules reproductrices) par chacun des parents. Il s'agit du spermatozoïde chez le mâle et de l'ovule chez la femelle. Un gamète contient la moitié du patrimoine génétique du parent. La répartition de ce patrimoine se réalise aléatoirement.

2. La fécondation

- La **fécondation interne** consiste à introduire le gamète mâle dans le corps de la femelle, à proximité des gamètes femelles. Le développement embryonnaire se déroule soit lors d'une gestation à l'intérieur de la femelle (mammifères par exemple), soit dans un œuf pondu après la fécondation (pour la majorité des oiseaux, des reptiles, etc.)
- La **fécondation externe**, qui se réalise principalement en milieu aquatique, consiste au rapprochement des gamètes mâles et femelles dans le milieu, à l'extérieur du corps de la femelle.
- Quel que soit le mode de fécondation, un spermatozoïde pénètre dans un ovule, qui ne peut en accueillir qu'un seul. Le noyau du gamète mâle fusionne avec celui du gamète femelle et forme une cellule œuf avec un seul et unique noyau.

3. La transmission du patrimoine génétique

- La **cellule œuf** issue de la fécondation donnera un **nouvel individu** avec la moitié du patrimoine génétique de chacun des parents.

4. Faciliter le rapprochement des gamètes lors de la reproduction sexuée

- La reproduction sexuée permet de maintenir une population, mais nécessite des conditions particulières. En effet, la reproduction sexuée ne peut souvent s'effectuer qu'à une certaine période de l'année, différente pour chaque espèce. Le milieu doit être adapté et faciliter le rapprochement des individus. Pour cela, ce milieu doit présenter un **habitat sécurisé** et des **aliments disponibles** pour la survie des individus.
- Dans le cas de la fécondation externe, plusieurs mécanismes permettent la rencontre des gamètes. Par exemple, une substance chimique peut être produite par les gamètes femelles. Les gamètes mâles, mobiles, sont attirés par cette substance et se déplacent jusqu'à l'ovule.

Le sais-tu ?

Le sexe de l'individu n'est pas toujours déterminé par le patrimoine génétique

Chez certaines espèces de tortues, de lézards ou de crocodiles, c'est la température d'incubation des œufs qui détermine le sexe de l'individu. La bonellie est un ver marin dont le sexe, indéterminé à la naissance, va évoluer en mâle si elle rencontre une femelle ou en femelle si elle est seule. D'autres espèces comme le poisson-clown peuvent changer de sexe au cours de leur vie.

As-tu retenu ?

1 Associe l'espèce animale avec la méthode de rapprochement des gamètes utilisée par le mâle.

Le paon •	• Cadeau comestible
Certaines araignées •	• Crie
Le cerf •	• Déploie ses couleurs
Le jardinier à nuque rose (oiseau) •	• Se bat avec un autre mâle
Le lièvre •	• Décore le nid

SVT

REPRODUCTION SEXUÉE CHEZ LES PLANTES À FLEURS ET TRANSMISSION DU PATRIMOINE GÉNÉTIQUE

Les plantes à fleurs se reproduisent grâce à leurs organes reproducteurs (étamines et pistil). Il existe divers modes de dissémination et de dispersion des grains de pollen et des graines, comme l'utilisation des animaux, du vent ou de l'eau.

1. La formation des gamètes

- Comme les animaux, les plantes à fleurs produisent des gamètes. Le gamète mâle est contenu dans les grains de pollen, eux-mêmes regroupés dans les étamines, et l'ovule (gamète femelle), dans l'ovaire.

2. La fécondation

- Lorsque les conditions le permettent, le pollen est libéré des étamines et vient se poser sur le **pistil**, c'est-à-dire l'organe reproducteur femelle, d'une autre fleur de la même espèce. L'ovule présent dans l'ovaire est encore inaccessible. Un tube pollinique s'allonge alors du grain de pollen et descend jusqu'à l'ovaire. Les gamètes empruntent ce tube pollinique pour atteindre l'ovule. On parle de **fécondation interne**.

Le sais-tu ?

Faciliter le rapprochement des gamètes lors de la reproduction sexuée

Il existe diverses stratégies chez les plantes à fleurs pour permettre la pollinisation, c'est-à-dire le transport du pollen jusqu'au pistil. Le pollen de certaines espèces a une forme adaptée au transport par le vent ou les insectes, alors que certaines plantes aquatiques présentent des pollens plus longs et légers qui peuvent être transportés par l'eau.

3. La transmission du patrimoine génétique

- Cette fécondation aboutit à la formation d'un fruit contenant la ou les graines. La graine sera disséminée par diverses stratégies selon l'espèce de la plante. Pour que la graine puisse à son tour donner un nouvel individu, elle doit se déposer dans un milieu présentant des conditions adaptées à la **germination**, comme la présence d'eau.
- Ce nouvel individu contient une nouvelle combinaison de gènes provenant pour moitié du patrimoine génétique contenu dans chacun des gamètes.

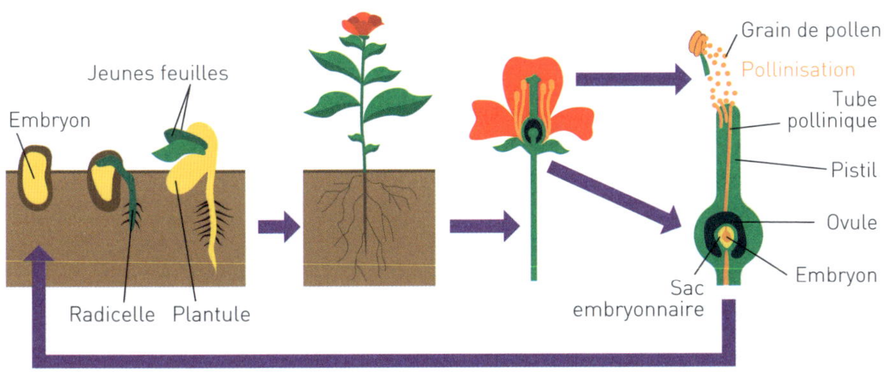

Le sais-tu ?

Des mécanismes pour éviter l'autofécondation

Les fleurs possèdent en général les deux organes reproducteurs : les étamines et le pistil. Pour éviter de s'autoféconder et permettre un meilleur brassage génétique, les plantes à fleurs développent diverses stratégies. Ainsi, chez certaines espèces (comme le géranium), les organes reproducteurs mâles et femelles ne vont pas arriver à maturité en même temps. Chez d'autres espèces, c'est la forme de la fleur qui ne permettra pas l'autofécondation. Il existe aussi des espèces (comme le kiwi) chez lesquelles les individus sont soit seulement mâles, soit seulement femelles.

As-tu retenu ?

1 Replace les légendes de la fleur sur le schéma ci-dessous.

Étamine ; Pistil ; Sépale ; Ovaire ; Pétale

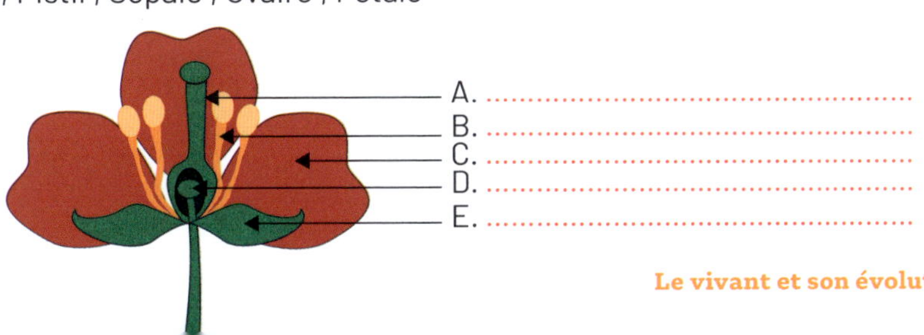

SVT

REPRODUCTION ASEXUÉE ET TRANSMISSION DU PATRIMOINE GÉNÉTIQUE

Les animaux et les végétaux peuvent réaliser une reproduction asexuée.

1. La reproduction asexuée chez les végétaux

- En plus de la reproduction sexuée, certaines espèces végétales élaborent des stratégies de reproduction asexuée pour occuper le milieu plus rapidement. Pour cela, elles utilisent certains organes particuliers.
- Dans le cas du fraisier, par exemple, de nouveaux individus se développent à partir du **stolon**, une tige poussant horizontalement le long du sol. De jeunes pieds se forment le long de ce stolon et s'enracinent, donnant un nouvel individu.
- Chez le muguet, ce sont sur des **tiges souterraines**, les **rhizomes**, que vont se développer de nouvelles tiges et feuilles aboutissant à de nouveaux individus.
- L'Homme utilise cette capacité de **reproduction végétative** pour obtenir plusieurs individus à partir d'un seul. Pour cela, il réalise le **bouturage** ou le **marcottage** sur quelques espèces. Ces techniques permettent d'obtenir de nouveaux individus à partir d'un végétal, soit en fragmentant la tige ou la feuille pour le bouturage, soit par enracinement de la tige pour le marcottage.

2. La reproduction asexuée chez les animaux

- Chez certains êtres vivants unicellulaires – c'est-à-dire constitués d'une seule cellule –, une reproduction asexuée est possible.
- Lors de la division cellulaire, il y a copie du patrimoine génétique de la cellule. La cellule se sépare ensuite en deux cellules identiques avec chacune une copie de l'ADN.

Hydre

- Chez certains cnidaires de forme polype, la reproduction asexuée est possible par le développement d'un bourgeon sur l'individu ou par fragmentation du polype.

3. La transmission du patrimoine génétique lors de la reproduction asexuée

- La reproduction asexuée ne fait pas intervenir de cellules reproductrices, à l'inverse de la reproduction sexuée. Le patrimoine génétique est donc transmis dans sa totalité d'un individu à sa descendance.

Le sais-tu ?

Il n' y a pas que les animaux et les végétaux qui font de la reproduction asexuée

On observe la reproduction asexuée chez d'autres organismes unicellulaires. Les paramécies sont des protozoaires. Elles peuvent se reproduire par simple division de leur cellule. Les levures sont des champignons unicellulaires qui se multiplient par bourgeonnement ou par séparation de la cellule en deux cellules contenant chacune le patrimoine génétique initial.

Entraînement

1 Complète les mots croisés avec les stratégies permettant de réaliser une reproduction asexuée.

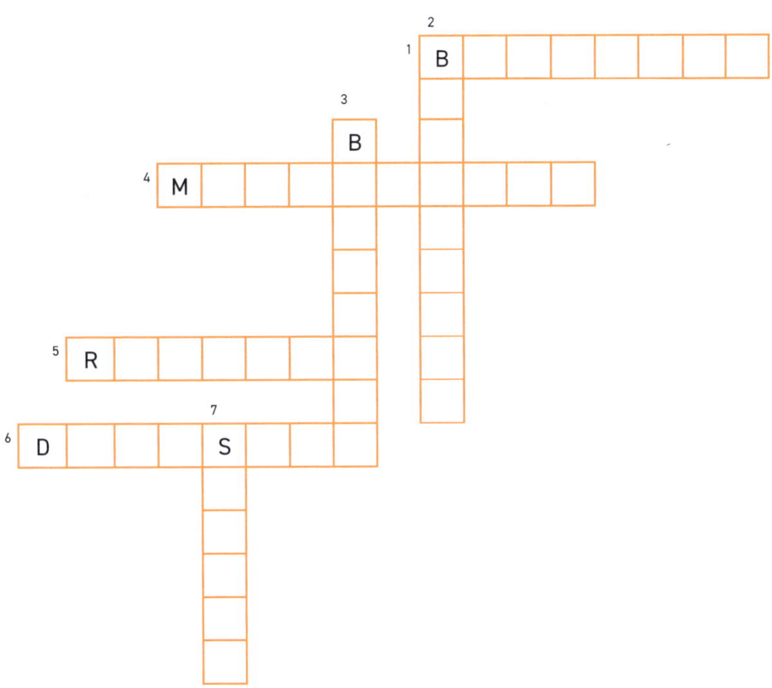

SVT

LE SYSTÈME DIGESTIF

Les nutriments sont une source d'énergie présente dans l'alimentation. Ils passent dans le système digestif et s'infiltrent dans le sang grâce aux vaisseaux sanguins qui les transportent ensuite aux organes. Les besoins énergétiques de l'individu sont liés à son âge ou à son activité physique.

1. L'assimilation des aliments : la digestion mécanique

- Pour être assimilés, les **aliments** consommés doivent subir des **transformations**, afin d'obtenir des **nutriments** assez petits pour passer dans le sang.
- Une première **digestion**, dite **mécanique**, consiste à réduire les aliments en de plus petits morceaux. La première réduction des aliments s'effectue lors de la mastication. Puis les aliments passent par **l'œsophage**, qui pousse les aliments vers **l'estomac**. Une fois dans l'estomac, les aliments subissent un brassage et sont envoyés dans **l'intestin grêle**. Seuls certains aliments (fibres alimentaires) passent dans le gros intestin et ressortent par l'anus.
- L'ensemble des organes par lesquels circulent les aliments forme le **tube digestif**.

Le sais-tu ?

Adapter les besoins énergétiques

L'organisme a besoin d'un certain apport nutritionnel. Lorsque cet apport excède ses besoins, il peut y avoir des problèmes de santé, comme l'obésité. Un apport déficitaire peut également engendrer des troubles alimentaires. Avant une activité physique, il est important d'avoir assimilé une quantité de nourriture adaptée et suffisante pour répondre aux besoins de l'organisme. Les organes mobilisés pendant l'effort ont en effet un besoin accru de nutriments pour produire l'énergie nécessaire à leur fonctionnement.

2. La transformation chimique des aliments

- En plus de la digestion mécanique, une **digestion chimique** aide à transformer les aliments en de très petites molécules pour qu'elles puissent passer dans le sang.
- Certaines **glandes** du tube digestif sécrètent des **enzymes digestives** qui coupent les grandes molécules des aliments en molécules plus petites. Les glandes salivaires produisent ainsi la **salive**, qui agit sur l'amidon et le coupe en molécules de glucose.

- Les **sucs gastriques** produits par des glandes de l'estomac ont également pour rôle de réduire la taille des molécules.
- Ces enzymes transforment les aliments en nutriments, qui seront par la suite utilisés par les cellules des organes pour produire l'énergie nécessaire à leur fonctionnement.

3. Le passage des nutriments dans le sang

- Au niveau de la **paroi de l'intestin grêle**, les nutriments passent dans le sang présent dans les **capillaires sanguins**. C'est l'absorption intestinale.
- Les substances ne passant pas dans le sang sont les nutriments non transformés. Ils forment les excréments et ressortent par l'anus après leur passage par le gros intestin.

Le sais-tu ?

Une flore intestinale essentielle

Le tube digestif abrite environ dix mille milliards de bactéries. Elles assurent notamment une capacité de digestion des fibres en sucres simples qu'elles transforment en nutriments assimilables. Elles peuvent aussi synthétiser la vitamine K, essentielle à notre organisme pour la fixation du calcium sur les os ou pour la bonne coagulation du sang.

Entraînement

1 Légende le schéma du système digestif.

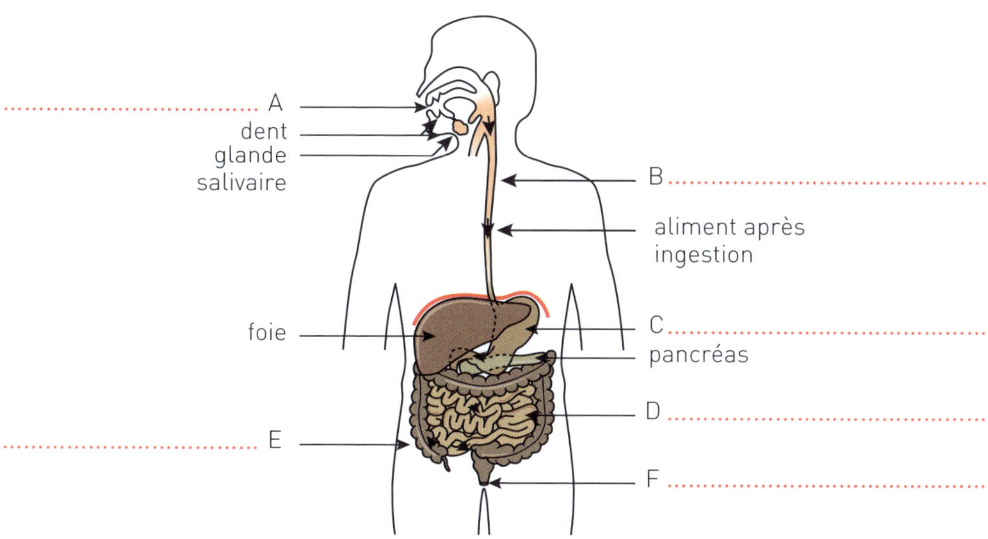

SVT

LE SYSTÈME RESPIRATOIRE

Le dioxygène passe dans le système respiratoire (poumons). Il s'infiltre dans le sang au niveau des vaisseaux sanguins qui le transportent ensuite aux organes grâce à la circulation sanguine.

1. Les besoins en dioxygène

- Le **dioxygène** est un élément essentiel pour le corps humain. Associé aux nutriments, il permet, grâce aux réactions chimiques, la production d'énergie nécessaire au fonctionnement des organes. Ce dioxygène est produit notamment par les organismes chlorophylliens et est présent dans l'air que nous respirons.

2. L'assimilation du dioxygène jusqu'au poumon

- Pour que l'air rentre dans le corps humain, des mouvements respiratoires sont effectués par un muscle qui sépare la cage thoracique de l'abdomen, le **diaphragme**. La contraction de ce muscle permet à l'air de rentrer dans le corps lors de **l'inspiration** par la bouche ou le nez.
- Le dioxygène est ensuite conduit jusqu'aux **poumons** par la **trachée** et les **bronches**. À l'intérieur du poumon, le dioxygène poursuit sa route dans les **bronchioles** et termine dans les **alvéoles pulmonaires**.

3. Le passage du dioxygène dans le sang

- Au niveau des alvéoles pulmonaires, le dioxygène de l'air passe dans le sang présent dans les **capillaires sanguins**.
- Le dioxyde de carbone produit par les organes effectue le trajet inverse en passant du sang des capillaires sanguins vers les alvéoles pulmonaires dans les poumons, pour être rejeté lors de l'expiration.

As-tu retenu ?

1 Comment le dioxygène est-il apporté au corps ?

- ❒ A. Il provient de l'inspiration
- ❒ B. Il provient de l'expiration
- ❒ C. Il provient de l'ingestion d'aliments

LA DIVERSITÉ DU MONDE MICROBIEN

Les micro-organismes sont des organismes vivants microscopiques, aussi appelés « microbes », présents dans notre environnement ou au sein de l'organisme. Ce sont en grande partie des bactéries et des champignons microscopiques, formés d'une seule cellule.

1. Bactéries et virus

- Une bactérie est constituée d'une cellule sans noyau, invisible à l'œil nu, dont le génome est constitué d'ADN. Un virus, encore plus petit, est constitué d'une capside (sorte d'enveloppe) protégeant un génome viral ADN ou ARN. Contrairement à la bactérie, le virus est incapable de croître et de se diviser seul, mais se multiplie en utilisant une **cellule hôte**.

2. Les micro-organismes pathogènes

- Ils **véhiculent des maladies** ou qui sont responsables **d'intoxications alimentaires**. Ils sont présents dans l'environnement, sur la peau, sur les objets, dans l'eau ou les aliments. Ils peuvent se transmettre d'un individu à l'autre par simple contact, par la salive ou par le contact sanguin ou encore par la respiration d'air contaminé. Ils présentent à la surface de leur membrane cellulaire des molécules appelées **antigènes**. Ces molécules sont reconnues comme étrangères à l'organisme infecté et déclenchent la réponse immunitaire.

3. Les micro-organismes non pathogènes

- Ils ne véhiculent pas de maladies. Certains sont même **bénéfiques ou indispensables** à notre organisme, comme ceux présents dans la flore intestinale, qui participent à la digestion des aliments et aident le système immunitaire en réduisant la multiplication des micro-organismes pathogènes.

As-tu retenu ?

1 Une bactérie est-elle capable de croître et de se diviser seule ?

- ❐ A. Oui
- ❐ B. Non

CORRIGÉS

Le découpage des temps géologiques - page 132

1. Volcanisme ; 2. Cyanobactérie ; 3. Crise ; 4. Sédiment ; 5. Dinosaures ; 6. Fossile ; 7. Ère ; 8. Biodiversité ; 9. Période.

Les changements climatiques et risques - page 134

1. D. L'inégale répartition de l'énergie lumineuse est la conséquence de la forme sphérique de la Terre. L'énergie lumineuse va se répartir sur une plus petite surface à l'équateur qu'aux pôles, il y fera donc plus chaud.

2. B. Les changements climatiques dépendent de la position de la Terre et de son inclinaison, qui influent sur la quantité d'énergie solaire reçue. La variation des gaz à effet de serre comme le dioxyde de carbone agit également.

La biodiversité actuelle et passée - page 136

1. A., B., C. Les parties molles d'un animal sont les premières à être décomposées avant le démarrage de la fossilisation. Il est donc très difficile d'en trouver.

2. A., B. Les activités humaines modifient la biodiversité actuelle. L'être humain (Homo sapiens) est apparu il y a seulement 20 000 ans.

Reproduction sexuée animale et transmission du patrimoine génétique - page 138

1. Le paon déploie ses plumes colorées. Chez certaines araignées, le mâle offre de la nourriture à la femelle. C'est surtout pour éviter d'être mangé après l'accouplement. Le brame du cerf est un cri utilisé pour séduire les femelles. Les oiseaux ont plusieurs techniques selon l'espèce. Certains chantent, dansent, construisent ou décorent des nids. Le lièvre, comme d'autres espèces animales, se bat avec un autre mâle pour « gagner » le droit de s'accoupler.

Reproduction sexuée chez les plantes à fleurs et transmission du patrimoine génétique - page 140

1. A. Pistil ; B. Étamine, C. Pétale ; D. Ovaire ; E. Sépale.

Reproduction asexuée et transmission du patrimoine génétique - page 142

1. Bulbille ; 2. Bouturage ; 3. Bourgeon ; 4. Marcottage ; 5. Rhizome ; 6. Division ; 7. Stolon.

Le système digestif - page 144

1. A. La bouche ; B. L'œsophage (à ne pas confondre avec la trachée du système respiratoire) ; C. L'estomac ; D. L'intestin grêle ; E. Le gros intestin ; F. L'anus.

Le système respiratoire - page 146

1. A. Le dioxygène provient de la respiration et plus précisément de l'inspiration.

La diversité du monde microbien - page 147

1. A. Oui.

Physique-chimie

LES ÉTATS DE LA MATIÈRE

Question : comment reconnaître un solide d'un liquide et d'un gaz ? Prenons l'exemple de l'eau, qui est celui choisi pendant toute la scolarité au primaire.

1. L'eau liquide

- Lorsqu'elle est à l'**état liquide**, on ne peut pas facilement transporter l'eau dans ses mains et il faut la placer dans un récipient. L'eau se place au fond des récipients, **dont elle prend la forme**. Lorsque l'on pose ce récipient à plat sur une table, on observe que la surface de l'eau est plane et horizontale. Si on penche légèrement le récipient de côté, la **surface de l'eau reste parallèle au sol**.

La surface d'un liquide est toujours horizontale.

- Généralisons à tous les liquides : **un liquide prend la forme du récipient qui le contient**. Il ne possède pas de forme propre. Le volume d'un liquide ne dépend pas du récipient qui le contient. La surface libre d'un liquide est toujours horizontale.

2. L'eau solide

- L'eau, à l'**état solide**, se présente sous la forme de glace, et ses propriétés sont différentes de l'eau liquide. Par exemple, contrairement à l'eau liquide, nous pouvons transporter de la glace dans nos mains. Quand on place un glaçon dans un verre, le glaçon conserve sa forme.
- Généralisons à tous les solides : **un solide garde toujours sa forme propre**. Ses dimensions ne varient pas. Son volume est toujours le même. Il ne dépend pas du récipient dans lequel il est placé.

Le sais-tu ?

Liquide ou pas ?

En sixième, on prend l'eau comme principal exemple de liquide, mais il en existe bien d'autres, comme l'huile, mais pas seulement. Tout corps simple peut devenir liquide, c'est une question de température : l'or (et tous les métaux), naturellement à l'état solide sur Terre, peut devenir liquide à 1 064 °C.

3. La vapeur d'eau

- La **vapeur d'eau** est un **gaz**. Elle est **invisible** et occupe tout l'espace qui lui est offert. Comme les autres gaz, elle n'a donc **ni forme propre ni volume propre**.
- L'**air** est également un gaz. Plaçons un verre retourné et vide dans de l'eau liquide. On emprisonne alors de l'air entre le verre et l'eau. Si on retourne le verre, l'air s'échappe immédiatement pour occuper le nouveau volume qui lui est offert. Des bulles d'air apparaissent et le verre se remplit d'eau.
- Généralisons à tous les gaz : **un gaz est invisible et il peut changer à la fois de forme et de volume**.

Le sais-tu ?

La propriété de l'eau liquide souvent utilisée

La propriété qu'a l'eau liquide de voir sa surface toujours horizontale est utilisée en navigation : on place le compas flottant dans un compartiment rempli d'eau afin qu'il reste toujours bien horizontal et qu'il indique toujours la bonne direction.

As-tu retenu ?

1 Un liquide :

- ❒ A. ne possède pas de forme propre.
- ❒ B. ne prend pas la forme du récipient qui le contient.
- ❒ C. possède une forme propre.

2 Un solide :

- ❒ A. a des dimensions pouvant varier.
- ❒ B. possède une forme propre.
- ❒ C. dépend du récipient dans lequel il est placé.

3 La vapeur d'eau :

- ❒ A. est toujours invisible.
- ❒ B. est toujours visible.
- ❒ C. a une forme propre.

LES MÉLANGES

L'eau est la base de la vie sur Terre, c'est notre solvant principal, à la fois dans la nature et surtout dans le corps des êtres vivants. Que signifie « solvant » ? Cela signifie que l'eau de notre corps, de nos océans, a le pouvoir de se mélanger (ou non) à des solides, des liquides et même des gaz.

1. Mettre un solide dans de l'eau

- Outre les **gaz** qu'on peut **dissoudre** dans l'**eau** (pour faire de l'eau pétillante par exemple), on s'intéresse principalement en sixième à deux types de mélanges dans l'eau : les solides et les liquides dans l'eau. Lorsque l'on veut **mélanger** un **solide** avec de l'**eau**, il y a deux cas.
- Le premier est le cas des **solides insolubles** (sable, poivre, craie) qui, quand on les mélange avec l'eau, donnent une solution trouble puis se redéposent au fond du récipient quand on arrête d'agiter. On parle alors de **mélange hétérogène**, ce qui signifie que notre œil distingue des **phases** différentes.
- Dans le deuxième cas, le solide est dit **soluble** (sel, sucre) s'il semble disparaître quand on le met dans l'eau et qu'on agite. Le mélange est limpide et est appelé **homogène**. L'œil ne distingue qu'une seule phase.

2. Mettre un liquide dans l'eau

- Dans le cas d'un liquide mélangé à l'eau, il y a aussi deux cas. Quand deux liquides se mélangent pour former un mélange homogène, on dit qu'ils sont **miscibles**. S'ils forment un mélange hétérogène, on dit qu'ils sont non miscibles.
- Par exemple, le sirop est un liquide qui se mélange bien avec l'eau pour former un mélange homogène. Par contre, l'huile est un liquide qui n'est pas miscible avec l'eau.

Mélange hétérogène de liquides non miscibles (huile, lait et miel).

Le sais-tu ?

Comment mettre des bulles dans les sodas ?

On peut mélanger un liquide ou dissoudre un solide dans l'eau. Qu'en est-il pour un gaz comme le dioxyde de carbone (les bulles des sodas) ? On peut le dissoudre grâce à une machine. Ce gaz est soluble dans l'eau. Certaines eaux gazeuses dites naturelles jaillissent des sources avec ce gaz déjà présent dans l'eau.

3. Séparer les mélanges

- Il est possible de séparer des mélanges. De façon rapide et accessible dans la vie de tous les jours, on peut séparer les phases d'un mélange par **décantation** ou **filtration**. Par exemple, si on mélange du sable dans de l'eau, cas d'un mélange hétérogène, dès qu'on arrête l'agitation, le sable se redépose au fond : il y a décantation. Idem dans le cas d'un liquide dans l'eau, comme l'huile qui, par décantation inversée, remonte à la surface.
- On peut utiliser un autre procédé, la **filtration**, par exemple pour séparer les grains de café dans le filtre d'une machine à café. Si le mélange est homogène (cas du sel ou du sirop de menthe), la décantation n'est pas possible. On utilise alors l'**évaporation** (comme dans les marais salants).

Le sais-tu ?

Les stations d'épuration

Dans les stations d'épuration qui nettoient les eaux usées de nos égouts, on procède à plusieurs séparations : d'abord une filtration par des grilles, puis une décantation grossière et des décantations lentes dans des bassins.

As-tu retenu ?

1 Lorsqu'un solide se dissout dans l'eau, on dit qu'il est :

- ❒ A. soluble dans l'eau.
- ❒ B. miscible dans l'eau.
- ❒ C. homogène.
- ❒ D. hétérogène.

2 Lorsqu'un liquide se mélange parfaitement à l'eau, on dit qu'il est :

- ❒ A. soluble dans l'eau.
- ❒ B. miscible dans l'eau.
- ❒ C. homogène.
- ❒ D. hétérogène.

LA TEMPÉRATURE LORS D'UN CHANGEMENT D'ÉTAT

1. Définitions

- Un **corps pur** est, en chimie, une substance formée d'**un seul et même constituant**. C'est le cas par exemple du sucre, du sel, du dioxygène.
- Un **mélange** est une substance contenant **plusieurs constituants différents**. C'est le cas par exemple de l'eau salée, du jus d'orange, de l'eau minérale et du lait.
- Un **changement d'état (solide, liquide, gazeux)** désigne le passage d'un état physique à un autre, aux température et pression de changement d'état.

Temps (min)	0	0,5	1	1,5	2	2,5	3	3,5	4	4,5
T (°C) eau pure	18	10	3	1	0	0	0	-1	-5	-8
T (°C) eau salée	19	13	6	1	-1	-3	-5	-6	-8	-10

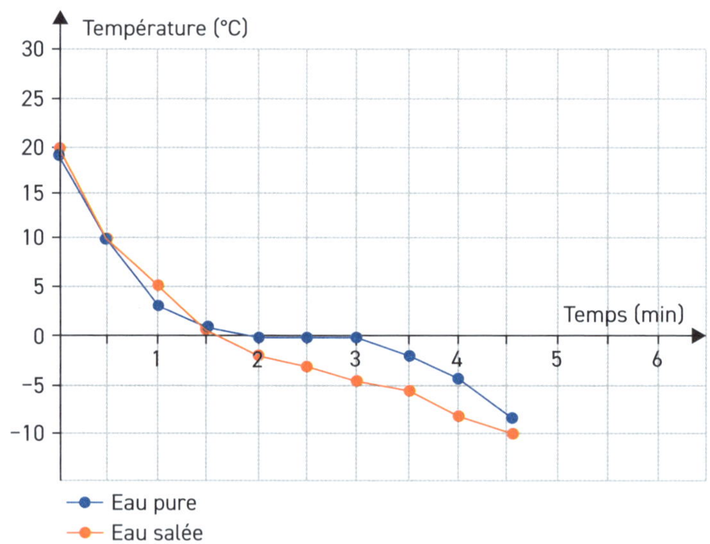

Tableau de mesures et graphique

2. La température lors d'un changement d'état

- On choisit d'étudier la température au cours de la solidification de l'eau pure et de l'eau salée en fonction du temps. Pour cela, on refroidit de l'eau pure et de l'eau salée dans un mélange réfrigérant à une température de –10 °C.
- On remarque que la courbe de solidification de l'eau pure forme **un palier à 0 °C (ici entre la 2e minute et la 3e minute)**. C'est à cette température que s'effectue le changement d'état de l'eau liquide en eau solide. Ici, l'eau pure se solidifie à 0 °C. Pour tous les corps purs, il existe de la même façon un palier lors du changement d'état : c'est la température à laquelle se produit le changement d'état.
- Pour un **mélange** d'eau et de sel, par contre, **il n'y a pas de palier**, car c'est un mélange. Les mélanges ne connaissent **pas de palier** de température lors d'un changement d'état. C'est d'ailleurs un bon moyen de mettre en évidence un **mélange**.

Le sais-tu ?

On sale les routes en hiver car l'eau salée se solidifie à une température plus basse que l'eau pure !

Entraînement

1 On étudie l'ébullition d'une espèce chimique. En analysant le graphique, on peut déterminer que l'espèce chimique étudiée est :

- ❐ A. un corps pur
- ❐ B. un mélange
- ❐ C. ni l'un ni l'autre

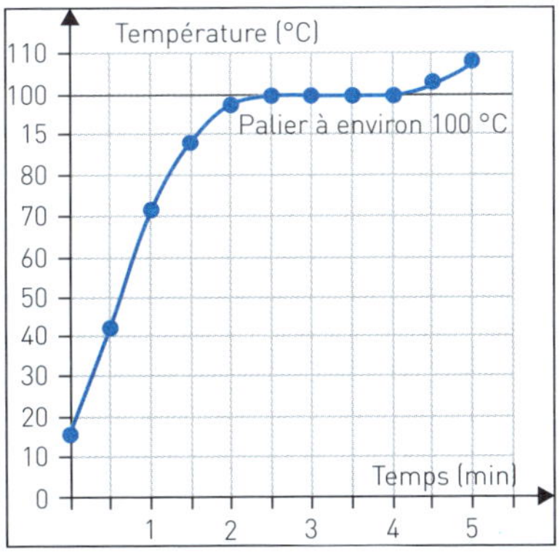

Évolution de la température lors d'une ébullition

2 Dans la question précédente, l'espèce chimique étudiée passe de l'état liquide à celui de vapeur à une température de :

- ❐ A. 18 °C
- ❐ B. 100 °C
- ❐ C. 110 °C

Physique-chimie

LES PLANÈTES

Notre Système solaire possède huit planètes orbitant autour du Soleil. Il y en a deux groupes. Les 4 premières sont petites, constituées de roches (planètes telluriques), proches les unes des autres et du Soleil. Les 4 dernières sont géantes, gazeuses, et éloignées du Soleil (planètes gazeuses).

Les 4 premières planètes : telluriques	**Les 4 autres planètes : gazeuses**
Les quatre premières planètes ont une surface solide constituée de roches, d'où leur nom de planètes telluriques. Elles sont de plus petite taille, proches les unes des autres et du Soleil.	Les quatre planètes suivantes sont gazeuses et très éloignées du Soleil. Elles sont constituées de gaz et n'ont pas de surface solide.
Mercure	**Jupiter**
C'est une petite planète tellurique morte, sans atmosphère et sans satellite, de rayon 2 440 km, de masse 0,06 celle de la Terre, et située à 58 millions de km du Soleil. Elle tourne sur elle-même en 59 jours et autour du Soleil en 88 jours. Sa température est de 430 °C côté soleil et -180 °C côté ombre.	C'est une énorme planète gazeuse sans surface solide et possédant 80 satellites, de rayon 71 400 km, de masse 318 celle de la Terre et située à 780 millions de km du Soleil. Elle tourne sur elle-même en 9 h et autour du Soleil en 11,9 ans. Sa température est de -140 °C.
Vénus	**Saturne**
C'est une planète tellurique volcanique, avec une atmosphère et sans satellite, de rayon 6 050 km, de masse 0,8 celle de la Terre et située à 110 millions de km du Soleil. Elle tourne sur elle-même en 244 jours et autour du Soleil en 255 jours. Sa température est de 450 °C.	C'est une planète gazeuse possédant 83 satellites, de rayon 60 000 km, de masse 95 celle de la Terre et située à 1 400 millions de km du Soleil. Elle tourne sur elle-même en 10 h et autour du Soleil en 29,5 ans. Sa température est de -170° C.

La Terre C'est notre planète, avec une atmosphère et un satellite (la Lune), de rayon 3 400 km, de masse 1, et située à 150 millions de km du Soleil. Elle tourne sur elle-même en 24 h et autour du Soleil en 365,25 jours. Sa température est de 14 °C en moyenne. C'est la seule planète possédant de l'eau sous ses trois états.	**Uranus** C'est une planète gazeuse possédant 27 satellites, de rayon 26 140 km, de masse 14 celle de la terre et située à 2 900 millions de km du Soleil. Elle tourne sur elle-même en 17 h et autour du Soleil en 84 ans. Sa température est de -220 °C.
Mars C'est une planète tellurique volcanique sans atmosphère, avec 2 satellites, de rayon 3 400 km, de masse 0,1 celle de la Terre et située à 228 millions de km du Soleil. Elle tourne sur elle-même en 24 h et autour du Soleil en 687 jours. Sa température est de -60 °C en moyenne.	**Neptune** C'est une planète gazeuse possédant 14 satellites, de rayon 24 300 km, de masse 17 celle de la Terre et située à 4 500 millions de km du Soleil. Elle tourne sur elle-même en 17 h et autour du Soleil en 165 ans. Sa température est de -200 °C.

As-tu retenu ?

1 Le nombre de planètes dans le Système solaire est de :

- ☐ A. 10
- ☐ B. 9
- ☐ C. 8
- ☐ D. 7

2 Sur Neptune, une année dure :

- ☐ A. 1 an terrestre.
- ☐ B. 2 ans terrestres.
- ☐ C. 10 ans terrestres.
- ☐ D. 165 ans terrestres.

3 Jupiter est une planète constituée :

- ☐ A. uniquement de gaz
- ☐ B. uniquement de liquide
- ☐ C. uniquement de solide
- ☐ D. de solide et de liquide

LES MOUVEMENTS

Depuis l'Antiquité, et particulièrement aux XVIIe et XXe siècles avec Newton et Einstein, les scientifiques ont toujours étudié les objets nous entourant lorsqu'ils sont en mouvement. Or, nous sommes plutôt entourés par des objets apparemment au repos, un état peu apprécié par les physiciens qui le décrivent comme une absence de mouvement !

1. Mouvement et trajectoire

- Un **mouvement** est le déplacement d'un objet ou d'une personne. Il est décrit par deux informations : la **vitesse** et la **trajectoire**. La trajectoire est l'ensemble des **positions** successives empruntées par l'objet qui se déplace. La vitesse permet de savoir si l'objet mettra plus ou moins de temps à parcourir une certaine **distance**.
- Pour analyser le mouvement, on utilise soit des **capteurs**, soit des photos ou des vidéos de l'objet dont on étudie les **déplacements**.
- Pour décrire un mouvement, il faut toujours le faire par rapport à un autre objet appelé **référentiel**.

Pour les vaches, un passager du train assis sur son siège n'est pas immobile.

Le sais-tu ?

Tout est relatif

Quand on étudie le mouvement d'un objet, il faut le faire par rapport à un référentiel, c'est-à-dire un objet fixe. Le plus souvent, l'observateur est choisi comme référentiel. Le passager d'un TGV paraît immobile par rapport à ses voisins passagers, mais pas par rapport aux rails ou aux gares.

2. Le mouvement rectiligne

- Il existe une multitude de types de mouvements. Tout dépend de la **trajectoire** de l'objet. Les mouvements les plus courants sont les mouvements rectilignes et les mouvements circulaires.
- Le mouvement d'un objet est dit **rectiligne** lorsque le déplacement de l'objet se fait selon une trajectoire située sur une **droite**. C'est le cas par exemple d'une voiture roulant sur une ligne droite, d'un nageur dans sa ligne à la piscine ou d'un skieur sur la rampe du saut à ski.
- Le mouvement d'un objet est dit **circulaire** lorsque son déplacement se fait selon un cercle ou un arc de **cercle**. C'est le cas par exemple d'une personne dans un manège.

Le sais-tu ?

Ni l'un ni l'autre

Dans la vie courante, la plupart des mouvements ne sont ni rectilignes, ni circulaires, mais mélangent les deux. Dans le cas du sauteur à ski par exemple, il commence par une trajectoire parfaitement rectiligne (pour la sécurité) puis celle-ci devient circulaire pour mélanger les deux ensuite selon les frottements de l'air et la posture du skieur.

As-tu retenu ?

1 Un mouvement est décrit par :

- ❒ A. la vitesse et la masse.
- ❒ B. la vitesse uniquement.
- ❒ C. la vitesse et la trajectoire.
- ❒ D. la vitesse de la lumière.

2 Un mouvement est circulaire si :

- ❒ A. sa trajectoire est une droite.
- ❒ B. sa trajectoire est un cercle.
- ❒ C. sa trajectoire est un arc de cercle.
- ❒ D. sa trajectoire est rapide.

3 Un mouvement est rectiligne si :

- ❒ A. sa trajectoire est un cercle.
- ❒ B. sa trajectoire est une droite.
- ❒ C. sa trajectoire est infinie.
- ❒ D. sa trajectoire est en angle droit.

L'INTENSITÉ ÉLECTRIQUE

Le courant électrique est un déplacement de particules électriques, il peut être comparé au débit d'une rivière.

1. Définition

- Le « débit » d'un courant électrique est une grandeur appelée l'**intensité**, qui se note **I**. L'intensité est **proportionnelle** au nombre de particules électriques qui traversent un conducteur en une seconde.
- L'unité de l'intensité est l'**ampère**, noté **A**. Les multiples ou sous-multiples sont : le milliampère (mA), le centiampère (cA), le déciampère (dA), le décaampère (daA), l'hectoampère (hA), le kiloampère (kA).

kA	hA	daA	A	dA	cA	mA

1 kA = 1 000 A 1 A = 1 000 mA

- L'**intensité électrique** se mesure avec un ampèremètre branché en série, dont le symbole est : 

2. Les lois de l'intensité dans les circuits en série et en dérivation

Dans un circuit **en série**	Dans un circuit **en dérivation**
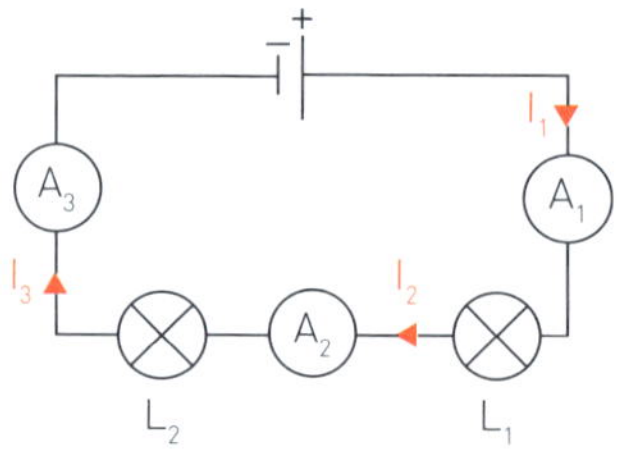	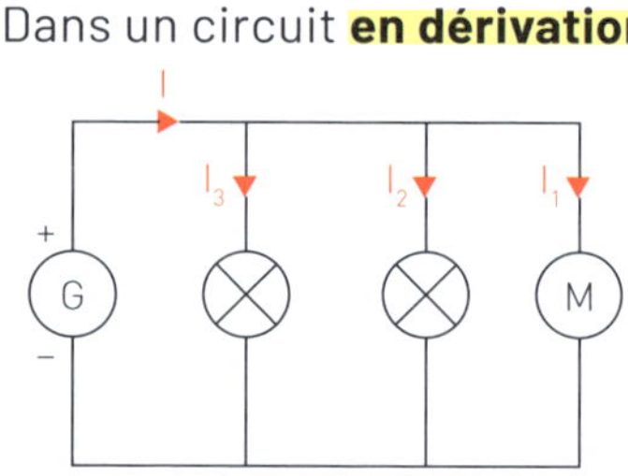
$I_1 = I_2 = I_3$	$I = I_1 + I_2 + I_3$
Loi d'unicité : L'intensité est **partout la même** dans un circuit en **série**.	Loi d'additivité : L'intensité de la branche principale (celle qui contient le générateur) est égale à la somme des intensités des **branches dérivées** dans un circuit **en dérivation**.
Si $I_1 = 1$ A, alors $I_2 = I_3 = 1$ A	Si $I_1 = 1$ A, $I_2 = 2{,}5$ A et $I_3 = 1{,}5$ A alors I = 1 A + 2,5 A + 1,5 A = 5 A

Entraînement

1 L'ampèremètre mesure ici une intensité de 0,02 A. Si on le place avant le moteur, l'intensité sera :

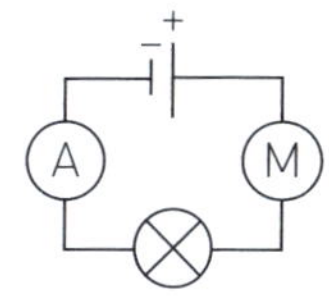

- ❐ A. plus petite que 0,02 A.
- ❐ B. la même intensité (0,02 A).
- ❐ C. plus grande que 0,02 A.

2 Convertis 0,02 A en mA.

- ❐ A. 0,02 A = 2 000 mA
- ❐ B. 0,02 A = 0,020 mA
- ❐ C. 0,02 A = 20 mA

3 Le circuit suivant est un circuit :

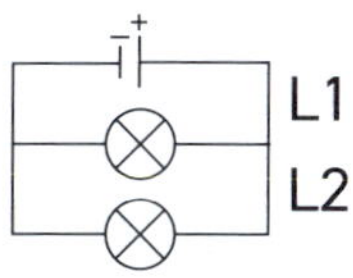

- ❐ A. en série.
- ❐ B. en dérivation.

4 Si, dans le circuit de la question 3, l'intensité traversant la lampe 1 est de 0,1 A et l'intensité traversant la lampe 2 est de 50 mA, alors l'intensité de la branche principale est égale à :

- ❐ A. 50,1 A
- ❐ B. 0,1 A
- ❐ C. 0,150 A

5 Complète le schéma suivant.

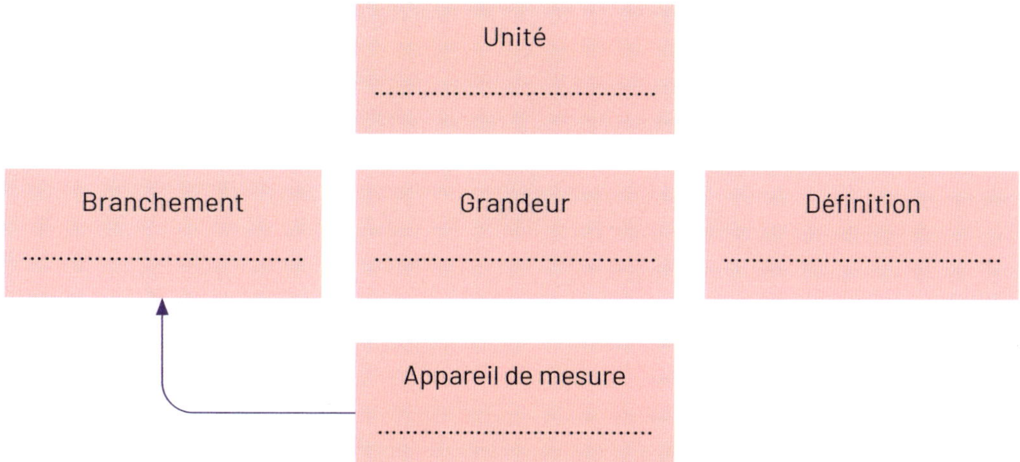

LA TENSION ÉLECTRIQUE

Nous utilisons des piles que nous choisissons en tenant compte de l'indication 4,5 V ou 6 V portée sur celles-ci. 4,5 V et 6 V correspondent à la tension délivrée par les piles.

1. Définition

- La tension électrique est **une grandeur** qui correspond à une **différence d'état électrique entre deux points**. On la définit donc toujours entre deux points d'un circuit ou entre deux bornes d'un dipôle.
- La **tension** se note **U**. L'unité de la tension est le **volt**, de symbole **V**. Les multiples et sous-multiples sont le **millivolt (mV)**, et le **kilovolt (kV)**.

kV	.	.	V	.	.	mV

1 kV = 1 000 V   1 V = 1 000 mV

- La tension se mesure avec un **voltmètre** branché en **dérivation**. Son symbole est :

2. La tension dans un circuit électrique en série

- **Loi d'additivité des tensions** : Dans un circuit en série, la tension aux bornes du générateur est égale à la **somme des tensions aux bornes des dipôles récepteurs**.

Exemple 1 : *Calcul de la tension du générateur (ici la pile).*

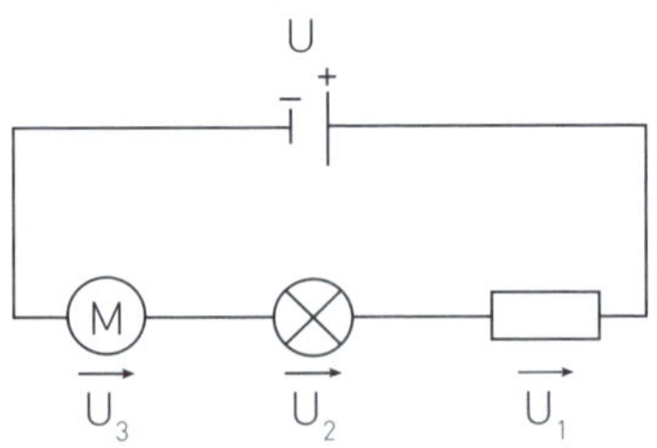

Attention

Pour calculer la tension d'un dipôle récepteur, on soustrait la tension des autres dipôles récepteurs à la tension du générateur !

Si $U_{moteur} = 3\ V$, $U_{lampe} = 6\ V$ et $U_{résistance} = 4\ V$

Alors :

$U_{pile} = U_{moteur} + U_{lampe} + U_{résistance}$

$U_{pile} = 3\ V + 6\ V + 4\ V = 13\ V$

Exemple 2 : *Calcul de la tension du moteur.*

Si $U_{pile} = 9\ V$, $U_{moteur} = 3\ V$ et $U_{résistance} = 2\ V$

Alors :

$U_{pile} = U_{moteur} + U_{lampe} + U_{résistance}$

donc $U_{lampe} = U_{pile} - U_{moteur} - U_{résistance}$

$U_{lampe} = 9\ V - 3\ V - 2\ V = 4\ V$

Le sais-tu ?

Alessandro Volta est un physicien italien qui a inventé la première pile en empilant des disques de zinc et de cuivre les uns sur les autres, séparés par un tissu imbibé d'eau salée.

As-tu retenu ?

1 Quelle est la grandeur physique indiquée sur l'emballage des piles ?

- ❒ A. Le volume
- ❒ B. L'intensité
- ❒ C. La tension électrique

2 Quelle est l'unité de la tension ?

- ❒ A. Le volt
- ❒ B. Le litre
- ❒ C. L'ampère

3 Quel est le symbole de la tension ?

- ❒ A. T
- ❒ B. U
- ❒ C. V

DISTINGUER UNE SOURCE PRIMAIRE D'UN OBJET DIFFUSANT

1. Source primaire

- On appelle source primaire toute source qui **produit de la lumière**. Elle est visible, même isolée de toute autre source lumineuse. On en distingue 3 familles :
  - les sources primaires naturelles : le Soleil, les étoiles, la lave, le feu...
  - les sources primaires artificielles : les lampes...
  - les sources primaires animales : les lucioles, les vers luisants...

2. Les objets diffusants

- On appelle **objet diffusant**, ou **source secondaire**, tout objet qui **renvoie de la lumière**. Un objet diffusant **n'est donc visible que s'il est éclairé par une autre source**. La Lune, les planètes, les murs des bâtiments, un écran de cinéma, etc., sont des objets diffusants.
- Remarques :
  - Un objet de couleur claire diffuse mieux la lumière qu'un objet sombre.
  - Un objet **transparent** laisse passer la lumière qu'il reçoit sans la diffuser, c'est le cas de l'air, du verre et de l'eau.
  - Un objet **opaque** ne laisse pas passer la lumière, il la renvoie.
  - Un objet **translucide** laisse passer une partie de la lumière, en diffuse une autre et ne permet pas de distinguer nettement la source ; c'est le cas du papier-calque et du verre dépoli ou martelé.

3. Propagation de la lumière : modélisation

- La lumière se propage en **ligne droite** dans le vide : on parle de propagation **rectiligne de la lumière**. On modélise le trajet de la lumière par une droite imaginaire appelée rayon lumineux.

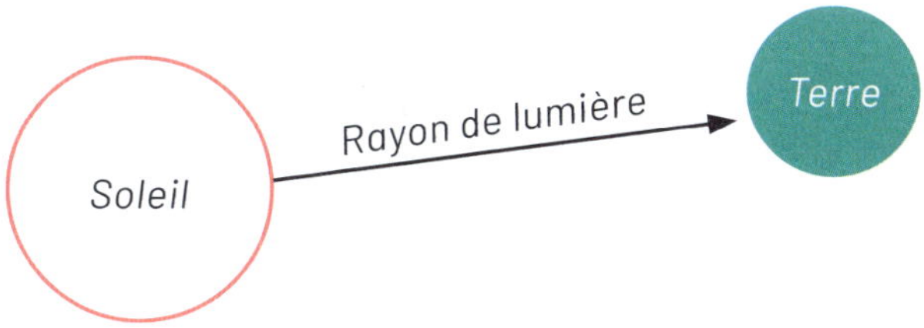

4. Les dangers du laser

- Le **laser** est une source de lumière **primaire**.
- L'œil peut **subir des lésions** causées par un laser. Le risque dépend de la puissance et du type de laser. La lumière d'un laser peut être assez intense pour causer des dommages : brûlure de la rétine, conjonctivite, cataracte et cécité.
- La peau peut également subir des brûlures plus ou moins profondes.
- Chaque laser a une classe, indiquée par le constructeur, qui donne une idée de sa dangerosité.
- Remarques : on ne « voit » pas la lumière du laser qui passe devant soi ; le trajet de la lumière ne peut être matérialisé que par des particules diffusantes (poussières, fumées, nuages...).

As-tu retenu ?

1 Dans une pièce obscure, quel objet sera visible ?

- ❒ A. Une balle de ping-pong
- ❒ B. Une bougie allumée
- ❒ C. Un carton rouge

2 Relie chaque mot à sa définition :

Un objet diffusant •	• objet qui produit de la lumière
Une source primaire •	
Une source secondaire •	• objet qui renvoie de la lumière

Physique-chimie

CORRIGÉS

Les états de la matière - page 151

1. A. Un liquide ne possède pas de forme propre : quand on le met dans un récipient, il en prend la forme.
2. B.
3. A. La vapeur d'eau ne se voit pas car c'est un gaz.

Les mélanges - page 153

1. A.
2. B.

La température lors d'un changement d'état - page 155

1. A. L'espèce chimique étudiée est un corps pur car il y a un palier de température.
2. B. Le changement d'état s'effectue à température constante (au palier).

La structure de la matière - page 157

1. A.
2. B. Elle contient trois sortes d'atomes différents : carbone, hydrogène et oxygène.
3. H_2O ; NH_4 ; O_2 ; CO_2 ; $C_2H_4O_2$; Cl_2
4. 9 atomes de carbone, 8 atomes d'hydrogène, 4 atomes d'oxygène.

Les planètes - page 159

1. C.
2. D. Neptune est tellement éloignée du Soleil qu'elle met 165 années terrestres pour faire une orbite complète autour (révolution).
3. A. Jupiter n'est constituée que de gaz.

Les mouvements - page 161

1. C.
2. B. et C.
3. B.

L'intensité électrique - page 163

1. B. L'intensité est partout la même dans un circuit en série.
2. C.
3. B.
4. C. Attention, il faut que les valeurs soient dans la même unité : 50 mA = 0,050 A.
5. Grandeur : intensité ; unité : ampère ; définition : débit d'un courant ; appareil de mesure : ampèremètre ; branchement de l'appareil : en série.

Distinguer une source primaire d'un objet diffusant - page 165

1. B.
2. Un objet diffusant renvoie de la lumière. Une source primaire produit de la lumière. Une source secondaire renvoie de la lumière.

Technologie

ÉVOLUTION DES OBJETS TECHNIQUES

Les objets techniques évoluent au cours du temps, en fonction des besoins, des évolutions et inventions, en fonction des goûts esthétiques, pourtant ils peuvent avoir toujours la même fonction.

1. Évolution d'une lignée

- Beaucoup d'objets nouveaux ne répondent pas à un nouveau besoin, mais sont des améliorations d'autres objets, grâce à des avancées technologiques, énergétiques ou esthétiques.
- On peut classer ces objets d'une même **lignée** dans une frise chronologique et même les comparer aux inventions et innovations.

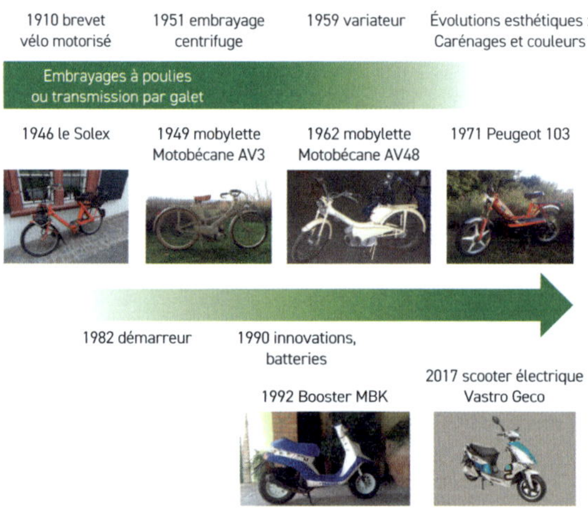

Lignée de la mobylette

Mots-clés

Lignée d'objets

Une lignée d'objets est une suite chronologique d'évolutions d'un objet technique.

Famille d'objets

Une famille d'objets rassemble les objets qui assurent la même fonction d'usage, ils répondent au même besoin, mais sur des critères différents.

2. Familles d'objets

- Les objets ayant une même fonction de service, c'est-à-dire répondant à un même besoin, mais sur des critères différents, sont d'une même **famille**.
- Par exemple, différents objets ont la même fonction de transporter du matériel sur une route, ils sont de la même famille. Ils sont différents par leurs caractéristiques techniques, la quantité de matériel à transporter, le type de route qu'ils peuvent emprunter, les possibilités de charger et décharger, le nombre de personnes à transporter, le type de marchandises…

Camionnette

Camion frigorifique

Camion 4×4

Camionnette 6 places

Semi-remorque
3 remorques et +

Entraînement

1 Parmi les objets techniques suivants, lesquels sont de la même famille que le vélo électrique ?

- ❐ A. Scooter
- ❐ B. Mobylette
- ❐ C. Scooter électrique
- ❐ D. Trottinette

2 Lesquels de ces objets ne font pas partie de la lignée des téléphones ?

- ❐ A. Télégraphe
- ❐ B. Téléphone fixe
- ❐ C. Télévision
- ❐ D. Télécommande
- ❐ E. Smartphone
- ❐ F. Téléphone portable

LE CYCLE DE VIE D'UN OBJET TECHNIQUE

Tout objet technique, tout bâtiment, suit le même cycle constitué de cinq étapes principales, de sa conception jusqu'à sa destruction ou son recyclage.

1. Étapes du cycle de vie

- **1. Conception.** Un objet est tout d'abord imaginé et conçu à partir d'un besoin.
- **2. Fabrication.** Ensuite, il est fabriqué, à partir de matières premières.
- **3. Distribution.** L'objet est distribué dans les points de vente, où il sera vendu (magasins, entrepôts pour vente en ligne, etc.).
- **4. Utilisation.** C'est théoriquement sa plus longue phase, au cours de laquelle il répond au besoin.
- **5. Fin de vie.** Cette phase débute lorsqu'il ne peut plus assurer le besoin pour lequel il a été conçu, fabriqué puis acheté. Il est transporté vers les points de recyclage, destruction, revalorisation :
  - **recyclage/destruction.** L'objet est démonté, puis trié pour pouvoir recréer des matières premières. Ce qui n'est pas réutilisable, les déchets ultimes, est incinéré pour produire de l'énergie ou stocké et enfoui ;
  - **revalorisation.** Les parties réutilisables de l'objet sont reconverties en matières premières, ceci évite d'en extraire à nouveau ou d'en fabriquer (par exemple les métaux, les plastiques, les verres, etc.).

2. Cycle de vie et environnement – Écoconception

- On identifie souvent la pollution créée par l'utilisation d'un objet, comme les voitures, mais à chaque étape de son cycle de vie, un objet technique a un impact sur notre environnement (c'est ce que l'on appelle son empreinte écologique). C'est pour cela qu'il faut prendre conscience de la pollution de l'objet dès sa conception : c'est l'**écoconception**.
- Dès l'extraction de ses matières premières, l'objet a un **impact sur l'environnement**. Par exemple, les mines d'or de Guyane rejettent plus de 1 kg de métaux lourds toxiques (mercure Hg, plomb Pb) pour 1 kg d'or extrait.

3. Recyclage et revalorisation

- Face à la baisse des « stocks » mondiaux de matières premières (même l'eau et le sable ne sont pas infinis), il faut changer notre mode de pensée. Le recyclage et la revalorisation des déchets ont vu le jour. Grâce à l'évolution des technologies et des mentalités, beaucoup de matériaux peuvent maintenant être réutilisés et redevenir des matières premières.
- Les objets identifiés par le symbole  sont recyclables.
- Beaucoup d'autres déchets ne sont pas recyclables directement, mais restent revalorisables.

Mots-clés

Cycle de vie d'un objet

Ensemble des étapes qu'il suit depuis sa conception jusqu'à sa destruction ou son recyclage.

Écoconception

Mode de conception d'un produit prenant en compte l'impact écologique d'un objet sur l'ensemble de son cycle de vie et donc trouvant des solutions pour diminuer au maximum cet impact.

Empreinte écologique

Ensemble des impacts écologiques d'un produit depuis sa conception jusqu'à sa destruction ou son recyclage.

As-tu retenu ?

1 Quel(s) symbole(s) identifie(nt) les matériaux recyclables ?

- ❒ A. 
- ❒ B. 
- ❒ C. 
- ❒ D. 
- ❒ E. 

2 Un objet ne pollue que lors de sa phase d'utilisation.

- ❒ Vrai
- ❒ Faux

ANALYSE DU BESOIN

Pour construire et mener à bien un projet, de l'idée jusqu'à la fabrication de l'objet technique, il existe plusieurs étapes cruciales.

1. Démarche de projet

- 1. analyser le besoin et les éléments du milieu extérieur ; 2. établir le cahier des charges fonctionnel ; 3. imaginer l'objet, trouver des solutions techniques aux fonctions et aux contraintes, imaginer sa fabrication ; 4. planifier les tâches tout au long de la conception ; 5. créer une représentation 3D et simuler ses comportements ; 6. créer/valider un prototype et lancer la fabrication de l'objet.

2. Étude du besoin

- **L'énoncé d'un besoin** est le point de départ de la conception d'un objet technique.
- Pour affiner le projet et **connaître au mieux les utilisateurs et leurs besoins**, on peut réaliser une enquête et en analyser les données.
- Pour **bien identifier le besoin**, on peut utiliser un diagramme type « bête à cornes ».

Rappels

Besoin

Désir ou nécessité éprouvé par l'être humain.

Objet technique

Objet fabriqué ou modifié par l'être humain pour répondre à un besoin.

Enquête

Recueil de données réalisé sous forme de questionnaire, de sondage. Ces données seront exprimées sous forme statistique (tableaux, diagrammes, pourcentages, etc.).

3. Éléments du milieu extérieur

- Pour bien concevoir un objet, il convient de **bien analyser son milieu extérieur**. Tout ce qui est externe et en lien avec cet objet sera considéré comme **élément du milieu extérieur**.
- Pour tout objet on déterminera, au minimum, les éléments suivants : l'utilisateur ; l'environnement ; les énergies ; l'ergonomie ; l'esthétique ; les contacts ; les normes (pas toujours précisé mais obligatoire).
- En effet, l'objet ne sera pas conçu de la même manière en fonction de son futur environnement, selon par exemple qu'il est prévu pour un milieu rural ou un milieu citadin, pour l'intérieur ou l'extérieur, pour un pays chaud ou un pays froid, etc.

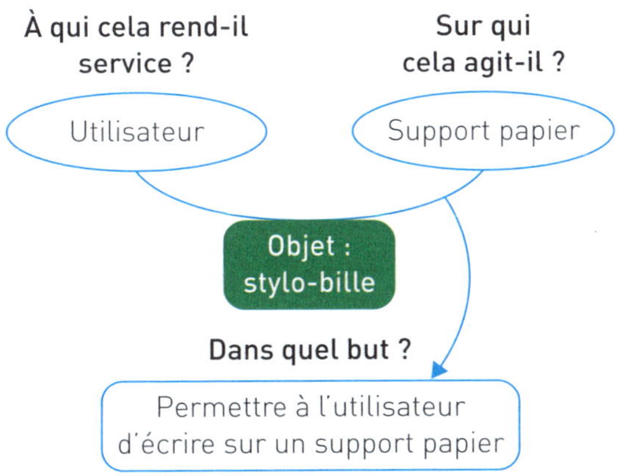

Exemple : un stylo-bille

As-tu retenu ?

1 Quelle est la fonction principale d'un stylo-bille ?

- ❐ A. Dessiner sur un tableau
- ❐ B. Permettre à l'utilisateur d'écrire sur un support papier
- ❐ C. Être beau
- ❐ D. Se ranger facilement dans une trousse

2 Comment identifier un besoin ?

- ❐ A. En faisant une enquête
- ❐ B. En réfléchissant seul
- ❐ C. En analysant les produits existants
- ❐ D. En ne regardant pas les autres produits

Technologie

LE CAHIER DES CHARGES FONCTIONNEL (CDCF)

Après avoir analysé le besoin et déterminé les éléments du milieu extérieur, il faut rassembler toutes les fonctions que l'objet doit assurer et toutes les contraintes liées à son fonctionnement dans le cahier des charges fonctionnel.

1. Fonctions techniques et contraintes

- Un objet technique a toujours une **fonction principale** provenant d'une étude de besoin (exemple : déplacer un utilisateur), puis d'autres **fonctions secondaires** (exemple : jouer la musique de l'utilisateur).
- Un objet technique agit sur les **éléments du milieu extérieur** par ses fonctions, mais est aussi lié à ces éléments par des **contraintes**. Ces contraintes sont de cinq types principaux : **contraintes environnementales** (pollution, bruit, adaptation au milieu, etc.) ; **contraintes d'usage**, d'ergonomie (prise en main, vitesse, transport, etc.) ; **contraintes d'estime**, d'esthétique (couleur, lumière, design, etc.) ; **contraintes économiques** (prix, durée de vie, etc.) ; **contraintes énergétiques** (type d'énergie, autonomie, etc.).

Rappels

Cahier des charges fonctionnel

Le cahier des charges fonctionnel est un document exprimant tous les besoins d'un objet technique, en termes de fonctions et de contraintes.

Fonction principale

Ce à quoi doit principalement servir l'objet (toujours un verbe à l'infinitif).

Fonction secondaire

Autre utilité de l'objet.

Contrainte

Obligation que l'objet doit satisfaire pour s'adapter à un élément du milieu extérieur.

2. Rassembler ces données pour les exploiter

- Toutes ces fonctions et contraintes sont rassemblées dans un **diagramme « pieuvre »**, liant l'objet technique au centre avec les **éléments du milieu extérieur (EME)**, et sont détaillées dans un tableau reprenant les **critères d'appréciation** et le **niveau d'exigence**.

3. Exemple : un stylo-bille

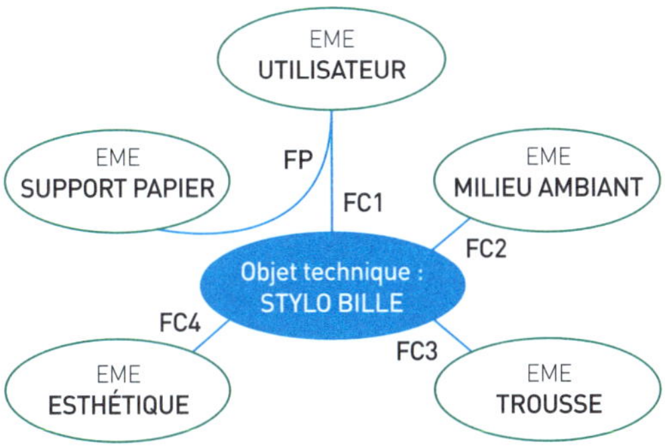

Exemple sur le stylo-bille

	Fonctions – Contraintes	Critères
FP	Permettre à l'utilisateur d'écrire sur un support papier	Qualité de l'écriture
FC 1	Être ergonomique (adapté à la main de l'utilisateur)	Forme tube Taille tube
FC 2	Utiliser des matériaux non toxiques	Matériaux de tout le stylo Normes
FC 3	Être adapté à une taille de trousse standard	Longueur du stylo
FC 4	Être esthétique, plaire	Couleur Forme

As-tu retenu ?

1 Pour un scooter de 49,9 cm^3, rouler à 50 km/h maximum est :

- ❒ A. Sa fonction principale
- ❒ B. Une fonction secondaire
- ❒ C. Une fonction contrainte

Technologie

DES FONCTIONS AUX SOLUTIONS TECHNIQUES

La veille technologique consiste à se tenir informé en continu des dernières nouveautés dans le domaine technologique recherché. Elle peut concerner tous les aspects des objets techniques.

1. La veille technologique

- Pour effectuer une veille technologique, on peut s'abonner à des revues spécialisées, à des sites internet, à des newsletters de fabricants, et surtout visiter les salons et congrès.
- Veille technologique : Solutions existantes → Moyens de production → Recyclage, retraitement → Innovations → Inventions, découvertes → Matériaux → Énergies → Solutions existantes...

2. Créer et imaginer des solutions techniques

- Pour imaginer et adapter des solutions techniques permettant de remplir les fonctions de notre objet, il faut mettre en œuvre une démarche de créativité.
- Une fois que les solutions techniques existantes sont connues par les membres du groupe de travail, on peut passer à la première phase : le **brainstorming**.
- La deuxième phase est celle de la **validation de la solution** : regrouper et classer les idées ; organiser ces idées sous forme de carte mentale ; comparer ces idées aux contraintes du projet ; valider la meilleure solution.

Mots-clés

Brainstorming

(« tempête de cerveau » ou « remue-méninges »). Tous les membres d'un groupe proposent toutes les idées qui leur passent par la tête.

Carte mentale ou carte heuristique

Représentation arborescente de données représentées selon le cheminement et le développement de la pensée.

3. Associer une solution technologique à une fonction technique

- Pour rassembler toutes les solutions techniques décidées pour chaque fonction de l'objet, on va utiliser un diagramme de type **FAST**.
- Celui-ci se lit et se construit de gauche à droite. Il va du « POURQUOI » au « COMMENT ». Chaque grande fonction technique est décomposée en sous-fonctions. Pour chaque sous-fonction, une solution technique est proposée.

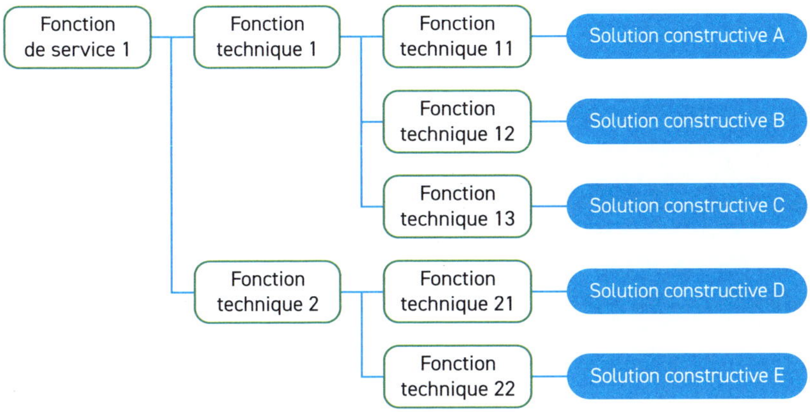

Entraînement

1 Dans l'extrait de diagramme FAST suivant, « Stocker une énergie électrique » est :

- ❐ A. Une fonction de service
- ❐ B. Une fonction technique
- ❐ C. Une solution technique

ANALYSE FONCTIONNELLE

Chaque fonction de service d'un objet (réponse à un besoin) se décompose en sous-fonctions techniques, qui permettent de réaliser la fonction attendue. De ces fonctions techniques découlent les solutions techniques.

1. L'analyse fonctionnelle descendante

- Pour décrire, relier et analyser les solutions et les fonctions d'un système complexe, on effectue une analyse fonctionnelle descendante.
- **L'analyse fonctionnelle descendante** part toujours d'une description globale (fonction globale) du système pour descendre vers des niveaux de détail inférieurs (fonctions techniques).
- Pour représenter graphiquement la description d'un système complexe par analyse fonctionnelle descendante, on utilise la démarche systémique de modélisation **SADT** (Structured Analysis and Design Technique) : le premier **niveau** de description est le **niveau A-0**, celui de l'analyse de la fonction globale du système.

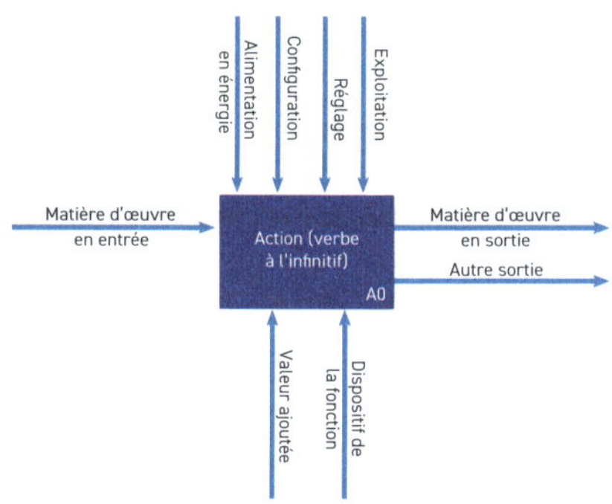

Analyse fonctionnelle descendante

- Ensuite, on fait une analyse descendante, c'est-à-dire qui va petit à petit vers plus de détail à l'intérieur de la fonction globale. Petit à petit, on arrive aux solutions technologiques, à la chaîne d'énergie et à la chaîne d'information.

2. Exemple sur une barrière de parking automatisée

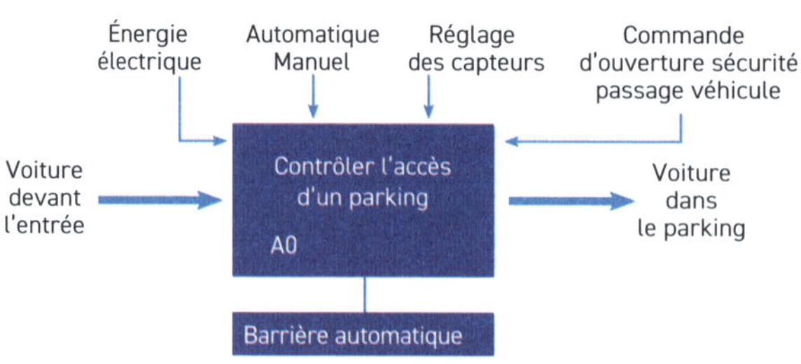

Niveau fonction globale A-0

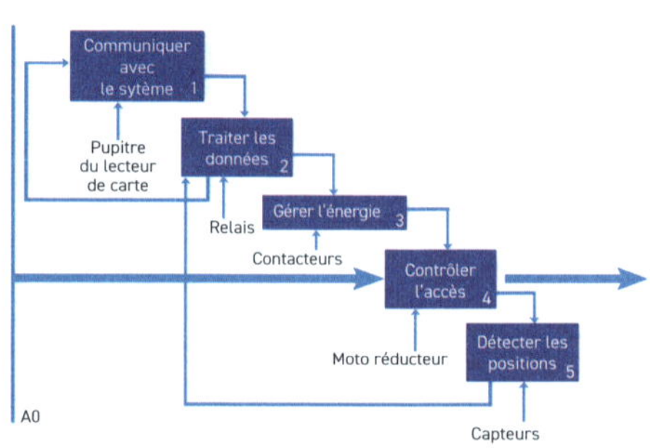

Premier niveau de détail A0

Vocabulaire

Analyse fonctionnelle descendante

Analyse et description des fonctions d'un objet et de ses solutions techniques en partant de sa fonction globale et en allant vers les détails de chaque sous-fonction technique.

Matière d'œuvre

Élément sur lequel le système agit pour lui donner une valeur ajoutée.

Valeur ajoutée

Différence entre la matière d'œuvre entrante et la matière d'œuvre sortante.

Fonction

C'est la fonction de l'élément permettant d'obtenir la valeur ajoutée sur la matière d'œuvre.

Données de contrôle

Éléments qui modulent la fonction du système : énergies, informations, commandes, réglages, modes de fonctionnement, etc.

Entraînement

1 Dans le SADT, quelle est la matière d'œuvre du système ?

- ❒ A. Canettes de boissons stockées au frais
- ❒ B. Boisson servie dans le bac de réception
- ❒ C. Servir une boisson fraîche
- ❒ D. Énergie électrique

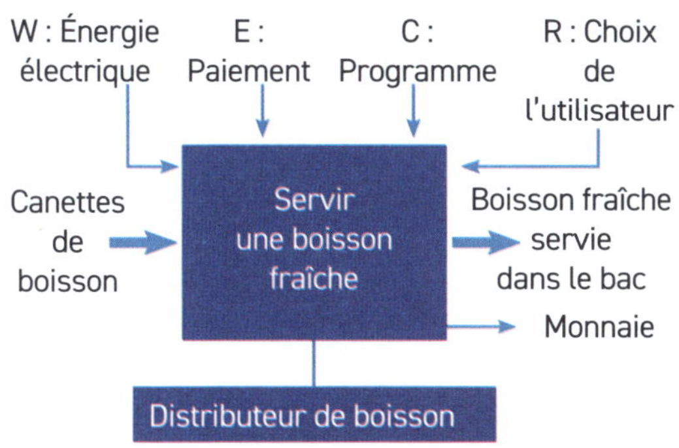

LOGIGRAMME-ALGORIGRAMME : ENCHAÎNEMENT DE FONCTIONS

Pour décrire un enchaînement de fonctions, c'est-à-dire un cycle, on utilisera un logigramme plutôt qu'un long texte. Il suffit de respecter des règles d'écriture.

- Une barrière de sécurité utilise un boîtier codé.
- Lorsqu'une voiture arrive, le conducteur doit saisir le bon code.
- Si le code est bon, le système ouvre la barrière et allume un voyant vert.
- Si le code n'est pas bon, le système allume un voyant rouge pendant 3 secondes. Le conducteur doit ensuite ressaisir son code.
- Lorsque le code est bon et après que la barrière se soit ouverte, un capteur indique au système si la voiture est passée.
- Lorsque la voiture est passée, le système ferme la barrière et éteint le voyant vert.
- Un autre conducteur peut alors utiliser la barrière automatisée.

Le sais-tu ?

Logigramme

Organigramme établi selon des codes pour retranscrire une suite logique, souvent utilisé pour les systèmes automatisés. Il sera facilement transposable en Grafcet ou en langage de programmation informatique.

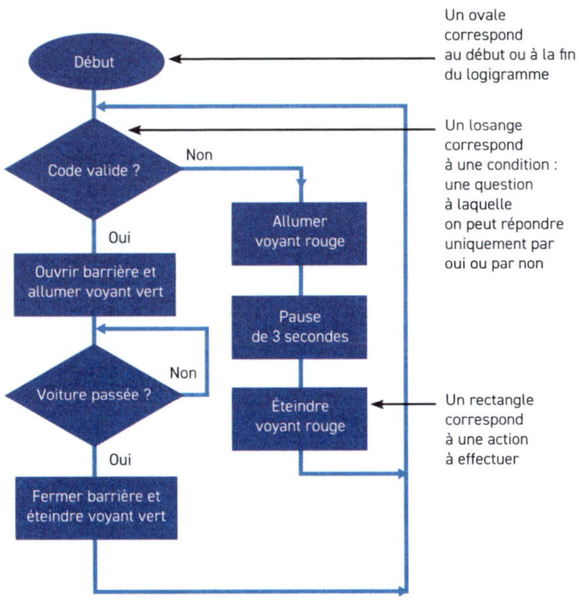

Exemple sur une barrière de parking automatisée

Entraînement

D'après le logigramme de la barrière de parking ci-dessus, réponds aux questions suivantes.

1 Que se passe-t-il quand le code entré est faux, invalide ?

- ❐ A. Le feu vert s'allume
- ❐ B. Le feu rouge s'allume
- ❐ C. Rien
- ❐ D. La barrière s'ouvre

2 Le voyant vert est-il allumé pendant tout le temps où la barrière est ouverte ?

- ❐ A. Non, il s'éteint au bout de trois secondes
- ❐ B. Oui, il s'éteint quand elle se ferme

3 « Voiture passée » est :

- ❐ A. Une action
- ❐ B. Une condition

RÉSEAU INFORMATIQUE – INTERNET

La plupart des ordinateurs, téléphones, tablettes du monde entier sont maintenant reliés entre eux par des réseaux, locaux (maison, entreprise) et mondiaux (Internet). Ils passent par des réseaux câblés ou par les ondes (téléphonie mobile, satellite).

1. Structure d'un réseau local

- Un réseau local, comme le réseau informatique d'un collège, relie tous les ordinateurs, les imprimantes, les antennes WiFi, etc., à un **concentrateur réseau** (hub) et au serveur local (ordinateur gérant le réseau local). Chaque ordinateur ou élément du réseau a une **adresse IP** unique pour pouvoir l'identifier et le localiser.

Mots-clés

Réseau

Ensemble d'éléments informatiques (ordinateurs, imprimantes, hubs) connectés les uns aux autres.

Routeur

Élément intermédiaire dans un réseau informatique assurant le routage (la répartition) des informations échangées.

Bit

Unité binaire pouvant prendre uniquement 2 valeurs, ici soit 0 soit 1.

Octet

Groupe de 8 bits codant une information.

2. Réseau Internet mondial

- Pour relier un réseau local ou un ordinateur au monde, on utilise un **routeur** qui crée la connexion avec le réseau Internet mondial. Ce routeur a lui une **adresse IP** internationale, par exemple 20.0.0.12. C'est une sorte de **passerelle** pour passer d'un réseau local au réseau mondial. Il est relié à des **nœuds régionaux** gérés par des **routeurs principaux**. Ceux-ci sont ensuite reliés entre eux au niveau mondial par des **câbles de grande section en fibre optique**.

3. Communication entre ordinateurs et langage binaire

- Les ordinateurs parlent entre eux en langage binaire, c'est-à-dire une succession de 0 et de 1 combinés. Un chiffre correspond à un **bit**. Un **octet** correspond à un mot de 8 bits. Par exemple, « A » se dit 01000001, soit 8 bits, soit 1 octet.
- Le **débit d'une connexion** se chiffre en **bits par seconde**, par exemple 1 Mbit/s équivaut à 1 million de bits par seconde.

4. Moyens de connexion

- Les connexions réseau sont réalisées aujourd'hui par différentes technologies :
  - **les fils de cuivre** (téléphone, câble Ethernet) dans lesquels circule un courant électrique codé en 0 et 1, soit 0 soit 5 volts ;
  - **les fibres optiques** dans lesquelles circule une lumière forte ou faible ;
  - **les ondes électromagnétiques** (WiFi, Bluetooth, réseau téléphone mobile 4G) sont un signal dans lequel les ondes évoluent en fonction de l'amplitude.

As-tu retenu ?

1 Quel est le langage de base des ordinateurs ?

- ❐ A. L'anglais
- ❐ B. Le langage binaire
- ❐ C. Le C++
- ❐ D. Le russe

2 Que vaut 1 octet ?

- ❐ A. 1 bit
- ❐ B. 64 bits
- ❐ C. 8 bits
- ❐ D. 1 000 bits

Technologie

PROGRAMMATION AVEC MBLOCK OU SCRATCH – CRÉER UNE VARIABLE ET DES OPÉRATIONS

1. Création d'une boucle-répétition

- On utilise la fonction « répéter 10 fois » en paramétrant le nombre de répétitions puis on place les actions à répéter à l'intérieur de la « boucle ».
- Par exemple, pour dessiner un carré, on répètera 4 fois le tracé du même segment et la rotation de 90°.

2. Création d'une boucle avec condition

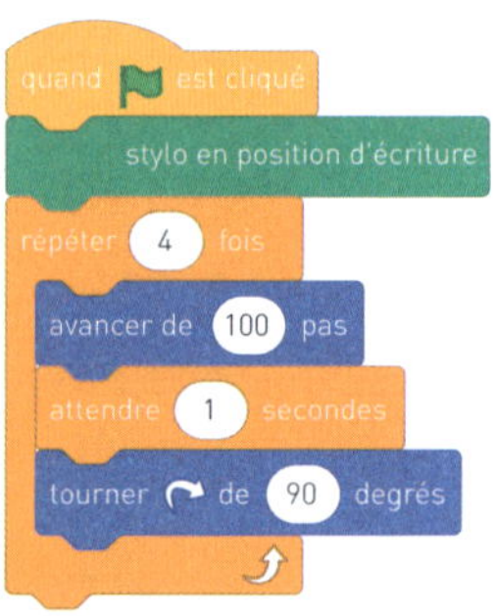

- On utilise la fonction « répéter indéfiniment » : les actions à répéter à l'intérieur seront répétées indéfiniment, il faut donc établir une « condition » à valider à l'intérieur de cette boucle pour réaliser les actions.
- Pour établir une condition, on utilise :

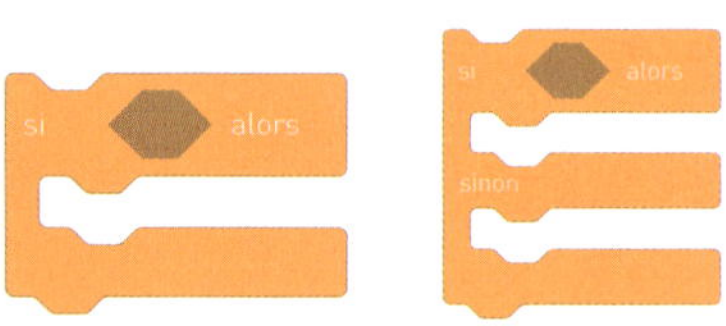

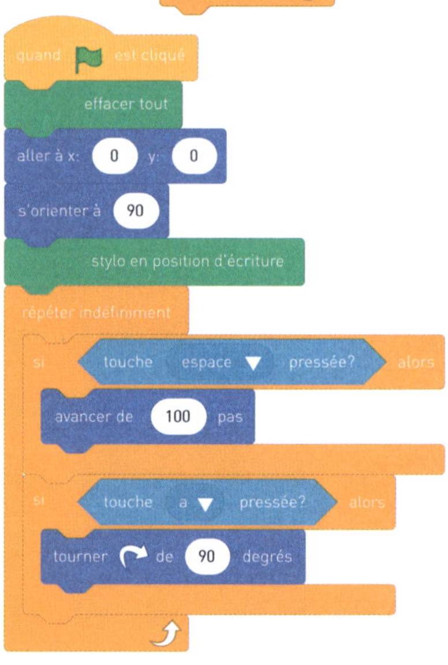

- **Soit une fonction « si » :** si la condition est vraie, exécute la pile de commandes situées à l'intérieur de la boucle. Sinon, rien ne se passe.
- **Soit une fonction « si-sinon » :** si la condition est vraie, exécute la pile de commandes situées à l'intérieur de la boucle de la partie supérieure, sinon, exécute la pile de commandes situées à l'intérieur de la boucle de l'autre partie.

- Par exemple, ce programme permet de réaliser un carré manuellement à l'aide du clavier : touche « espace » pour les traits, touche « a » pour tourner.

À savoir

Pour répéter un groupe d'actions un nombre de fois défini, ou indéfiniment en fonction d'une condition, on utilise une boucle. Tout ce qui est « à l'intérieur » de la boucle sera répété le nombre de fois défini ou tant qu'une condition ne sera pas remplie.

Entraînement

Voici un programme pour créer un QCM avec Scratch :

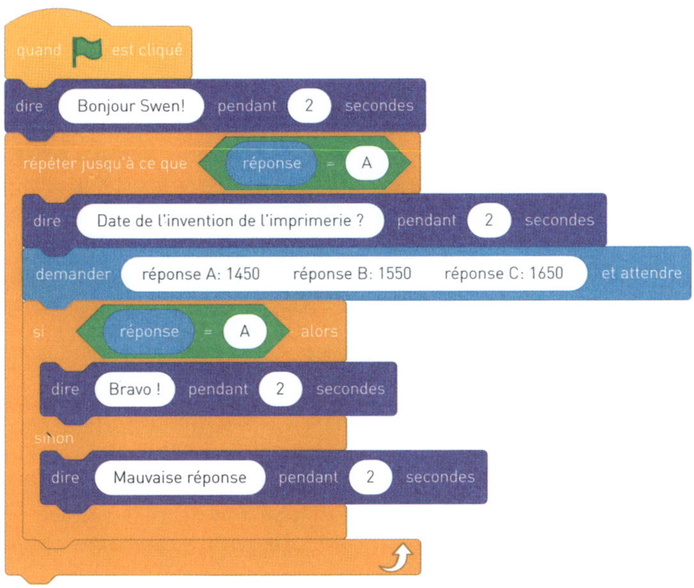

1. Quelle est la bonne réponse : A, B ou C ?

....

2. Que se passe-t-il si le joueur répond juste ?

....

3. Que se passe-t-il lorsque le joueur répond faux ?

....

4. « Bonjour Swen » est-il répété après une réponse fausse ?

....

CORRIGÉS

Évolution des objets techniques - page 169

1. A., B. et C. Seule la trottinette ne répond pas au besoin « déplacer un utilisateur grâce à un moteur ».
2. C. et D. La télévision et la télécommande n'ont aucun lien avec la lignée des téléphones, depuis le télégraphe jusqu'à nos jours, le smartphone.

Le cycle de vie d'un objet technique - page 171

1. A., C. et E. Le symbole B. signifie que le fabricant paie une taxe écologique et le D. est un symbole signalant des produits dangereux, ici radioactifs.
2. Faux. À chaque étape de son cycle de vie, un objet technique a un impact sur notre environnement, c'est ce que l'on appelle son empreinte écologique.

Analyse du besoin - page 173

1. B. Sa fonction première est bien d'écrire sur du papier.
2. A., C. On trouve une idée de besoin en analysant les produits existants par rapport à leur milieu, on peut la confirmer grâce à une enquête.

Le cahier des charges fonctionnel (CDCF) - page 175

1. C. C'est une fonction contrainte, donnée par une norme française. La vitesse peut être différente selon les pays.

Des fonctions aux solutions techniques - page 177

1. B. C'est une fonction technique, c'est-à-dire qui découle d'une contrainte technique. La fonction de service, c'est-à-dire qui correspond à un besoin du cahier des charges, est « être autonome en énergie ».

Analyse fonctionnelle - page 179

1. A. La matière d'œuvre est l'élément sur lequel le système agit pour lui donner une valeur ajoutée. Ici, il rafraîchit et sert des boissons en canette.

Logigramme-algorigramme : enchaînement de fonctions - page 181

1. B. La condition « code valide » est « non » donc l'algorithme choisit la branche non et allume le voyant rouge.
2. B. Oui, il s'éteint en même temps que la barrière se ferme.
3. B. C'est un losange, donc une condition, une question à laquelle on peut répondre par oui ou non.

Réseau informatique-Internet - page 183

1. B. Le langage binaire est une succession de 0 et de 1, qui forme des « mots » appelés « octets ».
2. C. Un bit est soit 0, soit 1. Un octet, un mot binaire, vaut 8 bits, soit une succession de huit 0 ou 1.

Programmation avec mBlock ou Scratch - pages 185

1. A.
2. Le lutin affiche « BRAVO ! » et la boucle « répéter jusqu'à » s'arrête car la réponse vaut « A ».
3. Le lutin affiche « Mauvaise réponse » et la boucle « répéter jusqu'à » reprend, donc le lutin réaffiche la question puis les choix.
4. Non, l'instruction dire « bonjour Swen » n'a lieu qu'au début du programme, elle n'est pas dans la boucle.

Anglais

PRÉSENT SIMPLE

Comment employer le présent simple à bon escient ? Comment le construire ?

1. Valeurs et construction

- On **emploie le présent simple** pour parler de quelque chose de vrai, d'une généralité, de routine ou d'habitudes, et pour exprimer ses goûts.

(+)	(–)	(?)
Sujet + BV + complément *I/you/we/they like chocolate.*	Sujet + *don't* + BV + complément *I/you/we/they don't like chocolate.*	*Do* + sujet + BV + complément + ? *Do I/you/we/they like chocolate?*
Sujet + BV + -s + complément *He/she/it likes chocolate.*	Sujet + *doesn't* + BV + complément *He/she/it doesn't like chocolate.*	*Does* + sujet + BV + complement + ? *Does he/she/it like chocolate?*

- On emploie la **forme contractée** plus fréquemment, mais on trouve les **formes pleines** tout de même, surtout pour insister :

You know I do not like tomatoes! *You're wrong. She does not hate beans.*

Le sais-tu ?

Pour les formes négative et interrogative, c'est l'auxiliaire *do* qui fait tout !

- Il se charge de la terminaison à la 3e personne du singulier et devient *does*.
- Il porte la négation (not).
- Il se déplace dans la phrase pour faire des questions.

Rappel

La base verbale (BV), c'est le verbe non conjugué, sans le *to* de l'infinitif.

Infinitif = *to* + base verbale.

Ex : to be, to play, to eat.

2. Réponses brèves

➜ En français, on peut répondre « Oui. » ou « Non. » et s'arrêter là. Mais en anglais, on fait des réponses brèves ou courtes. Souviens-toi de la formule et n'oublie pas la **virgule** !

Yes, + sujet + do/does. → No, + sujet + don't/doesn't.

Do you eat meat? Yes, I do. *Does Ben like salmon? No, he doesn't.*

3. Adverbes de fréquence

➜ Ils se placent toujours avant la base verbale.

I never watch TV in the morning. My mom often goes to the cinema.

Le sais-tu ?

Il peut y avoir quelques modifications orthographiques. Observe bien les exemples ci-dessous !

I / you / we / they	he / she / it
wake up	wakes up
brush	brushes
get dressed	gets dressed
eat	eats
go	goes

Entraînement

1 Conjugue le verbe entre parenthèses.

A. My sister .... her hair every morning. (brush)
B. I .... at 10 a.m. on Saturdays. (wake)
C. Julie .... to bed at 9 p.m. (go)
D. My cat .... dogs! (hate)
E. We .... board games in the evening. (play)

PRÉSENT *BE* + BV-ING

On utilise le présent en *be* + BV-ing pour décrire une image ou une action en cours.

1. Utilisation et formation

(+)	(-)	(?)
Sujet + be + BV-ing	Sujet + be + not + BV-ing	Be + sujet + BV -ing + ?
I am playing tennis.	*I am not playing tennis.*	*Am I playing tennis?*
He / she / it is playing tennis.	*He / she / it is not playing tennis.*	*Is He / she / it playing tennis?*
You/we/they are playing tennis.	*You/we/they are not playing tennis.*	*Are you/we/they playing tennis?*

Le sais-tu ?

Les réponses brèves

On peut répondre à une question fermée par des réponses brèves :

Yes / No + virgule + sujet + *be* conjugué

Are the children playing? Yes, they are.

Are you doing your homework? Yes, I am.

Is Claire riding a bike? No, she isn't.

2. Formes contractées

- On utilise les mêmes que pour *be* !

  We're having fun. Ben's playing football. Tina isn't playing rugby.

  I'm not playing tennis. Tom and Jeff aren't riding their bikes.

Attention

On ne peut pas utiliser les formes contractées à la forme interrogative ni dans les réponses brèves affirmatives.

As-tu retenu ?

❶ Le présent en *be* + BV-ing sert à :

- ❒ A. parler de mes habitudes.
- ❒ B. dire ce que je suis en train de faire.
- ❒ C. décrire une image.
- ❒ D. demander ce qu'il se passe.

Entraînement

❷ Complète par *be* conjugué. Contracte lorsque c'est possible.

A. Look! Sandy .... taking a selfie.

B. What .... he doing? He .... riding his scooter!

C. .... they listening to you? No, they ....

D. No, Mike .... doing his homework. He .... playing with his friends.

❸ Conjugue le verbe donné au présent en *be* + BV-ing.

A. Finally, the sun ....again. (shine)

B. Mom and Dad .... board games with Nana. (play)

C. Luke .... in the garden. (sleep)

D. Grandpa .... TV in the living-room. (watch)

❹ Fabrique les questions avec les éléments donnés puis réponds avec une réponse brève.

A. they / play / basketball – No.

....

....

B. Sam / eat / breakfast right now – No.

....

....

C. Ginny / have / fun – Yes.

....

....

D. I / ride / my scooter – No.

....

....

LES QUESTIONS

La formation de la phrase interrogative varie en fonction du type de question que l'on souhaite poser.

1. Les types de questions

- Il y a **deux types de questions** : les questions ouvertes, et les questions fermées.
- Les **questions fermées** commencent par un auxiliaire. On ne peut y répondre que par ***yes* ou *no***. Formation : auxiliaire + sujet + BV + complément + ?

  Do you speak English? Yes, I do! *Can she play rugby? No, she can't.*

- Les questions ouvertes commencent par un mot interrogatif en <wh> : mot interrogatif en <wh> + auxiliaire + sujet + BV + ... + ?

  Where do you live? I live in London.

  What do they have in their garage? They have a motorbike.

2. Les mots interrogatifs

- Pour poser une question sur un objet → *What* (+ nom)

  What color is it?

- Pour poser une question sur le lieu → *Where*

  Where do you work?

- Pour poser une question sur l'origine → *Where... from*

  Where is he from?

- Pour poser une question sur la cause → *Why*

  Why do they live there?

Le sais-tu ?

On peut fabriquer des questions avec tous les auxiliaires anglais : *be, have, do, did, can...*

Mais pour les questions avec *be*, la formule change.

How are you? Where is she? What's their name?

- Pour poser une question sur l'horaire ou la date → *When*

  When does school start?

- Pour poser une question sur la santé → *How*

  How are you?

- Pour poser une question sur une caractéristique (la taille, l'âge, etc.) → *How* (+adjectif)

  How tall is she? How long is this bridge? How big is this house? How old are you?

Attention

Who est déjà sujet de la phrase : *Who are you ? Who is she?*

Entraînement

1 Mets les éléments dans le bon ordre.

A. colour / is / your / what / front door / ?

....

B. tall / your dad / is / how / ?

....

C. have / your cousins / a / do / nice garden?

....

D. I / to the park / with you / can / go / ?

....

E. is / there / why / in the garage / a microwave / ?

....

2 Trouve les questions posées grâce aux réponses.

A. ....

My father? He's 45.

B. ....

They're from New Orleans.

C. ....

We live in California now.

D. ....

Because my mom works here now.

E. ....

The boy on the picture? He's my little brother, of course.

Anglais

LES PRÉPOSITIONS

Une préposition est un mot invariable qui introduit un groupe nominal ou un pronom complément (du verbe, du nom ou de l'adjectif). Elle précède en règle générale le complément qu'elle introduit ; cependant, quand il s'agit d'un pronom interrogatif ou d'un pronom relatif, elle est rejetée en fin de proposition.

I. Les prépositions de lieu

- *in* (« dans », « à ») ; *on* (« sur ») ; *at* (« à », « chez ») ; *to* (« à », « vers », « chez » avec un verbe de mouvement) ; *between* (« entre ») ; *above* (« au-dessus de ») ; *below, under* (« sous », « en dessous de ») ; *in front of* (« devant ») ; *behind* (« derrière »).

  Ex. : *Mum is* ***in*** *the garden.* (Maman est dans le jardin.) ; *The phone is* ***on*** *my desk.* (Le téléphone est sur mon bureau.) ; *She's going* ***to*** *the cinema.* (Elle va au cinéma.)

II. Les prépositions de temps

- *at* (« à ») ; *in* (« dans »,« à ») ; *on* (« sur ») ; *during* (« pendant ») ; *after* (« après ») ; *before* (« avant ») ; *until, till* (« jusqu'à ») ; *since* (« depuis » + mention d'une date) ; *for* (« pendant », « depuis » + mention d'une durée).

  Ex. : *You weren't here* ***at*** *9.* (Tu n'étais pas là à 9 heures.) ; *Supporters shout a lot* ***during*** *a baseball match.* (Les supporters crient beaucoup pendant un match de base-ball.) ; *Kelly has been working on this project* ***for*** *three years.* (Kelly travaille sur ce projet depuis trois ans.)

III. Les différents emplois de la préposition *in*

- La préposition ***in*** se traduit le plus souvent par « dans », « en ». Devant des noms de lieux, *in* est en concurrence avec la préposition ***at*** et se traduit comme elle par « à ».

  Ex. : *We live* ***at*** *Purley, whereas my parents live* ***in*** *London.* (Nous habitons Purley, tandis que mes parents vivent à Londres.)

- On emploie également la préposition *in* pour introduire un complément de temps indiquant une période (un mois, une année, une décennie, etc.). ou un moment de la journée (à l'exception de *night*, qui est précédé de la préposition *at*).

  Ex. : *We'll leave* ***in the morning***. (Nous partirons le matin.)

- Il faut également noter son emploi après un superlatif.

  Ex. : *Mount Blanc is* ***the highest*** *peak* ***in Europe***. (Le Mont Blanc est le plus haut sommet d'Europe.)

V. Les différents emplois de la préposition on

- Quand elle est suivie d'une indication de lieu (physique ou figuré), la préposition **on** se traduit par « sur », « à ».

  Ex. : *The phone is* ***on my desk***. (Le téléphone est sur mon bureau.)

- On emploie aussi *on*, avec un sens temporel, pour indiquer le jour de la semaine ou la date.

  Ex. : *Can you come* ***on Friday****?* (Peux-tu venir vendredi ?)

- Pour exprimer une régularité (« tous les... »), on emploie *on* suivi du nom du jour au pluriel.

  Ex. : *We don't go to school* **on** *Saturdays*. (Nous n'allons pas en classe le samedi.)

V. *For* et *since*

- Les prépositions ***for*** et ***since*** se traduisent toutes deux par « depuis » lorsque le verbe de la principale est au *present perfect* ou au *past perfect*. Mais il existe cependant une différence d'emploi entre les deux prépositions.

- ***Since*** introduit l'idée d'un point de départ (le moment où l'action passée a commencé).

  Ex. : *It's been raining* ***since 10 am***. (Il pleut depuis 10 heures du matin.)

- Avec la préposition ***for***, on considère la période de temps dans sa totalité, et plus seulement à partir de son point de départ.

  Ex. : *I haven't played the piano* ***for a long time***. (Je n'ai pas joué du piano depuis longtemps.)

Anglais

LES QUANTIFIEURS

Les quantifieurs permettent d'exprimer une quantité. On les utilise devant des noms dénombrables ou indénombrables.

1. Dénombrable ou indénombrable

- Les **indénombrables** sont des éléments qu'on ne peut pas compter. Ils forment un tout. Ils n'ont pas de pluriel.
- Souvent, en français, on pourra mettre « du » devant. Si on veut les compter, il faut un contenant (*a cup, a bottle of...*), une expression (*a slice of, a piece of...*) ou une unité de mesure (*a pound of, a liter of...*).

  bread → a piece of bread

  tea → a cup of tea

  sugar → a spoonful of sugar

- Les autres sont des **dénombrables**. On peut les compter, utiliser l'article indéfini *a/an* et les mettre au pluriel.

  a pizza → 10 pizzas

  a tomato → 3 tomatoes

  an olive → 15 olives

Le sais-tu ?

How much/how many

Ils servent à demander combien. Mais *How much* permet aussi de demander un prix.

2. Un peu, beaucoup, tout ou rien

➔ Selon la quantité que l'on veut exprimer, on utilise différents quantifieurs selon l'élément concerné.

quantité	dénombrable	indénombrable
rien	no / not any	
peu	few	little
un peu	**a** few	**a** little
vague	some	
suffisamment	enough	
beaucoup	**a** lot of / lots of many	**a** lot of / lots of much
trop	too many	too much

I like some cheese on my pizza but not too much. I prefer a few olives but no anchovies! And I don't want any pineapple!

Le sais-tu ?

Some/any

Do you want some milk in your tea? (Je propose, c'est qu'il y en a disponible.)

Is there some milk in the fridge? (Je sais qu'il devrait y en avoir.)

Is there any milk in the fridge? (Je n'en ai aucune idée.)

Entraînement

1 Indique si les mots suivants sont dénombrables (D) ou indénombrables (I).

A. coffee ....
B. cheese ....
C. potato ....
D. orange ....
E. meat ....
F. ketchup ....
G. vegetable ....
H. bread ....
I. milk ....
J. egg ....

Anglais

PRÉTÉRIT DES VERBES RÉGULIERS

Le prétérit est le temps du passé. On l'utilise pour raconter une histoire ou des événements finis du passé.

1. Prétérit régulier

- La conjugaison est la même pour toutes les personnes ! Facile.

(+)	(-)	(?)
sujet + BV + *-ed*	sujet + *didn't* + BV	*did* + sujet + BV
We visited London last year.	*We didn't visit any museum.*	*Did you visit Buckingham Palace?*

- Pour les **réponses brèves**, c'est encore *did* qui fait tout.

Did Mary enjoy her trip? Yes, she did.

Did you book the same trip? No, I didn't.

2. Marqueurs de temps

- Certaines expressions montrent que l'action est passée. Elles sont le plus **souvent** placées **en fin de phrase**. Repère-les bien : *yesterday, last week, in 1978, this morning...*

Le sais-tu ?

Changements orthographiques !

- Pour les BV se finissant par un *-y*, le *-y* se transforme en *-i* avant l'ajout de *-ed* : *try* → *tried*
- Pour les BV se finissant par un *-e* : *live* → *lived*
- CVC : Pour les BV courtes se finissant par consonne-voyelle-consonne, on double la dernière consonne avant d'ajouter *-ed* : *stop* → *stopped*

3. Un tableau de conjugaison pour retenir

➔ Complète le tableau de conjugaison.

	(+)	(-)
I	played	
You		
He / she / it		
We		
You		
They		

Attention

C'est l'auxiliaire *did* (prétérit de *do*) qui porte la marque du passé, il est invariable. On utilise plus souvent la forme négative contractée *didn't* ← *did + not*

Le sais-tu ?

Pour traduire « il y a [un certain temps] », on utilise *ago*. Il se place toujours en fin de phrase.

I travelled to New York three years ago.

He stopped by an hour ago.

Entraînement

1 Réponds par une réponse brève.

A. Did you like the movie?

Yes, ……………………………………

B. Did he cry in the end?

No, ……………………………………

C. Did they play some music?

Yes, ……………………………………

D. Did she believe it?

No, ……………………………………

PRÉTÉRIT DES VERBES IRRÉGULIERS

Il est nécessaire d'apprendre par cœur le prétérit des verbes irréguliers.

1. *Be*

- ***Be*** est un verbe irrégulier particulier, il a **deux formes** au prétérit, *was* et *were*. *Was* est utilisé pour un *you* singulier, alors que *were* est employé pour un *you* pluriel. Les formes contractées à la forme négative sont plus souvent employées que les formes pleines : *was not* > *wasn't*, *were not* > *weren't*.

(+)	(-)	(?)
I /he/she/it was happy.	*Was I /he/she/it happy?*	*I /he/she/it wasn't happy.*
You/we/they were happy.	*Were you/we/they happy?*	*You/we/they weren't happy.*

- Pour les réponses brèves, on ne change pas de formule.

Were you at school? Yes, I was. Was she at home? No, she wasn't.

2. Les autres verbes irréguliers

- Pour la forme affirmative, une seule solution, apprendre par cœur. Heureusement, il n'y a qu'une forme pour toutes les personnes.
- Pour la forme négative et interrogative, on fait comme pour les verbes réguliers.

➔ Voici une liste de quelques verbes irréguliers incontournables. Il en existe plus de 200.

BV	prétérit	traduction
buy	bought	acheter
catch	caught	attraper
come	came	venir
do	did	faire
drink	drank	boire
eat	ate	manger
fall	fell	tomber
find	found	trouver
forget	forgot	oublier
get	got	avoir, obtenir
go	went	aller
have	had	avoir
keep	kept	garder
know	knew	savoir

BV	prétérit	traduction
learn	learnt	apprendre
make	made	faire, fabriquer
meet	met	rencontrer
run	ran	courir
say	said	dire
see	saw	voir
sing	sang	chanter
speak	spoke	parler
take	took	prendre
teach	taught	enseigner
think	thought	penser
understand	understood	comprendre
wake	woke	réveiller
win	won	gagner
write	wrote	écrire

Entraînement

1 Complète avec *did, didn't, was, wasn't, were* ou *weren't*.

A. Sarah .... perform last night. She .... ready.
B. .... you see her show last week? It .... great!
C. .... you in the front row? No, we ....

2 Conjugue les verbes entre parenthèses au prétérit.

A. Fran .... at the restaurant yesterday. (eat)
B. Then she .... to a show with a friend. (go)
C. They .... a bus back home. (take)
D. They .... a really great evening! (have)

L'EXPRESSION DU FUTUR

Il existe différentes manières pour former le futur en anglais.

1. Le présent en *be* + BV-ing

- Contrairement à ce que son nom semble indiquer, il permet d'exprimer une action future **déjà prévue**, planifiée ou au moins décidée. Il suffit de conjuguer **be au présent** puis d'ajouter la **base verbale avec *-ing***.

  I'm watching a movie this afternoon.

  We're having a barbecue tomorrow.

  Are you coming next week?

Attention

Le futur n'est pas un temps à proprement parler en anglais ; il n'existe pas de conjugaison particulière.

2. Be going *to* + BV

- Il faut aussi conjuguer ***be* au présent** puis ajouter ***going to*** et la base verbale.
- *Be going to* permet de parler d'une intention, comme le présent en *be* + BV-ing.

  He's going to watch a movie this week.

  I'm going to read this book later.

- *Be going to* permet aussi de **prédire une évidence**, de **déduire** d'après une observation.

  He's taking too much risk. This is going to end badly.

  The sun is shining. It isn't going to rain anytime soon!

Le sais-tu ?

À la forme négative *will not* devient *won't*.

3. *Will* + BV

- *Will* est un auxiliaire modal. Il est invariable et toujours suivi d'une base verbale. Sa forme contractée est *'ll*.

  On utilise *will* pour parler d'un **futur quasi certain**.

  The show will start at 9 p.m. We'll be there!

- *Will* est aussi employé quand on **prend une résolution** (on a une volonté) ou pour une **décision prise spontanément**.

  I promise you. I will stop smoking! I won't disappoint you.

Entraînement

1 Réponds par une réponse courte.

A. Are you going to buy this book? No, ...

B. Are your friends coming tomorrow? Yes, ...

C. Is your sister going to help you? Yes, ...

D. Will she go to the movies after? No, ...

2 Les phrases suivantes expriment-elles un présent (P) ou un futur (F) ?

A. My grandparents are going to London next week. ....

B. She's leaving at 4 p.m. ....

C. Listen! The dog is barking! ....

D. They're playing in their bedroom right now. ....

3 Complète par une expression du futur avec *be* :

A. Tell me your decision: .... you .... me? (help)

B. Tony .... to dinner tomorrow. (come)

C. It's 9 o'clock already. I .... late! (be)

D. Next week, they .... to Miami. (fly)

E. Look at those dark clouds. It .... (rain)

4 Complète les horoscopes suivants avec un futur en *will* :

A. Taurus .... a lot of homework this week. (do)

B. Pisces .... a quiet week. Birthday party! (not have)

C. Lions and Capricorns: love .... in the air! (be)

D. Libra .... every game! (win)

E. Pity! Virgos, Sagittarius and Taurus .... too many of their friends. (not see)

CORRIGÉS

Présent simple – page 189

1. A. brushes ; B. wake ; C. goes ; D. hates ; E. play.

Présent *be* + BV-ing – page 191

1. B., C. et D.
2. A. 's ; B. is, 's ; C. are, aren't ; D. isn't, 's.
3. A. is shining ; B. are playing ; C. is sleeping ; D. is watching.
4. A. Are they playing basketball? No, they aren't. B. Is Sam eating his breakfast right now? No, he isn't. C. Is Ginny having fun? Yes, she is. D. Am I riding my scooter? No, I am not.

Les questions – page 193

1. A. What colour is your front door? B. How tall is your dad? C. Do your cousins have a nice garden? D. Can I go to the park with you? E. Why is there a microwave in the garage?
2. A. How old is your father? B. Where are they from? C. Where do you live? D. Why are you here? E. Who is the boy on the picture?

Comparatif de supériorité – page 195

1. A. L ; B. C ; C. C ; D. L ; E. C ; F. C ; G. L ; H. L ; I. L ; J. C.

Les quantifieurs – page 197

1. A. I ; B. I ; C. D ; D. D ; E. I ; F. I ; G. D ; H. I ; I. I ; J. D.

Prétérit des verbes réguliers – page 199

1. A. Yes, I did. B. No, he didn't. C. Yes, they did. D. No, she didn't.

Correction du tableau à compléter :

	(+)	(-)
I	played	didn't play
You	played	didn't play
He / she / it	played	didn't play
We	played	didn't play
You	played	didn't play
They	played	didn't play

Prétérit des verbes irréguliers – page 201

1. A. didn't / wasn't ; B. did / was ; C. were / weren't.
2. A. ate ; B. went ; C. took ; D. had.

L'expression du futur – page 203

1. A. No, I'm not. B. Yes, they are. C. Yes, she is. D. No, she won't.
2. A. F ; B. F ; C. P ; D. P.
3. A. are/helping ; B. is coming ; C. 'm going to be ; D. are flying ; E. 's going to rain.
4. A. will do ; B. won't have ; C. will be ; D. will win ; E. won't see.

Coaching

LIRE ET COMPRENDRE UN TEXTE

Perceval est un jeune homme qui vit dans un manoir isolé au milieu d'une forêt : sa mère, qui ne veut pas qu'il devienne chevalier, l'a en effet isolé loin de la cour. Un jour qu'il est parti chasser, il rencontre des chevaliers de la Table ronde.

Quand il les vit sortir du bois, quand il vit les lances et les écus, les hauberts étincelants, les heaumes brillants, quand il vit scintiller au soleil toutes ces couleurs magnifiques, le vermeil et l'azur, l'or et l'argent, [Perceval] fut émerveillé :

- Ah ! Seigneur Dieu, pardonnez-moi ! Ce sont des anges que j'ai devant moi. Ma mère ne m'a pas menti quand elle m'a dit que les anges étaient les plus belles créatures du monde, après Dieu, qui est encore plus beau. Et c'est bien le Seigneur Dieu que je vois ici, car l'un d'entre eux est plus beau que tous les autres. Je vais donc l'honorer et l'adorer, comme ma mère me l'a appris. [...]

Il tendit la main vers la lance du chevalier et la prit :

- Cher seigneur, vous qui vous appelez « chevalier », quel est cet objet que vous tenez ? [...]
- C'est ma lance.
- Voulez-vous dire qu'on la lance, comme je le fais avec mes javelots ?
- Mais non ! Tu es bien sot, mon garçon. On en frappe son adversaire de près.

Le jeune homme saisit alors l'écu :

- Et cela, qu'est-ce que c'est ? À quoi cela sert-il ?
- Tu te moques de moi, avec tes questions. Je te répondrai cependant, car tu me plais. Ce que je porte est un écu. Et il m'est bien utile : il me protège fidèlement de tous les coups qu'on me porte. [...]
- Qui vous a donc équipé de la sorte ?
- Je vais te le dire ; c'est le roi Arthur qui m'a donné tout cet équipement, il y a cinq jours, quand il m'a en personne adoubé.

CHRÉTIEN DE TROYES, *Perceval ou le Conte du Graal*, XIIe siècle, adapté par Anne-Marie Cadot-Collin, Livre de Poche Jeunesse.

1 Lis le paratexte et formule une hypothèse de lecture.

2 Lis le texte, puis relis-le en surlignant les mots que tu ne comprends pas. Cherche leur sens.

3 Résume le texte.

Pour faire un bon résumé, tu dois répondre aux questions suivantes : Qui ? Quoi ? Où ? Quand ? Comment ? Pourquoi ?

MÉTHODE

1. Avant la lecture : s'intéresser au paratexte

- Définition : le paratexte englobe tout ce qui accompagne un texte mais n'en fait pas partie (auteur, titre, année de publication, etc.).
- Avant même de lire le texte, il faut observer le paratexte : cette démarche peut t'éviter de faire des contresens et te permet de saisir le thème, voire le contexte, du texte que tu t'apprêtes à lire.
- À partir de ce que tu connais du paratexte (les ouvrages que tu connais de l'auteur, les écrivains ou artistes que tu connais de cette époque, ou simplement ce que t'évoque le thème), tu peux formuler des hypothèses de lecture qui te guideront dans ta lecture du texte.

2. Pendant la lecture

Le sens global

- Il est préférable de lire une première fois le texte sans se poser de questions, puis de relire le texte en se posant certaines questions telles que :

La forme	De quel genre de texte s'agit-il ? Un récit ? Un poème ? Une scène de théâtre ? Un article de journal ?... Qui raconte ou parle (narrateur) ?
L'auteur	Quel est son but en écrivant ce texte ? Quel message ou quelle émotion cherche-t-il à transmettre ?
Le thème	De quoi parle ce texte, ou que raconte ce texte ? Que nous dit l'auteur sur ce thème ?

Le sens précis

- Certains passages ou mots peuvent te poser des difficultés de compréhension : c'est parfaitement normal ! N'hésite donc pas à relire le texte et à élucider ce qui te pose difficulté.
- Pour cela, tu as plusieurs solutions à ta disposition en fonction du contexte : demander de l'aide à un adulte (notamment ton enseignant) ; consulter un dictionnaire ; bien relire une phrase : parfois, le sens d'un mot s'éclaire dans son contexte.

3. Après la lecture

- Faire un résumé est une excellente manière de s'assurer que l'on a bien compris un texte, mais aussi de bien s'en souvenir.
- Tu peux également résumer chacune des parties du texte (chaque paragraphe par exemple) en une ou deux phrases.

JUSTIFIER SA RÉPONSE

Lis le texte suivant, puis réponds aux questions en justifiant

« Les deux chaumières étaient côte à côte, au pied d'une colline, proches d'une petite ville de bains. Les deux paysans besognaient dur sur la terre inféconde pour élever tous leurs petits. Chaque ménage en avait quatre. Devant les deux portes voisines, toute la marmaille grouillait du matin au soir. Les deux aînés avaient six ans et les deux cadets quinze mois environ ; les mariages et, ensuite les naissances, s'étaient produites à peu près simultanément dans l'une et l'autre maison. [...]

La première des deux demeures, en venant de la station d'eaux de Rolleport, était occupée par les Tuvache, qui avaient trois filles et un garçon ; l'autre masure abritait les Vallin, qui avaient une fille et trois garçons.

Tout cela vivait péniblement de soupe, de pomme de terre et de grand air. À sept heures, le matin, puis à midi, puis à six heures, le soir, les ménagères réunissaient leurs mioches pour donner la pâtée, comme des gardeurs d'oies assemblent leurs bêtes. Les enfants étaient assis, par rang d'âge, devant la table en bois, vernie par cinquante ans d'usage. Le dernier moutard avait à peine la bouche au niveau de la planche. On posait devant eux l'assiette creuse pleine de pain molli dans l'eau où avaient cuit les pommes de terre, un demi-chou et trois oignons ; et toute la lignée mangeait jusqu'à plus faim. La mère empâtait elle-même le petit. Un peu de viande au pot-au-feu, le dimanche, était une fête pour tous, et le père, ce jour-là, s'attardait au repas en répétant : "Je m'y ferais bien tous les jours". »

Guy de Maupassant, *Aux champs*, 1882.

1. Comment se nomment les deux familles ?
2. À quel temps est conjugué le verbe « réunissaient » (l. 12) et quelle est sa valeur ?
3. Quel point de vue est utilisé dans ce texte ?
4. Quelle est la catégorie sociale des personnages ?

En français, tu dois souvent répondre à des questions portant sur un texte. Tu dois alors faire attention à la manière dont tu rédiges tes réponses.

MÉTHODE

1. Pour être bien compris, respecter les règles de langue

- Rédige tes réponses en faisant des phrases correctes et plutôt courtes, afin d'être certain de bien te faire comprendre.
- N'oublie pas les majuscules et la ponctuation.
- Relis-toi pour t'assurer que tu n'as laissé aucune faute.

2. Reprendre les éléments de la question

- Ne réponds jamais par « oui / non car... », ou « car... », ou encore par « Il » ou « Elle »).

Imagine que ton correcteur ne connaît pas la question !

Quelle est la réaction de Pierre au début du texte ?

~~Il a peur.~~ → Pierre a peur.

Pourquoi Pierre et Jacques se disputent-ils ?

~~Car ils ne sont pas d'accord.~~ → Pierre et Jacques se disputent car ils ne sont pas d'accord.

3. Développer sa réponse en expliquant son idée et prouver que sa réponse est pertinente

- Donne une citation extraite du texte (que tu mettras entre guillemets et dont tu indiqueras le numéro de la ou des lignes, éventuellement entre parenthèses).

  Pierre et Jacques se disputent car ils ne sont pas d'accord quant à la vente de la maison de leurs parents, comme on peut le voir à la ligne 8 : « Ils se disputèrent : Pierre pensait qu'il fallait vendre la maison, Jacques ne pouvait s'y résoudre. »

  Pierre et Jacques se disputent car ils ne sont pas d'accord quant à la vente de la maison de leurs parents, comme on peut le voir : « Ils se disputèrent : Pierre pensait qu'il fallait vendre la maison, Jacques ne pouvait s'y résoudre. » (l. 8)

TRAVAILLER AU BROUILLON

Voici un sujet de rédaction :

En tant qu'explorateur ou exploratrice, tu débarques sur une terre inconnue. Après avoir raconté les raisons et les circonstances de ton voyage, tu raconteras et décriras ce que tu vois de cet endroit. Tu partageras également tes émotions. Tu choisiras de rédiger ton texte au présent ou au passé.

1 Surligne les verbes qui indiquent les tâches que tu dois réaliser.

2 Remplis le tableau suivant :

Quels types de texte te sont demandés ?	❑ un récit ❑ un poème ❑ une scène ❑ une description
Quel est le sujet ?	
Qui est le narrateur ?	
Où et quand se déroule ton texte ?	
Ton texte doit-il être réaliste ?	
À quel temps dois-tu écrire ?	

3 Prends une feuille de brouillon et notes-y tes idées : que vas-tu raconter ? Pourquoi es-tu parti en voyage ? Comment s'est passé ce voyage ? Où es-tu arrivé ? Quand se déroule ton récit ?

4 Imagine ensuite les trois ou quatre parties qui formeront ta rédaction.

Lorsque l'on réalise un travail de rédaction, il ne faut surtout pas rédiger immédiatement son texte au propre ou même au brouillon : il faut prendre le temps de trouver des idées, de les trier et de les organiser.

MÉTHODE

1. Analyser le sujet

- Dans un sujet de rédaction, plusieurs tâches te sont proposées que tu dois prendre le temps de bien repérer. Pour cela, demande-toi :
- Quel type de texte t'est demandé ? Un récit, un début de conte, un poème, une scène de théâtre...
- Quel est le sujet ? La description d'un personnage ou d'un lieu, le récit d'un événement...
- Qui est le narrateur ? Qui est l'interlocuteur (celui à qui tu écris) ?
- Où et quand se déroule ton texte ?
- Quels sont les personnages ?
- S'il s'agit d'une suite, quels éléments vais-je devoir reprendre ?
- M'indique-t-on des étapes à suivre ?

Tu peux répondre à ces questions sur ton brouillon.

2. Chercher et organiser ses idées

- Commence par noter toutes les idées qui te viennent à l'esprit. Ensuite, barre celles que tu ne retiendras pas, et relie, grâce à un code couleurs par exemple, les idées qui ont un lien (par exemple les idées qui se rapportent aux personnages, les idées qui se rapportent au lieu).
- Ensuite, organise tes idées en quelques parties qui correspondront à tes paragraphes : tu peux numéroter ces parties sur ton brouillon.

3. Rédiger

- Si tu as le temps, tu peux rédiger l'intégralité de ton texte au brouillon. Le plus souvent, tu n'as pas le temps de tout rédiger : dans ce cas, rédige au pire le début, au mieux le début et la fin de ton texte.
- Avant de passer au propre, relis la consigne et les éléments que tu avais notés lors de la première étape, et vérifie que tu les as bien tous pris en compte.
- Tu peux également écrire en gros sur ton brouillon les éléments auxquels il faut que tu penses, ou les erreurs que tu commets souvent (par exemple : PENSE À SAUTER DES LIGNES ! ou ATTENTION AUX RÉPÉTITIONS !).

COMPARER DES DOCUMENTS

Gravure représentant la statue équestre de Charlemagne (règne de 768 à 814) ou de Charles le Chauve, d'après un bronze du IXe siècle, visible au Louvre à Paris.

Gravure représentant la statue équestre de l'empereur romain Marc Aurèle (161-180), réalisée à la fin du IIe siècle, présente sur la piazza del Campidoglio (place du Capitole) à Rome.

1. Quels points communs et quelles différences identifies-tu dans les sources de ces deux documents ?
2. Observe les gravures de ces deux sculptures. Dresse leurs points communs et liste précisément leurs différences.
3. Quelle conclusion choisirais-tu après l'observation de ces deux œuvres ?

- ❒ A. Les deux empereurs ont sans doute fait appel au même artiste pour réaliser ces statues équestres.
- ❒ B. Charlemagne s'est inspiré de la statue de l'empereur romain pour se faire représenter.
- ❒ C. Les empereurs Charlemagne et Marc Aurèle sont trop éloignés dans le temps pour avoir quelque point commun.

MÉTHODE

1. S'intéresser au paratexte

- Commence par lire les sources, titres et éléments composant les documents à comparer et par dresser une première liste des points communs et des différences.

2. Dresser des listes

- Dresse la liste des éléments et points communs présents dans les documents.
- Poursuis le travail en évoquant les différences entre les documents comparés.

3. Analyser les relations entre les documents

- L'observation des points communs et des différences permet de réaliser l'analyse qui peut porter :
  - sur la proximité des deux documents ou les grandes différences,
  - sur le lien entre les deux documents et sur les raisons expliquant cette proximité ou cette opposition des deux documents.

La comparaison est un exercice demandant d'observer ou de lire attentivement les documents. Le but est de confronter, rapprocher ou opposer les documents évoquant un même thème.

LIRE UNE CARTE

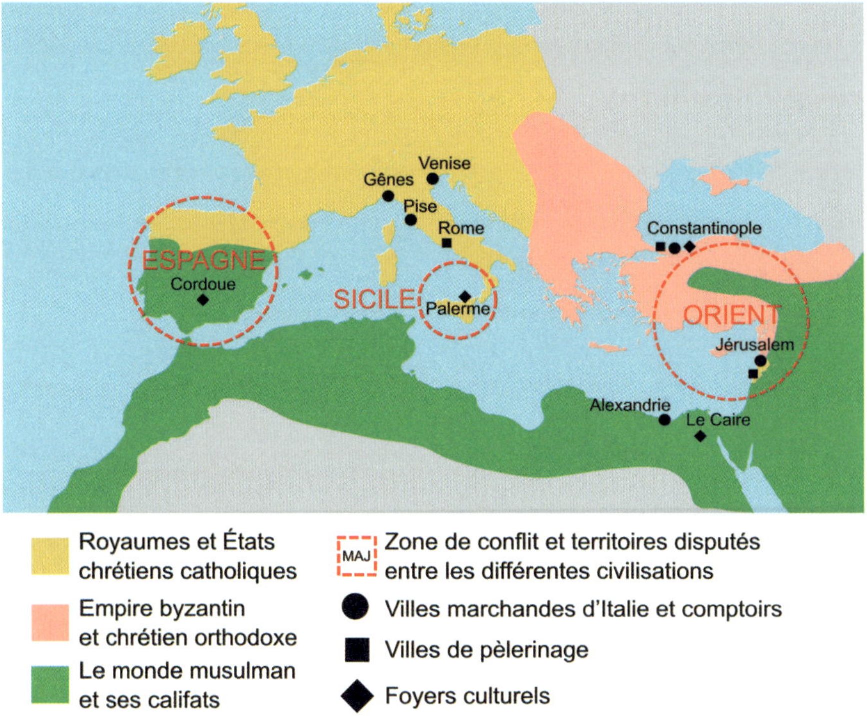

1. Quelles sont les trois grandes religions présentes sur le continent européen au XIIe siècle ?
2. En quoi la ville de Constantinople est-elle vue comme une ville de rencontres entre les différentes civilisations ?
3. Dans quelles régions chrétiens et musulmans s'affrontent-ils ?
4. Quelle mer se situe au centre de ces rencontres ?
5. Quel titre pourrait résumer cette carte ?

- ❒ A. Trois civilisations qui s'affrontent pour le contrôle de la Méditerranée au XIIe siècle
- ❒ B. La Méditerranée : chrétiens au nord et musulmans au sud
- ❒ C. La Méditerranée, un lieu de rencontres, d'échanges et de conflits

MÉTHODE

1. Prélever des informations

- Généralement, ton professeur te demandera de prélever des informations concernant des lieux, des phénomènes ou événements représentés et la localisation de ces événements.

2. S'intéresser à l'organisation de la légende

- La légende est organisée pour repérer les phénomènes étudiés.
- Il faut distinguer les villes et lieux précis, indiqués par des points, des régions ou des États qui sont délimités par un trait et/ou représentés par des plages de couleur.

3. Utiliser les connaissances du cours

- Il ne faut pas oublier d'utiliser les connaissances déjà acquises pour apporter des précisions.

Une carte est une représentation d'un territoire. Elle comporte différentes indications dont tu dois prendre connaissance avant de répondre aux questions et prélever les bonnes informations.

La carte historique présente une situation du passé et sa localisation sur un territoire.

LIRE UNE FRISE CHRONOLOGIQUE

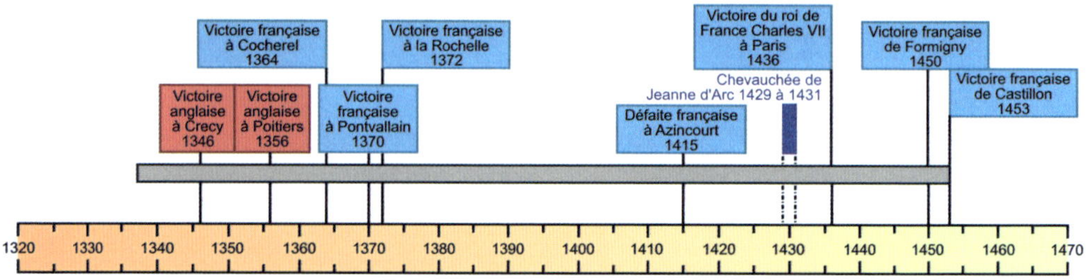

La guerre de Cent Ans

❶ Quels siècles sont représentés sur cette frise ?

❷ Quels événements militaires renvoient à un affaiblissement du pouvoir du roi de France ?

❸ À quel moment du xve siècle les rois de France entament-ils la restauration de leur pouvoir sur le royaume ?

MÉTHODE

1. Connaître les durées

- Utiliser une frise demande de maîtriser les différentes durées du temps : la décennie (période de dix ans), le siècle (durée de 100 ans), le millénaire.
- Pour savoir à quel siècle appartient une date, il suffit d'ajouter 1 au nombre de centaine(s) composant la date de l'événement.
- Exemple : 1492, découverte de l'Amérique → 14 centaines → 14 + 1 = XVe siècle.

2. Distinguer l'unité de chaque période

- Se repérer dans le temps, c'est aussi distinguer des périodes qui ont une unité, des points communs.

La frise chronologique est un des moyens utilisés pour représenter le temps. La frise permet de repérer les événements et les périodes marquants d'un moment de l'histoire : c'est la mise en image d'une portion du passé.

LIRE UN GRAPHIQUE

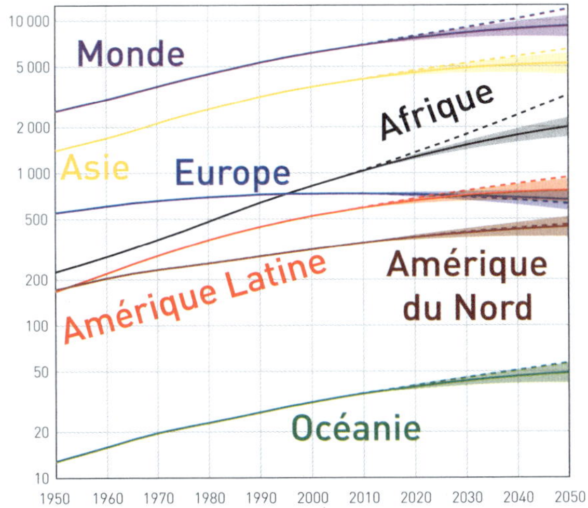

L'évolution de la population mondiale. Source : ONU, 2015

1. Combien d'habitants compte la planète en 2020 ? À combien s'élevait la population mondiale en 1950 ?
2. Quel est le continent le plus peuplé aujourd'hui ? Combien compte-t-il d'habitants ?
3. Quelle évolution a connu la population mondiale entre 1950 et 2020 ?
4. Quelle région du monde connaît une évolution différente des autres ?

MÉTHODE

1. Un graphique est accompagné :

- d'un titre présentant le thème et les données représentées ;
- d'une échelle pour les histogrammes ou les courbes, permettant de connaître la valeur et l'unité correspondant à une graduation ;
- parfois d'une légende indiquant la signification des couleurs ou des symboles utilisés lorsque plusieurs données sont représentées ;
- de la source : le document d'où sont extraits le graphique et les données utilisées pour le réaliser.

Coaching

DÉCRIRE UNE IMAGE

Eugène Delacroix, La Liberté guidant le peuple, *1830, peinture à l'huile, 260 × 325 cm, Paris, musée du Louvre.*

1 Les couleurs sont globalement ❑ claires ❑ sombres.

Le rouge très ❑ vif ❑ pâle du drapeau ressort particulièrement : cela crée un effet ❑ d'harmonie ❑ de contraste.

2 La lumière provient du ❑ haut ❑ bas du tableau.

3 La scène est représentée ❑ selon un angle normal (de face) ❑ en plongée ❑ en contre-plongée. Le cadrage : il s'agit d'un ❑ plan d'ensemble ❑ d'un plan moyen ❑ d'un gros plan.

4 Le tableau est construit ❑ selon des lignes horizontales ❑ selon des lignes verticales ❑ selon un schéma pyramidal.

❑ Le premier plan ❑ L'arrière-plan est composé de personnages horizontaux, et de trois personnages verticaux.

❑ Le premier plan ❑ l'arrière-plan est composé, ❑ à gauche ❑ à droite, d'une foule de personnages flous, et, ❑ à gauche ❑ à droite, d'une ville.

MÉTHODE

1. Analyser les couleurs

- Elles sont **chaudes** (jaune, orange, rouge) ou **froides** (bleu, vert, violet).
- Les teintes sont des mélanges de couleurs ; elles sont plus ou moins **claires** ou **foncées** et varient en intensité (**faible** à **forte**).
- Les couleurs créent des effets d'**harmonie** ou de **contraste**.

2. S'intéresser à la lumière

- Selon son origine et sa répartition, son intensité, elle crée des effets de **profondeur**, de **clair-obscur**, d'**obscurité**, de **mystère**, etc. Elle renforce ou atténue également les couleurs.

3. Étudier le champ

- Le **cadre** délimite l'espace peint, dessiné, filmé ou photographié. Le **hors-champ** est l'espace hors du cadre. Le **contrechamp** est l'espace opposé au champ. La **profondeur de champ** est la succession des **premier plan**, **second plan** et **arrière-plan**.
- Les **lignes de fuite** vers un point soulignent la profondeur et la perspective.
- Les **lignes de force** animent l'image et produisent divers effets : horizontales, verticales, obliques ou diagonales, courbes.

4. Analyser le cadrage

- Le **plan d'ensemble** présente l'espace où se trouvent les personnages.
- Le **plan moyen** présente le personnage en entier.
- Le **plan américain** « coupe » le personnage à mi-cuisse, le **plan rapproché** à la poitrine.
- Le **gros plan** accentue un détail du personnage ou du décor.

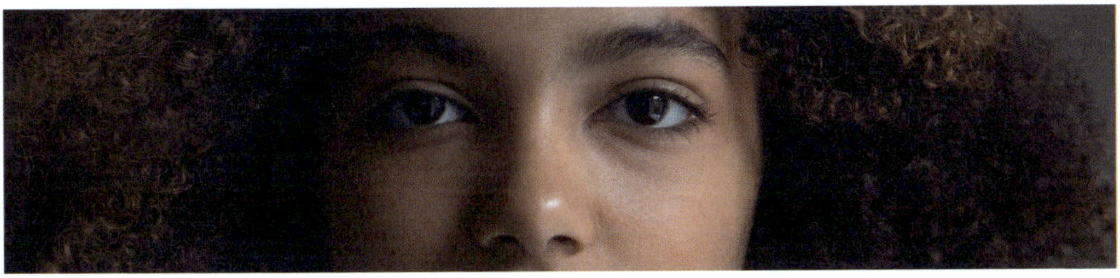

Image en gros plan

5. Trouver l'angle de prise de vue

- **L'angle normal** : le spectateur est à la même hauteur que les personnages.

Prise de vue : angle normal

- La **plongée** : paysages ou personnages sont vus depuis un point haut (effet d'écrasement) ; la **contre-plongée** les présente depuis un point bas (effet d'étirement, de grossissement).

Prise de vue : plongée

Prise de vue : contre-plongée

6. S'intéresser à la composition

- L'espace de l'image est structuré par des lignes verticales et horizontales qui définissent des rectangles, ou par des diagonales qui délimitent des triangles.
- La composition est parfois **symétrique** (deux zones distinctes) ou **organisée au tiers** (trois rectangles). Il convient donc de repérer les axes à partir desquels s'articule la composition du dessin ou du tableau. Elle permet la mise en valeur d'un élément.

UTILISER UN MICROSCOPE

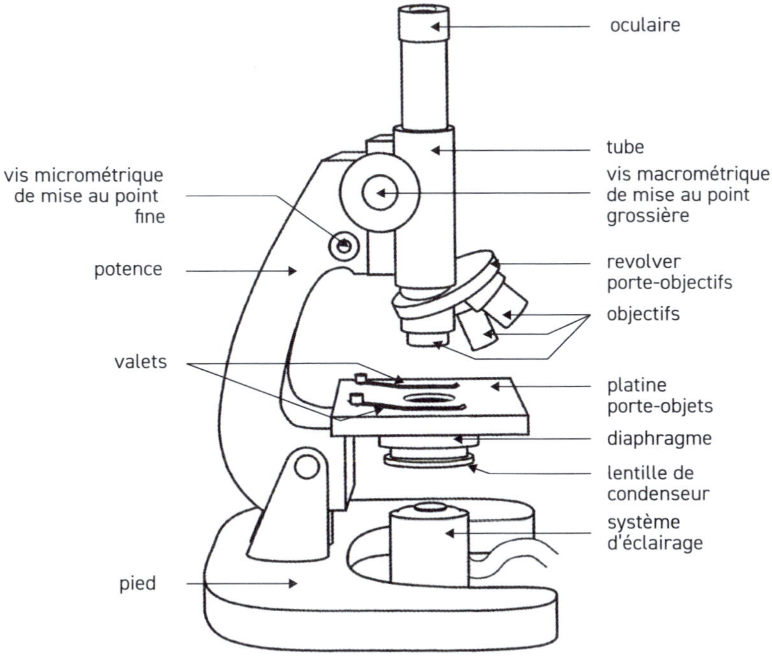

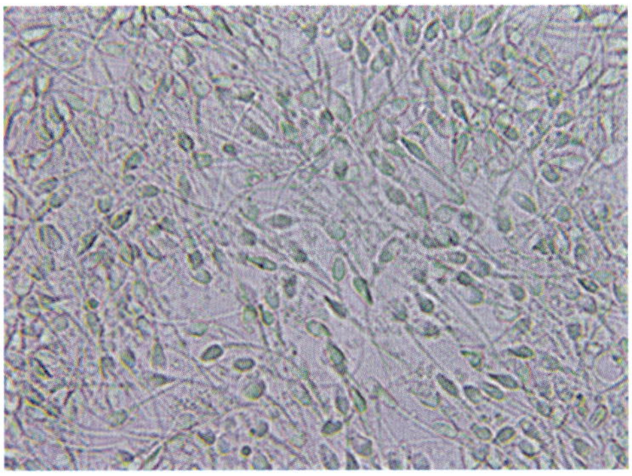

Lame de cellules reproductrices humaines (les spermatozoïdes) observée au microscope optique

1 Établis les critères d'évaluation de l'utilisation du microscope.

Le microscope permet d'observer un objet petit et fin ou non visible à l'œil nu.

Coaching

MÉTHODE

1. J'allume le microscope

- Certains microscopes ont une lampe intégrée. Il suffit de brancher le microscope et d'appuyer sur le bouton qui allume la lampe.
- D'autres versions nécessitent l'ajout d'une lampe individuelle. Fais attention à certaines lampes qui, une fois allumées, peuvent brûler les mains si on les touche.
- Choisis la bonne intensité quand le microscope le permet ou la bonne distance de la lampe. La lumière ne doit pas t'éblouir.

2. Je place la lame

- La lame ou la préparation microscopique doit être déposée sur la platine avec la lamelle vers le haut.
- Lorsque le microscope en possède, la lame doit être maintenue par les pinces métalliques.
- La zone à grossir doit être centrée en face de l'objectif.

3. Je règle le microscope

- Le plus petit objectif est bien « clipsé » et est utilisé pour le premier réglage.
- Pour obtenir une image nette, il faut descendre la platine au maximum grâce à la vis macrométrique, puis remonter lentement jusqu'à ce que l'objet soit visible.
- Réajuste avec la vis micrométrique si nécessaire et si le microscope en est équipé.
- Fais attention à ce que les objectifs ne touchent pas la préparation sous peine de casser les lames.

4. Je choisis le bon objectif selon la préparation

- Une fois le premier réglage effectué, tourne le revolver (sans toucher les objectifs) puis passe à l'objectif moyen et réajuste le réglage avec la vis macrométrique puis la vis micrométrique.
- Passe au gros objectif si besoin et règle à nouveau avec seulement la vis micrométrique.
- Plus l'objet observé est petit, plus il faudra augmenter la taille du grossissement.

5. Je range mon espace de travail lorsque j'ai terminé

- Une fois le travail terminé, le microscope est éteint, bien rangé, et la préparation (lame) doit être retirée.

RAISONNER POUR RÉSOUDRE DES PROBLÈMES

1 Iris affirme que : « Pour n'importe quel nombre entier positif n, le nombre $n \times n + 11 - n$ possède deux diviseurs exactement. » A-t-elle raison ? Expliquer la réponse.

2 Pour chacune des affirmations suivantes, dire si elles sont vraies ou fausses. Justifier les réponses.

1. Un multiple de 8 est toujours un nombre divisible par 2.
2. Un multiple de 3 est toujours un nombre impair.
3. Si on effectue la division euclidienne d'un nombre par 10 et qu'il reste 5, alors le nombre du départ est un multiple de 5.
4. Le reste de la division euclidienne d'un nombre par 7 ne peut jamais être 8.
5. Comme pour les tables de 3 et de 9, lorsqu'un nombre est un multiple de 6, alors la somme de ses chiffres est également un multiple de 6.

MÉTHODE

1. La compétence « Raisonner » regroupe plusieurs démarches :

- résoudre des problèmes impliquant des grandeurs variées ;
- mobiliser des connaissances diverses ;
- analyser et exploiter ses erreurs ;
- essayer plusieurs solutions ;
- mener collectivement une recherche en sachant prendre en compte le point de vue d'autrui ;
- démontrer et utiliser un raisonnement logique ;
- défendre ses jugements.

2. Différents raisonnements sont couramment utilisés en mathématiques :

- utiliser un contre-exemple pour invalider une conjecture ;
- des procédures de déduction ;
- le raisonnement par l'absurde.

Chacune des étapes de résolution d'un problème fait appel au raisonnement. Ainsi, les phases de recherche, de production et de rédaction de preuve font appel à des raisonnements de différentes natures que l'on doit maîtriser.

ORGANISER SON TRAVAIL

Pour ne pas te sentir submergé et progresser tout au long de l'année, voici quelques astuces.

1. Un espace de travail organisé et calme

- Pour travailler efficacement et se concentrer, il est important d'avoir **un espace de travail personnel et organisé** chez toi. Veille à conserver ton bureau toujours propre, et à bien le ranger après chaque session de travail.
- Si tu veux que ton temps de travail soit efficace, il faut te concentrer. Pour cela, évite toute **distraction** : travaille dans le silence, et laisse les écrans dans une autre pièce afin de ne pas être tenté de les consulter.

2. Travailler régulièrement

- Pour progresser et réussir, il est important de travailler **régulièrement**. Fixe-toi une plage horaire quotidienne pendant laquelle tu prévoiras de travailler : ainsi, ton cerveau se mettra en mode « travail ».
- Chaque jour, en fin de journée, relis les **leçons du jour** et reformule-les à ta manière : en te les racontant, en réalisant une carte mentale, etc. Relire les cours de la journée est essentiel : en effet, cela te permet de les réactualiser afin de bien les enregistrer.

3. Prendre de l'avance

- Pour ne pas être submergé de travail à certains moments, il est important d'**anticiper**. Dès que tu as moins de devoirs, profites-en pour avancer le travail qui t'est donné pour plus tard, surtout lorsqu'il s'agit d'une **tâche importante**.

- Prépare des **plannings** pour segmenter la réalisation de ces tâches. Si tu as un exposé à préparer, prévois le jour pour lequel il faudra que tu aies fait les recherches, puis le jour pour lequel tu devras avoir préparé le diaporama, puis le jour où tes fiches seront prêtes. Pour un livre à lire, décide d'un nombre de chapitres à lire par semaine.

4. Profiter des dispositifs du collège

- De nombreux dispositifs peuvent t'aider à t'organiser et à faire tes devoirs. La **plateforme** de ton collège comporte notamment un « cahier de texte » ou « agenda » dans lequel tes professeurs noteront tous les devoirs à faire.
- Profite également des heures de **permanence** pour t'avancer, et ainsi avoir moins de travail à faire une fois à la maison. Sache que tu peux te rendre au **CDI** pendant ces heures.
- Enfin, tu peux t'inscrire au dispositif « Aide aux devoirs » : ce sont des heures pendant lesquelles un enseignant t'accueille en petit groupe avec d'autres élèves pour t'aider à faire tes devoirs.

5. En cas d'absence

- Lorsque tu es absent, fais en sorte de **récupérer un maximum** ce que tu as manqué afin de reprendre au mieux lorsque tu retourneras en classe. Pour cela, consulte le cahier de texte ou agenda de la plateforme de ton collège : tes enseignants y posteront le contenu des cours.
- Tu peux également te mettre d'accord en début d'année avec un camarade : lorsque l'un est absent, celui qui est présent prend les devoirs et les cours pour lui.

Le sais-tu ?

Pour qu'une connaissance ou une observation soit ancrée, il faut qu'elle puisse être rattachée à au moins une expérience ou observation déjà mémorisée dans notre cerveau, qui retient par association d'idées. Ensuite, il faut que notre cerveau soit confronté à cette dernière plusieurs fois. Pour lui, c'est le signal qu'elle est utile.

As-tu retenu ?

1 Voici le travail noté dans l'agenda de Jade.

AVRIL

Lundi 13
Français : connaître les fonctions grammaticales + exercice.
Anglais : ex. 3 p. 24.

Mardi 14
Maths : exercices p. 12.
HG : lire le texte p. 146 + répondre aux questions 3 et 5.

Mercredi 15
Physique-chimie : recopier la synthèse.

AVRIL

Jeudi 16
Anglais : rédiger un texte pour se présenter.
EPS : apporter baskets propres.
HG : éval sur les métropoles.

Vendredi 17
SVT : apprendre vocabulaire.
Français : lire les chapitres 1 à 10.

Samedi 18

Dimanche 19

Repère d'abord les tâches courtes et les tâches longues, puis remplis le planning de devoirs de Jade. N'oublie pas qu'elle doit s'avancer !

	Travail pour le lendemain	Travail pour s'avancer
Samedi 11 et dimanche 12 avril (deux jours donc plus de temps)	*Réviser les fonctions grammaticales.*	
Lundi 13 avril		
Mardi 14 avril		
Mercredi 15 avril (après-midi donc plus de temps)		
Jeudi 16 avril		
Vendredi 17 avril		

APPRENDRE SES LEÇONS

Au collège, tu as beaucoup d'évaluations dans différentes matières. Pas de panique : pour bien retenir les notions abordées en classe et ainsi les réussir, il suffit de respecter quelques étapes simples !

1. Avant d'apprendre

- Pour bien retenir une leçon, il faut l'avoir bien comprise. Pour cela, veille à écouter attentivement en classe et à t'assurer que tout est clair pour toi en posant des **questions** à ton enseignant et en **participant** pour tester tes connaissances. Assure-toi également que tu as noté ta leçon correctement et proprement afin de la reprendre aisément au moment de l'apprendre. En bref, la concentration et le soin en classe t'aideront à apprendre plus facilement tes leçons et te feront gagner du temps.

2. Au moment d'apprendre ta leçon

- Afin de t'assurer que tu l'as bien comprise, essaye d'abord de te raconter la leçon et d'en dire un maximum de choses.
- Ensuite, **relis-la** calmement et à voix haute. N'attends pas que le professeur te demande de l'apprendre : relis-la le soir même, et régulièrement. Ainsi, tu auras le temps, bien avant l'évaluation, de revenir vers ton enseignant si quelque chose n'est pas clair ou te pose difficulté.
- Demande-toi ensuite **ce que tu dois retenir** : dois-tu apprendre la totalité de la leçon par cœur ? Dois-tu assimiler une manière de faire ? Dois-tu connaître des mots, des dates ou des définitions ? Tu peux surligner les passages ou termes importants que tu devras impérativement connaître.
- **Approprie-toi** alors la leçon en réalisant des fiches de révision. Sur ces fiches ne doivent apparaître que les choses essentielles. N'hésite pas à présenter la leçon d'une manière qui te convient et qui est différente de celle du cours du professeur : une carte mentale, un tableau, un nuage de mots...
- Enfin, **récite ta leçon**. Commence par la réciter sans regarder tes fiches, pour toi-même. Lorsque tu as un doute, vérifie sur ta fiche. Une fois que tu te sens prêt, récite ta leçon à quelqu'un qui pourra aussi te poser des questions : un de tes parents, un grand frère ou une grande sœur, mais aussi un camarade avec lequel tu pourrais réviser.

3. Le jour de l'évaluation

- Le jour J, fais-toi confiance : si tu as bien révisé, tu connais forcément ta leçon. Tu peux relire tes fiches rapidement avant l'évaluation, mais n'angoisse surtout pas. Devant le sujet, n'hésite pas à utiliser une feuille de brouillon sur laquelle tu peux noter rapidement tes connaissances : cela peut t'aider à te remémorer la leçon.

4. Pour réviser efficacement

- Pour bien mémoriser, il faut trouver du sens à ce que l'on veut apprendre, être présent et actif, répéter l'apprentissage et l'espacer dans le temps. Voici quelques règles pour y parvenir !

1. Si tu as du mal à te mettre au travail...

Dis-toi que plus tu attends pour le faire et plus ce sera pénible.

2. Lorsque tu as décidé de travailler...

Fais-le dans le calme. Évite le téléphone, l'ordinateur, la télévision ou la musique à fond. En effet, le cerveau travaille difficilement sur deux choses à la fois.

3. Pour rester concentré...

Alterne les révisions de matières scientifiques et de matières plus littéraires. Pense à faire une courte pause entre deux séances de travail pour décompresser et reprendre dans de bonnes conditions.

4. Pour réviser...

Fais des fiches mettant en évidence le plan et tout ce qui doit être mémorisé : définitions, idées clés, théorèmes, schémas, vocabulaire... Relis-les à haute voix, comme si tu l'expliquais à quelqu'un. En sollicitant à la fois ton sens visuel et ton sens auditif, tu mémoriseras mieux le contenu de la fiche.

Test

Quel est ton type de mémoire ?

1 En cours, tu préfères lorsque le professeur…

- ❐ Raconte des anecdotes en lien avec le cours.
- ❐ Illustre son cours au moyen de schémas, d'images ou de vidéos.
- ❐ Prend le temps d'expliquer les notions.

2 Tu retiens mieux tes leçons…

- ❐ Lorsque tu t'aides de dessins, de schémas ou de cartes mentales.
- ❐ Lorsque tu bouges ou marches.
- ❐ Lorsque tu les lis ou les récites à voix haute.

3 Au moment de réviser une leçon, lorsque tu repenses au cours que le professeur vous a fait noter, tu penses…

- ❐ À des mots, phrases ou expressions prononcés par ton professeur.
- ❐ À la leçon écrite au tableau ou sur ta feuille de classeur : la présentation, les couleurs, l'organisation sur la feuille…
- ❐ À l'heure qu'il était, au temps qu'il faisait, à la personne à côté de qui tu étais…

4 Quand tu racontes un livre ou un film à un ami…

- ❐ Tu décris les décors et les costumes des personnages.
- ❐ Tu racontes l'histoire et te souviens même de plusieurs répliques.
- ❐ Tu mimes certaines scènes et partages les émotions que tu as ressenties.

5 Lorsque tu penses à tes dernières vacances…

- ❐ Tu te remémores le planning des vacances et les différentes activités que tu as faites.
- ❐ Tu revois les paysages, les couleurs.
- ❐ Tu revis les émotions que tu as ressenties à chaque instant.

LIRE UNE CONSIGNE

Pour bien accomplir une tâche demandée par un enseignant, il faut s'assurer de bien en comprendre la consigne. Pour cela, il est nécessaire de prendre le temps de la lire attentivement et de bien l'analyser.

1. Différents types de consignes

- Certaines consignes demandent de réaliser une tâche (rédiger, entourer, souligner, dessiner, recopier…). Arrête-toi sur le mot l'indiquant afin de ne pas faire autre chose que ce qui t'est demandé. D'autres se présentent sous la forme de **questions**, portant notamment sur un texte ou un document, auxquelles il faut répondre par une ou plusieurs phrases correctement rédigées, en justifiant sa réponse.
- Si un mot te pose problème dans une consigne, n'hésite pas à **demander à ton enseignant** de te l'expliquer, voire de reformuler la consigne. À moins que tu sois en évaluation et qu'il s'agisse d'un mot que tu étais censé apprendre, ton professeur te répondra et t'aidera volontiers !
- Quoi qu'il en soit, **prends le temps** de bien lire et de bien comprendre la consigne. Ne fonce pas tête baissée : le temps que tu prends à analyser la consigne n'est pas du temps perdu, bien au contraire ! Cela rendra la réalisation plus efficace.
- De même, pendant la réalisation et à la fin de l'exercice, n'hésite pas à relire la consigne, notamment si l'exercice est long, afin de t'assurer que tu es bien parti dans la bonne direction.

2. Bien comprendre une consigne

- Pour t'assurer d'avoir bien compris une consigne, tu peux imaginer un **code couleur** qui t'aidera à analyser tous les éléments demandés. Choisis une couleur avec laquelle tu souligneras ou entoureras dans la consigne les **verbes d'action** (ici le vert), une couleur avec laquelle tu souligneras ou entoureras **l'objectif** (ici le rouge) et une couleur avec laquelle tu entoureras ou souligneras éventuellement les **connaissances ou documents** à utiliser (ici le bleu).
- Par exemple : *En t'appuyant sur les lignes 4 à 12 du texte, rédige le portrait physique du personnage principal.*

3. Répondre à des questions

- Si tu dois répondre à des questions portant sur un document ou un texte, veille à faire des **phrases correctement rédigées** en **reprenant les mots de la question**.

  Par exemple : *Au début du texte, pourquoi le personnage principal quitte-t-il sa maison ?*

  ~~*Pour partir en vacances.*~~

  ~~*Car il part en vacances.*~~

  Au début du texte, le personnage principal quitte sa maison car il part en vacances.

- Veille ensuite à bien **justifier** ta réponse en t'appuyant sur le document ou en citant le texte.

  Exemple : *Au début du texte, le personnage principal quitte sa maison car il part en vacances : « Ce matin-là, Arthur ferma sa porte à clé avant de partir en vacances » (l. 2).*

As-tu retenu ?

1 Réalise ces différentes consignes en te chronométrant.

- ❒ 1. Lis attentivement les consignes suivantes avant d'écrire.
- ❒ 2. Tu auras besoin d'un stylo, d'une règle, d'une équerre et de crayons de couleur.
- ❒ 3. Prends une feuille de classeur.
- ❒ 4. En haut à gauche, écris ton nom en majuscules, ton prénom en minuscules et ta classe. En haut à droite, inscris la date du jour.
- ❒ 5. Quelques lignes en dessous, au centre, écris : « Travail sur les consignes », puis fais un cartouche.
- ❒ 6. En dessous, trace un rectangle que tu intituleras ABCD.
- ❒ 7. Trace une diagonale de ce rectangle. Tu obtiens donc deux triangles : comment se nomment ces triangles ? Écris la réponse en dessous de ta figure.
- ❒ 8. Colorie un triangle d'une couleur et l'autre triangle d'une autre.
- ❒ 9. En quelques phrases correctes, décris cette figure : que t'évoque ce rectangle ? Est-il plutôt grand ou petit ? Pourquoi as-tu choisi cette taille ?
- ❒ Pourquoi as-tu choisi ces couleurs ? Que représentent-elles pour toi ? Vont-elles bien ensemble ou non ? Cette figure a-t-elle été facile à dessiner ? Etc. Ton texte fera entre cinq et dix lignes.
- ❒ 10. Dans chacune de tes phrases, souligne les verbes conjugués et entoure leur sujet.
- ❒ 11. Ne réalise que les consignes 3 et 4.

CORRIGÉS

Lire et comprendre un texte – page 206

Avant la lecture :

1. On peut imaginer que Perceval, en rencontrant les chevaliers, va vouloir les suivre et les imiter.
2. Voici quelques définitions de mots qui pouvaient poser problème :
lance : arme en bois terminée par un fer pointu ;
écu : bouclier ;
haubert : chemise de maille qui protège le torse et les bras du chevalier ;
heaume : casque de chevalerie ;
vermeil : rouge vif ;
javelot : arme composée d'un bâton et d'une pointe ;
adouber : faire de quelqu'un un chevalier lors d'une cérémonie.
3. Ce texte raconte la rencontre entre Perceval et des chevaliers qui éveillent son admiration, son enthousiasme et sa curiosité. Les prenant pour des anges, il les interroge sur leurs armes.

Justifier sa réponse – page 208

1. Les deux familles se nomment « Tuvache » et « Vallin » (l. 9-10).
2. Le verbe « réunissaient » (l. 12) est conjugué à l'imparfait d'habitude, comme le montre l'extrait « À sept heures, le matin, puis à midi, puis à six heures, le soir » (l. 11-12) : il s'agit d'une action que les mères répètent chaque soir.
3. Le point de vue omniscient est utilisé dans ce texte car le narrateur sait tout des deux familles et de leur histoire : « les mariages et, ensuite, les naissances, s'étaient produites à peu près simultanément » (l. 5-6).
4. Les deux familles sont paysannes, comme l'indique le titre de la nouvelle (« Aux champs »). Elles semblent de plus très pauvres : « Tout cela vivait péniblement de soupe, de pomme de terre et de grand air » (l. 11).

Travailler au brouillon – page 210

1. raconter, décrire, partager, rédiger.
2.

Quels types de texte te sont demandés ?	Un récit (« raconté », « raconteras ») et une description (« décriras »)
Quel est le sujet ?	La découverte d'un lieu
Qui est le narrateur ?	Toi, en tant qu'explorateur (donc JE)
Où et quand se déroule ton texte ?	Dans un endroit inconnu, l'époque n'est pas précisée
Ton texte doit-il être réaliste ?	Oui : tu es un explorateur
À quel temps dois-tu écrire ?	Au choix (« au présent ou au passé »)

4. Le plan est déjà précisé, il faut donc le respecter, et ne pas oublier de faire part des émotions !

Comparer des documents – page 212

1. Les deux documents sont des gravures représentant des sculptures des empereurs (Charlemagne et Marc Aurèle) à cheval. Les statues ont été réalisées à des époques différentes. La statue de Marc Aurèle est réalisée durant l'Antiquité. Le bronze de Charlemagne date du IXe siècle.
2. La posture du cheval, patte levée, la toge et la barbe portées par les empereurs sont les principaux points communs. La statue de Charlemagne est complétée par deux objets. Dans la main droite, il porte un glaive, et dans l'autre un orbe (une représentation du monde sous la forme d'une sphère).
3. B. La conclusion que l'on peut tirer est que Charlemagne s'est inspiré de la statue de l'empereur romain pour se faire représenter.
Commentaire : La statue de Marc Aurèle était connue à l'époque de Charlemagne. Les contemporains de Charlemagne pensaient que la statue présente à Rome était celle de l'empereur Constantin, premier empereur romain à se convertir au christianisme.

Lire une carte – page 214

1. Les trois grandes religions présentes sur le continent européen au XIIe siècle sont le christianisme orthodoxe (à l'est), le christianisme catholique (à l'ouest) et l'islam (présent au sud de l'Espagne).

2. La ville de Constantinople est une ville de rencontres. Elle est un lieu de pèlerinage religieux important pour les orthodoxes. Elle est aussi un lieu où se réalisent de nombreux échanges commerciaux. Ces rencontres font d'elle une ville où se mêlent des influences culturelles dans l'artisanat, les savoirs et les connaissances.
3. Les chrétiens et les musulmans s'affrontent dans les zones de contact comme l'Espagne (Reconquista), en Orient (croisades) ou en Sicile.
4. La mer qui se situe au centre de ces rencontres est la Méditerranée.
5. C. Le titre le plus pertinent est « la Méditerranée, un lieu de rencontres, d'échanges et de conflits ». La légende présente, à gauche, les trois civilisations, au centre, les villes qui sont des lieux de rencontres et, à droite, les régions où se déroulent les conflits.

Lire une frise chronologique – page 216

1. La guerre de Cent Ans a lieu durant les XIVe et XVe siècles, entre 1337 et 1453.
2. Les deux victoires anglaises à Crécy (1346) et à Poitiers (1356) affaiblissent le royaume. Les Anglais remportent aussi une victoire importante à Azincourt en 1415.
3. À partir de 1429 et de la chevauchée de Jeanne d'Arc, Charles VII entame la reconquête de son royaume. Les victoires se succèdent jusqu'en 1453 avec celle de la bataille du Castillon.

Lire un graphique – page 217

Les questions 1 et 2 demandent de relever le bon chiffre. Pour cela, commence par repérer l'année demandée et relève le chiffre de la population situé à gauche, sur l'axe vertical. Les questions 3 et 4 évoquent une évolution. Il existe trois types d'évolution : l'augmentation, la diminution ou la stagnation (l'indicateur n'évolue pas ou peu).
1. En 2020, le nombre d'habitants était d'environ 7,5 milliards. En 1950, on comptait environ 2,5 milliards d'Hommes sur la planète.
2. Le continent le plus peuplé aujourd'hui est l'Asie avec presque 5 milliards d'habitants.
3. Entre 1950 et 2020, la population mondiale a augmenté fortement, passant de 2,5 milliards d'habitants à un peu plus de 7,5 milliards d'habitants.
4. L'Europe a connu une évolution différente des autres régions du monde. Alors que les autres continents ont connu et connaîtront, d'après les projections, une croissance de leur population, le nombre d'habitants en Europe a tendance à stagner et devrait diminuer.

Décrire une image – page 218

1. sombres, vifs, de contraste
2. haut
3. contre-plongée, plan d'ensemble
4. selon un schéma pyramidal, le premier plan, l'arrière-plan, à gauche, à droite.

Utiliser un microscope – page 220

Un exemple de critères d'évaluation :
Le microscope ou la lampe est bien branché.
L'intensité lumineuse est bien choisie.
La lame est positionnée sur la platine, lamelle vers le haut et maintenue par les pinces métalliques.
La zone à observer est bien centrée.
Le plus petit objectif est utilisé pour le premier réglage.
Le choix de l'objectif est cohérent avec l'objet à regarder (dans l'exemple de la cellule reproductrice, on choisira un gros objectif).
L'espace de travail est rangé à la fin de la séance.

Raisonner pour résoudre des problèmes – page 222

Exercice 1 :
Pour $n = 1$; $1 \times 1 + 11 - 1 = 11$ et 11 a deux diviseurs : 1 et 11.
Pour $n = 2$; $2 \times 2 + 11 - 2 = 13$ et 13 a deux diviseurs : 1 et 13.
Pour $n = 3$; $3 \times 3 + 11 - 3 = 17$ et 17 a deux diviseurs : 1 et 17.
Pour $n = 4$; $4 \times 4 + 11 - 4 = 23$ et 23 a deux diviseurs : 1 et 23.
Pour $n = 5$; $5 \times 5 + 11 - 5 = 31$ et 31 a deux diviseurs : 1 et 31.
Pour $n = 6$; $6 \times 6 + 11 - 6 = 41$ et 41 a deux diviseurs : 1 et 41.
Pour $n = 7$; $7 \times 7 + 11 - 7 = 53$ et 53 a deux diviseurs : 1 et 53.
Pour $n = 8$; $8 \times 8 + 11 - 8 = 67$ et 67 a deux diviseurs : 1 et 67.
Pour $n = 9$; $9 \times 9 + 11 - 9 = 83$ et 83 a deux diviseurs : 1 et 83.
Pour $n = 10$; $10 \times 10 + 11 - 10 = 101$ et 101 a deux diviseurs : 1 et 101.
Pour $n = 11$; $11 \times 11 + 11 - 11 = 121$ et 121 a trois diviseurs : 1, 11 et 121.
Donc c'est faux.

Exercice 2 :
1. Cette affirmation est vraie. En effet, un multiple de 8 s'écrit sous la forme : $8 \times \ldots$, et comme on peut diviser 8 par 2, cela donne : $2 \times (4 \times \ldots)$ dont ce nombre est bien divisible par 2.
2. Cette affirmation est fausse. On cherche un contre-exemple : 6 est multiple de 3 et il n'est pas impair.
3. Cette affirmation est vraie. En effet, si on divise un nombre par 10 et qu'il reste 5, cela veut dire qu'on peut l'écrire sous la forme : $10 \times a + 5$, ce qui devient : $5 \times (2 \times a) + 5 \times 1$. On voit donc que ce nombre est un multiple de 5.
4. Cette affirmation est vraie. En effet, s'il reste 8 après la division euclidienne, cela veut dire que je peux reprendre encore une fois un paquet de 7 unités et qu'il restera 1 (on sait que le reste doit être plus petit que le diviseur). Donc le reste ne peut jamais être 8.
5. Cette affirmation est fausse. On cherche un contre-exemple : on a 12 qui est un multiple de 6 car $12 = 2 \times 6$ et $1 + 2 = 3$ ce qui montre que cette affirmation est fausse.

Organiser son travail - page 227

	Travail pour le lendemain	Travail pour s'avancer
Samedi 11 et dimanche 12 avril (deux jours donc plus de temps)	Français : réviser les fonctions grammaticales + faire l'exercice. Anglais : faire l'exercice 3 p. 24.	HG : relire la leçon sur les métropoles. Français : lire les chapitres 1 à 5. Anglais : chercher au brouillon des idées pour le texte à rédiger pour jeudi.
Lundi 13 avril	Maths : exercices p. 12. HG : lire le texte p. 146 + répondre aux questions 3 et 5.	
Mardi 14 avril	Physique : recopier la synthèse.	
Mercredi 15 avril (après-midi donc plus de temps)	Anglais : rédiger un texte pour se présenter. HG : réviser les métropoles.	SVT : relire le vocabulaire. Français : lire les chapitres 6 à 10.
Jeudi 16 avril	SVT : apprendre le vocabulaire.	

Apprendre ses leçons - page 230

Si tu as une majorité de ✂, tu as une mémoire visuelle
Tu associes les informations à des images mentales. Tu préfères les leçons synthétiques, schématisées et bien organisées. Conseils : utilise un brouillon, réalise des fiches de révision, et schématise tes leçons sous forme de cartes mentales ou de tableaux.

Si tu as une majorité de ✏, tu as une mémoire auditive
Tu retiens davantage les sons, les bruits, les paroles prononcées. Tu as besoin qu'on t'explique les notions ou de te les expliquer toi-même. Lorsque tu as besoin de bien comprendre un texte, tu le lis à voix haute. Conseils : lis à voix haute, écoute attentivement, demande à quelqu'un de te lire la leçon, voire enregistre-toi.

Si tu as une majorité de 📏, tu as une mémoire kinesthésique
Tu apprends avec ton corps, en faisant et en t'entraînant. Tu aimes bouger, manipuler, fabriquer. Conseils : n'hésite pas à apprendre en marchant ou en bougeant, associe les connaissances à des sensations, entraîne-toi en faisant ou refaisant des exercices, et fais confiance à ton expérience.

Lire une consigne - page 231

Si tu as réalisé toutes les consignes, c'est que tu n'as pas pris le temps de toutes les lire avant de commencer, comme l'indiquait la consigne 1, sinon tu aurais vu, à la consigne 11, qu'il ne fallait réaliser que la 3 et la 4 ! Attention donc à bien lire l'ensemble des questions avant de commencer !

TABLE DES MATIÈRES

Mathématiques

Nombres et calculs

Organisation et gestion des données

Grandeurs et mesures

Espace et géométrie

Français

Grammaire, orthographe et outils d'analyse

* Cette notion est un rappel de sixième.

EMC

SVT

La planète Terre, l'environnement et l'action humaine

Le vivant et son évolution

Le corps humain et la santé

Physique-chimie

Organisation et transformations de la matière

Mouvement et interactions

L'énergie, ses transferts et ses conversions

L'énergie, ses transferts et ses conversions

Technologie

Les OST (objets et systèmes techniques) : leurs usages et leurs interactions

Structure, fonctionnement, comportement : des OST à comprendre

Création, conception, réalisation, innovations

Anglais

Grammaire

Coaching